William Fryer Harvey

Die Bestie mit den fünf Fingern

Gruselgeschichten

Aus dem Englischen von Günter Eichel und Peter Naujack

Vorwort von Maurice Richardson

Zeichnungen von Peter Neugebauer

Diogenes

Titel der englischen Originalausgabe
›The Beast with Five Fingers
And Other Midnight-Tales‹
(J. M. Dent & Sons, London 1946)
›Augusthitze‹ und ›Nacht über dem
Moor‹ wurden von Peter Naujack übersetzt.
Die deutsche Erstausgabe erschien
1964 im Diogenes Verlag.

Veröffentlicht als Diogenes Taschenbuch, 1979

150/79/9/1
ISBN 3 257 20599 6

INHALT

Einleitung

Die Aufforderung seines Verlegers, diese Auswahl unheimlicher Geschichten des verstorbenen Dr. W. F. Harvey einzuleiten, gibt mir die Gelegenheit, mich mit einigen Erinnerungen und Überlegungen über dieses im Wesentlichen persönliche und subjektive Thema – die Gespenstergeschichte – zu beschäftigen. Diese Dinge möchte ich gleich an den Anfang setzen, als eine Art von Einleitung der Einleitung, ähnlich einem Schauspieler, der sich vor der Schlange der wartenden Theaterbesucher produziert.

Was ist das Geheimnis, aus dem dieses ungewöhnliche Vergnügen kommt, sich entsetzen zu lassen? Denn darauf läuft im Grunde alles hinaus. Wenn Liebesgeschichten vorfabrizierte Tagträume sind, handelt es sich bei den Gespenstergeschichten um vorfabrizierte Alpträume. Bei den ›höheren‹ Gespenstergeschichten – etwa bei den besten Geschichten von Le Fanu* und, wie manchmal behauptet wird, auch bei *Die sündigen Engel* von Henry James – mag ein Element wahrer Tragödie mit der dazugehörigen Läuterung eine Rolle spielen. Die Anforderungen der meisten Leser liegen jedoch auf einer niedrigeren Ebene; sie wollen lediglich ordentlich entsetzt werden. Gänsehaut, plötzlich gesteigerte

* Beispielsweise ›Carmilla‹ (detebe 189)

Sekretion der Hormone, köstliches Erschauern in literarischem Entsetzen, hervorgerufen durch die Kunst des Erzählers...

Das Vergnügen, sich entsetzen zu lassen: Ich erinnere mich, ich erinnere mich – und zu den Freuden des Schreibens gehört es, daß der geneigte Leser immer aufmerksam und völlig machtlos ist, die Flut der Erinnerungen einzudämmen – ich erinnere mich also eines milden Dezemberabends in Budleigh Salterton, und zwar während des Grippe-Winters ausgangs des Ersten Weltkrieges, als ich zwölf Jahre alt war. Zum Tee war ich mit Dick Girouard in dem kleinen Häuschen gewesen, das in der Station Roda lag und das Dicks Großmutter gemietet hatte. Mit seinen Tanten hatten wir zusammen Bridge gespielt; es waren zwei entzückende alte Damen mit interessanten kleinen Eigenarten. Die eine rauchte Zigaretten, die sie mit einem silbernen Ring, einer Art von Lorgnon, wenn auch nur mit einem Glas, hielt; die zweite hatte eine Vorliebe für Herrenkrawatten und Herrenhemden, und außerdem trug sie Gamaschen und einen Homburg. Uns Jungen behandelten sie in einer Weise, in der große Freundlichkeit und höchste weltliche Verstellungskunst zusammenkamen: »Dick, Dick, mehr als ein Mann muß in den Straßen Londons betteln, weil er vergaß, seine Trümpfe auszuspielen.«

Nach dem endgültigen *post-mortem* sprachen wir über Gespenstergeschichten. Beide Damen waren eingefleischte Psychologinnen und in der Literatur des Unheimlichen genau bewandert; sie kannten alles und gaben uns mit ihren heiseren Raucherstimmen eine sehr genaue Inhaltsangabe der schrecklichsten Geschichten. Schließlich meinte die ältere Tante: »Vielleicht möchtest du deinen Freund gern noch ein Stück begleiten, Dick. Nach dem vielen Qualm und dem langen Kartenspiel wird dir ein kleiner Spaziergang sicherlich sehr gut tun.« Vermummt in unsere dicken Mäntel, stolperten wir in den milden Abend hinaus. Draußen war alles in ein dunkles Blau getaucht; es war sehr ruhig, und der Schein des aufgehenden Mondes verbreitete ein milchiges Licht. Über dem Meer lag eine flache Nebelschicht, und durch den Nebel klang, scharf und deutlich wie das Schreien einer Katze, das leise Klatschen der Wellen, die gegen die großen abgeplatteten Steine anliefen. Während wir die Uferpromenade entlanggingen, unterhielten wir uns in größter Kühnheit über die *Ghost Stories of an Antiquary* von M. R. James, die Dick mir wenige Tage vorher geliehen hatte. Wir waren beide der Ansicht, daß *Oh, Whistle and I'll come to you, my Lad** die schrecklichste wäre, weil – abgesehen natürlich vom Pfiff zu Anfang – jedem so etwas passieren könnte: der fürchterliche Anblick des zerwühlten Lakens, und

* Erschienen in der Diogenes Anthologie »Gespenster«, herausgegeben von Mary Hottinger

wenn nun ein böser Geist von den eigenen Bettüchern Besitz ergriffe, was immerhin möglich sein könnte ... Wir übertrieben alles, und das Entsetzen, in das wir uns hineingeredet hatten, packte uns immer mehr – auch wenn es zu einem Teil nur gespielt war. Als wir dann vor dem Haus meiner Eltern standen, klapperten Dicks Zähne. Er hatte zu viel Angst, den ganzen Weg allein zurückzugehen, und bat mich, ihn zu begleiten. Ich war einverstanden; die Bitte um geistigen Schutz von einem, der zwei Jahre älter war als ich, war sehr schmeichelhaft. Mittlerweile hatten wir jedoch ein wirklich fürchterliches Gespenst heraufbeschworen. Die gesamte Brut der Hexenkönigin saß uns im Nacken. Der Nebel über dem Meer war nichts anderes als der Graf persönlich, während seine Töchter, diese wollüstigen Wesen, hinter den Lorbeerbüschen lauerten. Wenn es uns gelang, diesen vielen Gefahren zu entgehen, und unversehrt jeder sein Heim erreichte, würden wir doch nur feststellen, daß unsere Verwandten verschwunden waren, und die Haustür – die Haustür würde bestimmt von einer bärtigen Nonne geöffnet werden. Als wir wieder vor Dicks Haus standen, war die Situation genau umgekehrt. Dieses Mal hatte ich viel zu viel Angst, um allein nach Hause zu gehen. Wenn wir nicht bis zur Morgendämmerung hin und zurück wandern wollten, mußten wir irgendeine Lösung finden. Schließlich kamen wir überein, daß ich den Umweg über die hellerleuchtete Hauptstraße machen sollte; Dick wollte mich bis zur ersten Laterne begleiten und dann tapfer allein zurückgehen.

Alles in allem war es ein köstlicher Abend – einer der köstlichsten, an die ich mich während dieses besonders erfreulichen Teils meiner Kindheit erinnern kann.

Der Alptraum, der diesem Ereignis folgte, war eine allgemeine Schlägerei, die fast eines Hieronymus Bosch oder eines Breughel würdig war. Darüber sprach ich jedoch nie, denn im Zusammenhang mit Berichten über meine Alpträume hatte ich ein sehr verwirrendes Erlebnis, das zu der entgegengesetzten Art von geistigem Sadismus gehört: zum Vergnügen des Entsetzens. Passiert war es einige Jahre vorher, als ich etwa fünf Jahre alt war und wir in Essex wohnten. Ich träumte, das Kindermädchen sei eingeschlafen und habe mich damit den Klauen einer ganzen Gesellschaft von Hexen ausgeliefert, die mich anspuckten. Diesen Alptraum erzählte ich einem Mädchen, das etwa fünf Jahre älter war als ich und mit dem ich immer spielte. »Aber das ist doch klar«, sagte dieses Mädchen in einem Ton, der größte Erfahrung und Überzeugung verriet. »Das waren die bekannten Spuckhexen von Essex. Du mußt sehr aufpassen.«

Das Vergnügen, sich entsetzen zu lassen ... das Geheimnis der Gespenstergeschichte ... Holen wir uns Rat bei einigen Gewährsleuten, zuerst bei einem der führenden Praktiker: Dr. M.R. James. In der Einführung zu *Ghosts and Marvels, a Selection of Uncanny Tales from Daniel Defoe to Algernon Blackwood* schreibt er: »Ich bin oft gebeten worden, meine Ansichten über Gespenstererzählungen und Geschichten über das Wunderbare, Geheimnisvolle und Übernatürliche zu äußern. Es ist mir allerdings nie gelungen, genau festzustellen, ob ich überhaupt Ansichten hatte, die formuliert werden können. Die Wahrheit ist, wie ich vermute, daß das *genre* zu begrenzt und speziell ist, um das Gewicht weitreichender Prinzipien tragen zu können... Im besten Fall ist die Gespenstergeschichte nur eine besondere Form der Kurzgeschichte und damit den gleichen umfassenden Regeln wie diese unterworfen.« Ich glaube nicht, daß diese Feststellung – bei allem schuldigen Respekt – ungeheuer erleuchtend ist. Genaugenommen sagt sie nur, daß die Gespenstergeschichte eben eine Gespenstergeschichte ist. An wen also können wir uns noch wenden?

Das Vergnügen, sich entsetzen zu lassen... vorfabrizierte Alpträume. Die Wegweiser deuten auf Freud'sches Territorium. Sollen wir die Grenze überschreiten? Sollen wir einen vorsichtigen, nicht allzu anstrengenden Ausflug machen, ein Stückchen in den Krater hinuntersteigen, uns dann am Abhang niederlassen und durch die schwefligen Schwaden auf die unter uns kochende Lava des Unbewußten schauen?

Zufällig schrieb der Meister eine kleine Monographie über das Thema *Das Unheimliche*, die in der *Sammlung kleiner Schriften zur Neurosenlehre* veröffentlicht wurde. Das wäre für unsere Zwecke genau das Richtige, wenn wir dadurch auch in den Kern des Vulkans geführt werden. Wenn wir den ganzen Weg zurücklegen wollten, würde es wahrscheinlich nötig sein, Asbestanzüge anzulegen; ich will jedoch tun, was ich kann, um auch eine zarte Haut zu schonen. Wir dürfen allerdings nicht vergessen, daß Freud nur schwer zu mildern ist.

Das Unheimliche, sagt Freud, sei jene Art des Schreckhaften, welche auf das Altbekannte, Längstvertraute zurückgeht. Und nach Schiller, den er als Beweis zitiert, ist all das unheimlich, was verborgen bleiben sollte und dennoch ans Tageslicht kommt. Freud beschäftigt sich dann mit einer gewissenhaften etymologischen Untersuchung des Begriffs »unheimlich« und kommt zu dem Schluß, daß seine Bedeutung sich »nach einer Ambivalenz hin entwickelt, bis es endlich mit seinem Gegensatz heimlich zusammenfällt«.

Nichts also bisher, was man seinen Töchtern nicht laut vorlesen könnte. Und der Hinweis auf die Definition tatsächlicher unheimlicher Situationen, die Jentsch gegeben hat, und die Vermutung, »daß man den Leser im Ungewissen darüber läßt, ob er in einer bestimmten Figur eine Person oder etwa einen Automaten vor sich habe«, wirkt ausgesprochen gemütlich. Aber das alles sind nur Präliminarien. Der Hauptteil der Monographie besteht aus einer gründlichen Analyse der Erzählung *Der Sandmann* von E.T.A. Hoffmann – einer Erzählung, die besonders reich an Phantasie ist.

An dieser Stelle will ich jenen Fremdenführern nacheifern, die sich vor den Touristen, die sich inzwischen gestärkt haben, ihres Mutes besonders rühmen... Man muß sich vorstellen, daß ich mich vorsichtig in den Krater abseilen ließ und, mit einigen interessanten Gesteinsproben, wieder hochgezogen wurde.

Zu den Elementen des Unheimlichen, die Freud unterscheidet, gehören die beiden folgenden Kategorien: einmal der Animismus, der mit der »Allmacht der Gedanken und die darauf aufgebaute Magie, die Zuteilung von sorgfältig abgestuften Zauberkräften« zusammenhängt, und zweitens das, was aus »verdrängten Kindheitskomplexen*« entsteht – und Erlebnisse, die derartiges entstehen lassen, sind im wirklichen Leben nicht allzu häufig.

»Zu den vielen Freiheiten des Dichters«, fährt Freud dann fort, »gehört auch die, seine Darstel-

* Da es sich hier um die Einleitung zu einem Buch mit Gespenstergeschichten handelt, nicht aber um einen Essay über die Psychoanalyse, will ich es mir versagen, mich über verdrängte Kindheitskomplexe auszulassen, und statt dessen die kürzeste Gespenstergeschichte der Welt erzählen: »Ein Mann ging eines Abends zu Bett und stülpte seine Perücke über den Bettpfosten. Am nächsten Morgen war sie weiß.«

lungswelt nach Belieben so zu wählen, daß sie mit der uns vertrauten Realität zusammenfällt, oder sich irgendwie von ihr entfernt. Wir folgen ihm in jedem Fall. Die Welt des Märchens zum Beispiel hat den Boden der Realität von vornherein verlassen und sich offen zur Annahme der animistischen Überzeugungen bekannt. Wunscherfüllungen, geheime Kräfte, Allmacht der Gedanken, Belebung des Leblosen, die im Märchen ganz gewöhnlich sind, können hier keine unheimliche Wirkung äußern, denn für die Entstehung des unheimlichen Gefühls ist ... der Urteilsstreit erforderlich, ob das überwundene Unglaubwürdige nicht doch real möglich ist, eine Frage, die durch die Voraussetzungen der Märchenwelt überhaupt aus dem Wege geräumt ist ... von höheren geistigen Wesen, Dämonen oder Geistern Verstorbener scheidet. Alles Unheimliche, was diesen Gestalten anhaften könnte, entfällt dann, soweit die Voraussetzungen dieser poetischen Realität reichen ... Anders nun, wenn der Dichter sich dem Anschein nach auf den Boden der gemeinen Realität gestellt hat. Dann übernimmt er auch alle Bedingungen, die im Erleben für die Entstehung des unheimlichen Gefühls gelten ... Aber in diesem Fall kann der Dichter auch das ... Maß ... steigern und vervielfältigen ... Er verrät uns dann gewissermaßen an unseren für überwunden gehaltenen Aberglauben.«

Diese letzte Bemerkung hilft, die Geschichte der

Literatur über das Unheimliche zu erläutern, denn sie bietet eine mögliche Erklärung für das Auftreten der gotischen Dichtung im achtzehnten und das der Gespenstergeschichten im neunzehnten Jahrhundert; sie konnten nur in einem angeblich von der Vernunft beherrschten Zeitalter entstehen, in dem der Aberglaube als überwunden galt.

Ein anderes und spezielleres Element, das Freud untersucht, ist unser Freund, der Doppelgänger; dieses Element verfolgt er bis zum ursprünglichen Narzißmus zurück, der sich noch in den Vorstellungen der Kinder und der Primitiven hält. »Mit der Überwindung dieser Phase ändert sich das Vorzeichen des Doppelgängers, aus einer Versicherung des Fortlebens wird er zum unheimlichen Vorboten des Todes... Der Doppelgänger ist zum Schreckbild geworden, wie die Götter nach dem Sturz ihrer Religion zu Dämonen werden.«

Der Doppelgänger kann vielleicht auch mit der selbstkritischen Fähigkeit in Verbindung gebracht werden, die man dem Über-ich oder Gewissen zuschreibt. Eine weitere Form der Störung des Ich, die in dieser Hinsicht wichtig ist, ist ein Rückgriff auf besondere Phasen in der Entwicklung der Selbstachtung, ein Rückschritt in eine Zeit, in der das Ich von der Umwelt und von anderen Personen noch nicht scharf abgetrennt war. Freud lenkt die Aufmerksamkeit auch auf den Grundsatz des Wiederholungszwangs, der bereits im Wesen der Instinkte liegt. Mit Sicherheit liegt er auch im Wesen des Erzählers von Gespenstergeschichten.

Ein technisch bedeutender Punkt für eine erfolgreich unheimliche Wirkung ist die Folgerichtigkeit der Identifizierung. Das illustriert Freud an dem Gegensatz zwischen der Unheimlichkeit einer abgeschlagenen Hand in einem Hauff'schen Märchen und dem Fehlen dieser Unheimlichkeit in einer Geschichte von Herodot. Humor ist für eine Gespenstergeschichte tödlich: »Sogar ein ›wirkliches‹ Gespenst wie das in Oscar Wildes Erzählung ›Der Geist von Canterville‹ muß all seiner Ansprüche, wenigstens Grauen zu erregen, verlustig werden, wenn der Dichter sich den Scherz macht, es zu ironisieren und hänseln zu lassen.«

Die ganze Zeit hindurch stand der vornehme Geist Dr. Harveys geduldig in den Kulissen und wartete darauf, vorgestellt zu werden.

Als Schriftsteller war er Amateur – das muß wohl zuerst von ihm berichtet werden; einer jener Amateure, die von den Umständen gehindert werden, ihre eigene Form zu finden, und deren Werk daher sehr oft ungleichmäßig wirkt.

Sein vollständiger Name war William Fryer Harvey. Geboren wurde er 1885 in Yorkshire als Sohn einer Quäkerfamilie, erzogen auf den Quäkerschulen in Bootham, York, und Leighton Park, Reading, sowie später auf dem Balliol College, Oxford.

In Leeds studierte er Medizin; seine Ausbildung wurde jedoch durch Krankheit unterbrochen, und nach einer Reise um die Welt, auf der er sich einige Zeit in Australien und Neuseeland aufhielt, interessierte er sich brennend für die Erwachsenenbildung und arbeitete am Working Men's College in Fircroft, in der Nähe von Birmingham. Bald nach Ausbruch des Ersten Weltkrieges ging er mit der ersten Abteilung der Friends' Ambulance Unit nach Flandern. Später meldete er sich für den Sanitätsdienst und wurde Unterarzt bei der Marine. 1918 wurde er mit der Albert Medal »für Tapferkeit bei Lebensrettung auf See« ausgezeichnet. Erst durch die Bekanntmachung dieser Auszeichnung erfuhren seine Familie und seine Freunde, daß er sein Leben aufs Spiel gesetzt hatte, als er einen im lecken und vollgelaufenen Maschinenraum eines Zerstörers eingeklemmten Maschinenmaat operierte, obgleich die Gefahr bestand, daß der Zerstörer auseinanderbrach. Mit Erfolg amputierte Harvey diesem Mann einen Arm, wurde dann durch Einatmen ausströmender Gase ohnmächtig und mußte aus dem Maschinenraum herausgezogen werden. Hiervon haben sich seine Lungen nie wieder erholt; für den Rest seines Lebens blieb er Invalide und stand immer am Rande des Todes.

1920 wurde er Rektor von Fircroft, aber seine Gesundheit zwang ihn 1925 zum Rücktritt. Mit seiner Frau lebte er eine Zeitlang in der Schweiz, anschließend sechs Jahre in Weybridge und die letzten zweieinhalb Jahre seines Lebens in Letchworth, wo er am 4. Juni 1937, im Alter von zweiundfünfzig Jahren, starb.

Er machte den Eindruck eines stillen, freundlichen und bescheidenen Menschen: vielleicht etwas weltfremd, aber keineswegs weltabgewandt und bestimmt kein Tor – ein Mann, der erkannte, daß eine Spur Satire sehr wohl mit dem Bekenntnis zur Nächstenliebe vereinbar ist – auch wenn die meisten Mitmenschen nicht das geringste gegen einen unerwarteten Tritt haben, besonders dann nicht, wenn er von einem winzigen Pferdefuß ausgeteilt wird. Man hat das Gefühl, daß Harvey selbst sich unmißverständlich über die Frage amüsiert hätte, die man mit gutem Grund stellen kann: Wie war es möglich, daß dieser Mann mit seinem überaus zarten und liebenswerten Wesen, den seine Freunde ohne das geringste Zögern mit dem Adjektiv »fromm« bezeichneten, als Schriftsteller am besten war, wenn er unheimliche Geschichten erzählte, von denen viele einen gewalttätigen und schauerlichen Inhalt hatten? Ich weiß nicht, ob ihn die Antwort befriedigt hätte, daß Gut und Böse untrennbar sind, polare Gegensätze; und je besser man das eine kennt, desto genauer kennt man auch das andere.

Zu seinen Veröffentlichungen gehören drei Bände mit Gespenstergeschichten und unheimlichen Erzählungen: *Midnight House* (1910), *The Beast with*

Five Fingers (1928) und *Moods and Tenses* (1933). Ferner schrieb er ein Kinderbuch, *Caprimulgus* (1936), einen Roman, *Mr. Murray and the Boococks* (1938), einen autobiographischen Bericht über seine Kindheit in einer Quäkerfamilie, *We were Seven*, und eine Folge von Essays, *Quaker Byways*.

Die Geschichten der hier vorliegenden Auswahl sind den drei erstgenannten Titeln entnommen. Meiner Ansicht nach ist *Miss Cornelius* Harveys beste Geschichte. Da ein erheblicher Teil ihrer Wirkung von dem überraschenden Schluß abhängt, ist es vielleicht besser, wenn ich ihren Inhalt nicht verrate. Mit Sicherheit kann man jedoch sagen, daß ein hoher Grad von Realismus zu ihren Vorzügen als unheimliche Geschichte gehört; sie ist im Grunde nichts als eine einfache Mischung aus ungewöhnlicher Hysterie und Verfolgungswahn. Ihr Thema – eine finstere Frau, die ihre Zauberkraft ausnutzt (denn darauf läuft die Geschichte hinaus), indem sie einen unbewußten Einfluß ausübt – ist ein Lieblingsthema Harveys. Es kehrt in zwei anderen Geschichten wieder: in *Miss Avenal*, wo eine junge Krankenschwester mit der fürchterlichen Depression ihrer melancholischen Patientin infiziert wird, und in *Mrs. Ormerod*, einer Studie über eine bösartige Hysterikerin. Bei diesen Geschichten bleibt Harveys Phantasie in den Grenzen der Wahrscheinlichkeit, und in diesen psychologischen, klinischen Erzählungen – nicht in der Gespenstergeschichte und auch nicht in irgendeiner grausigen *tour de force* – erreicht er seine eindrucksvolle Wirkung. Aber die Geschichte Harveys, die mich persönlich am meisten anspricht, ist *Die Dabblers.* Möglicherweise liegt der Grund in meiner besonderen und vielleicht seltsamen Vorliebe für speziell groteske Geschichten aus dem Schulleben; es kann jedoch auch sein, daß sie mich an einen spaßhaften Kult erinnert, der sich durch mehrere Schülergenerationen hindurch an meiner Schule hielt. *Die Dabblers* ist in einer konventionellen, höflichen, plaudernden Art erzählt; trotzdem ist sie in meinen Augen das Beispiel für eine wirklich originelle kleine Idee, die besonders beeindruckt, weil sie eine wesentliche Möglichkeit enthält.

Die Bestie mit den fünf Fingern ist in ihrer Konzeption vielleicht etwas gröber. Ich habe den Verdacht, daß sie unmittelbar aus dem Bezirk der verdrängten Kindheitskomplexe stammt, und für jene Leser, die auf diesem Gebiet ansprechbar sind, mag sie eine befriedigend gruselige Wirkung haben. Erzählt ist diese Geschichte in einer ruhigen, scheinbar kunstlosen Sachlichkeit, die einen so ausgesprochen »übernatürlichen« Vorgang großartig zu Ende führt. Sie gehört zu den wenigen Geschichten Harveys, die tatsächlich Gespenstergeschichten sind und in denen das unheimliche Element sichtbar und handgreiflich ist – in diesem Fall vielleicht sogar allzu handgreiflich. Eine andere, *Das Kirchengestühl der Ankardynes,* schmeckt ein bißchen – warum jedoch eigentlich nicht? – nach Dr. James. Hier könnte man einen anderen Zug an Harveys Technik feststellen, nämlich seine Art, eine Geschichte mit einer eindringlich geschilderten Atmosphäre zu beginnen. Bei ihm gibt es nicht die behagliche, gemächliche Eröffnung, »ungestört von irgendwelchen Vorahnungen«, so daß das Entsetzen, wenn es dann auftritt, durch den Gegensatz um so entsetzlicher wirkt. Eher neigt er dazu, die Technik eines Poe oder de la Mare anzuwenden, und der Beginn einiger seiner Geschichten verrät eine fieberhafte Stimmung, ähnlich den ersten Stadien eines Grippeanfalls, verbunden mit wachsender Beklemmung.

Andere Geschichten dieser Auswahl reichen von Schreckensgeschichten mit einem quälenden Thema – wie etwa *Das Werkzeug* und *Augusthitze* – bis zu dem mehr wunderlichen, beinahe kafkaesken *Mann, der Aspidistras haßte* und den leicht hämischen Erinnerungen an das zügellose und egozentrische Wesen des menschlichen Tieres in *Der Stern* und *Sambo*. Ich habe nur jene Geschichten ausgewählt, die über einem bestimmten Niveau liegen, und habe sie in eine Reihenfolge gebracht, die mit der, in der sie geschrieben wurden, nichts zu tun hat. Das Ergebnis ist ein kleiner Band, der jedoch seinen Platz auf dem breiten und vielfältigen Regal der englischen Schreckensgeschichte behaupten kann.

MAURICE RICHARDSON

Das Werkzeug

Ich liebe den langen Südkorridor mit seinen hellen Wänden und seinen niedrigen Fenstern, die auf den Garten hinausblicken. Dort sitze ich immer und schreibe, denn es ist sehr ruhig, besonders wenn Jellerby sich nicht wohl fühlt und auf seinem Zimmer bleiben muß. Er bezeichnet sich selbst als Sozialdemokraten und spricht besonders häufig über die Menschenrechte – ein wunderbarer Redner, der kein Stocken kennt, der zudem sämtliche Fakten und Zahlen in den Fingerspitzen hat, um jedes Argument sofort zu widerlegen. Solcher Dinge wird man jedoch sehr schnell überdrüssig. Lieber höre ich dann schon Charlie Lovel zu, wie er seinen endlosen Stammbaum aufsagt, während er über seinem Strickzeug sitzt und der Speichel ihm aus dem Mund sickert.

Ich muß immer vor mich hin lächeln, wenn ich an die gestrige Predigt denke. Gehalten wurde sie von dem Domherrn Eldred, der sich sichtlich unbehaglich fühlte, wie es mir unter ähnlichen Umständen bestimmt auch ergangen wäre. Er hat ein gerötetes, fröhliches Gesicht mit dicken Fleischfalten unter dem Kinn, die von gutem Essen zeugen: ein typischer, geistig gesunder Philister, den anzusehen richtig gut tat. Er war jedoch gekommen, um zu uns zu sprechen. Als Thema hatte er die Pflicht zur Fröhlichkeit genommen. Der Gegenstand war ausgezeichnet, und was er sagte, traf den Kern; trotzdem hätte ich zu gern erfahren, ob er auch nur die leiseste Vorstellung von dem Zustand derjenigen hatte, an die er sich wandte. Offenbar erkannte er unsere Not, denn es herrschte die Tendenz, uns nicht so sehr als Männer, sondern vielmehr als Kinder zu betrachten. Unvorsichtigerweise sprach er von dem Mann von der Straße, und damit bewies sich die Unrichtigkeit seiner Position. Wir haben keine Verwendung für Argumente, die gewöhnliche Menschen zufriedenstellen sollen, da wir ungewöhnliche Menschen in einer ungewöhnlichen Situation sind.

Nein, der »Mann von der Straße« war, um es milde auszudrücken, eine höchst unglückliche Phrase!

Ich würde dem Domherrn Eldred gern meine eigene Geschichte erzählen. Er sagte, er führe nächste Woche weg, um einen wohlverdienten Urlaub zu verleben. Vor zwei Jahren nahm auch ich meinen Sommerurlaub. Genaugenommen war es ein Herbsturlaub, denn unser Vikar – ich war damals im Norden Englands dienstältester Pfarrer in einer großen Arbeitergemeinde – war mit seinen Kindern im Juli ans Meer gefahren, und Legge, der jüngere Pfarrer unserer Gemeinde, hatte den August für seine Reise nach Tirol reserviert.

In jenem Jahr hatte ich für mich keinen endgültigen Plan gemacht. Irgend etwas würde sich, davon war ich überzeugt, zur richtigen Zeit einstellen, und wenn meine sämtlichen Freunde bereits etwas vorhaben sollten, wußte ich, daß ich jederzeit für zehn Tage zu meinem Onkel nach Devonshire oder aber vierzehn Tage lang in frischer Luft ein einfaches Leben auf Bobs verrufener alter Segeljacht führen könnte. Aber irgendwie wurde dann aus alledem doch nichts. Mein Onkel, der anfing, sich Gedanken über die Erbschaftssteuer zu machen, ließ die Jagd seit fünfzig Jahren zum erstenmal ausfallen, Bob war damit beschäftigt, sein Boot vor der dänischen Küste auf Untiefen laufen zu lassen, und ich war auf meine eigene Phantasie angewiesen. Zwölf Stunden nach Erhalt dieser Nachrichten brach ich schließlich zu einer zehntägigen Wanderung auf, entschlossen, irgendeine wetterfeste Scheune in der Nähe eines Flusses oder des Meeres aufzustöbern, wo Legge und ich über Ostern mit unseren Jungen kampieren könnten.

Ich fuhr an einem Montag ab; und sollte der Domherr Eldred diesen Bericht jemals lesen, wäre es gut, wenn er sich diesen Tag genau merkte, denn die Daten sind ein wesentlicher Teil meiner Erzählung. Legge begleitete mich zum Bahnhof, denn ich hatte noch verschiedenes mit ihm zu besprechen, was mit der Gemeindearbeit zusammenhing. Ich kaufte mir eine für zehn Tage gültige Fahrkarte. Sie war am 22. September abgestempelt, und der 22. war, wie gesagt, ein Montag.

Übernachten tat ich in Dunsley. Die Saison war

zu Ende. Fast alle Gäste waren abgereist; der Hafen war jedoch mit Fischerbooten gerammelt voll, weil seit drei Tagen ein Sturm tobte, und sämtliche Gassen der alten Stadt wimmelten von Fischern. Am Dienstag schulterte ich meinen Rucksack in der Absicht, die Klippen entlang zu wandern; der aus östlicher Richtung kommende Sturm war jedoch so heftig, daß ich landeinwärts zur Heide abbog. Ich war den ganzen Tag unterwegs, legte dabei gut fünfunddreißig Meilen zurück, und bei Einbruch der Dämmerung nahm ein Bauer mich auf seinem Wagen mit. Er fuhr nach Chedsholme, und dort verbrachte ich die Nacht im Gasthaus ›Ship Inn‹, einen Steinwurf von der Klosterkirche entfernt. Ich verspürte wenig Lust, am Mittwoch wieder ein größeres Stück zu wandern, ging also am Vormittag nur bis nach Rapmoor, ließ mein Gepäck beim alten Mr. Robinson in der ›Crown‹, borgte mir von ihm eine Angel und verbrachte den Nachmittag damit, daß ich im Lansdale, einem Bach, angelte. Dabei entdeckte ich einen großartigen Zeltplatz, aber keine Scheune oder sonst ein Gebäude, und sprach mit dem Bauern, der zugleich Kirchenvorsteher war und bereitwillig seine Erlaubnis zum Aufstellen unserer Zelte gab, falls wir mit den Jungen hierherkommen würden. Die Nacht vom Mittwoch zum Donnerstag blieb ich in Rapmoor, die Nacht zum Freitag in Frankstone Edge, wo ich bei dem Vikar – einem Studienfreund von Legge –

Abendbrot aß, und die Nacht zum Sonnabend in Gorton. Die Wirtin des Gasthauses in Gorton besaß einen grünen Papagei, der in einem Käfig im Gastzimmer saß. Er war bemerkenswert zahm, und obgleich ich für derartige Vögel nicht viel übrig habe, erinnere ich mich, daß ich abends ziemlich lange bei ihm saß und mit ihm sprach.

Am Sonnabendmorgen brach ich auf, gerüstet für einen weiten Marsch und darauf gefaßt, völlig durchnäßt zu werden. Nicht daß es regnete, aber der Nebel kroch von der Küste landeinwärts über die Heide, und da mein Weg nach Osten führte, mußte ich ihm entgegengehen. Ich folgte der Straße bis zum Ausgang des Tales und schlug dann einen holperigen Pfad ein, der am Rande einer Kiefernschonung entlang, hinter einem stillgelegten Steinbruch vorbei, in die Heide führte. Gegen Mittag befand ich mich mitten auf dem Hochland. Im Schutz einer Jagdhütte aß ich meine Butterbrote, während ich versuchte, meinen genauen Standort auf der Karte zu finden. Es war gar nicht so einfach, aber ich fand ungefähr das Gebiet und sah dann nach, welches Dorf am nächsten lag, um eine Übernachtungsmöglichkeit zu finden. Chedsholme, wo ich die Nacht zum Mittwoch verbracht hatte, schien am leichtesten erreichbar zu sein, und obgleich man mir dort genau das Doppelte dessen berechnet hatte, was für Abendbrot, Übernachtung und Frühstück angemessen schien, war doch das Essen gut und das

Haus ruhig gewesen – was an einem Samstagabend nicht ganz unwichtig war.

Es war zwei vorbei, als ich den Schutz der Hütte verließ. Zuerst hatte ich Schwierigkeiten, den richtigen Weg zu finden. Die Heide hatte keine Kennzeichen, nach denen ich mich richten konnte; die flache Ebene wurde lediglich von zahllosen kahlen Hügeln unterbrochen, die in parallelen Wellen von Norden nach Süden verliefen. Diese Hügel bestanden aus Schiefer und kennzeichneten jene Stellen, an denen man vor vielen Jahren nach Eisenerz gegraben hatte. Im Laufe der Zeit wurden sie immer seltener, und ich nahm schon an, sie hinter mir gelassen zu haben, als einer, der größer war als alle übrigen, vor mir im Nebel auftauchte.

Jeder hat in einer bestimmten Periode seines Lebens jenes seltsame Gefühl von Gefahr verspürt, das uns – sofern es stark genug ist – veranlaßt, unsere Absichten zu ändern, und an die Stelle eines begründeten Motivs die blinde Macht der Angst setzt. Ich ging geradenwegs auf den Hügel zu, als ich plötzlich stehenblieb. Irgend etwas schien mich zurückhalten zu wollen, während mir gleichzeitig meine völlige Einsamkeit bewußt wurde: allein auf der Heide, meilenweit von jedem Mitgeschöpf entfernt. Etwa eine halbe Minute blieb ich dort stehen, halb im Zweifel, ob ich weitergehen sollte. Dann sagte ich mir, daß die Furcht immer dann am stärksten ist, wenn man vor ihr zurückweicht; ich lächelte also über meine Torheit und ging weiter.

Jenseits des Hügels lag der Körper eines toten Mannes. Es war ein Ausländer, mit dunkler Haut und langen öligen Haarlocken. Ein rotes Taschentuch war locker um seinen Hals geschlungen. Außerdem trug er Ohrringe. Er lag auf dem Rücken, mit weitgeöffneten glasigen Augen.

Mein erstes Gefühl war nicht Überraschung oder Mitleid, sondern heftige, alles überwältigende Übelkeit. Gewaltsam nahm ich mich jedoch zusammen und untersuchte den Leichnam genauer. Ich sah sofort, daß er bereits seit einigen Tagen tot war. Seine Hände waren weiß und kalt, die Glieder merkwürdig schlaff. Die Bekleidung bestand aus kaum mehr als Fetzen. Das Hemd war vorn zerrissen, und die Tätowierung auf der Brust – selbst in dem Entsetzen, das mich gepackt hatte, konnte ich nicht anders, als die Kunstfertigkeit zu bewundern, mit der sie ausgeführt war – zeigte einen großen grünen Papagei mit ausgebreiteten Flügeln.

Zuerst konnte ich kein Anzeichen dafür entdekken, wie der Mann vom Tod getroffen worden war. Erst als ich die Leiche umdrehte, sah ich die gräßliche Wunde am Hinterkopf, die von irgendeinem stumpfen Gegenstand oder einem Stein herrühren mußte. Für mich blieb nichts anderes zu tun, als den Fall so schnell wie möglich der Polizei zu melden. Der nächste Beamte würde wahrscheinlich in Chedsholme zu finden sein, zehn Meilen entfernt; und die beste Art und Weise, in dem dichten Nebel dorthin zu kommen, war meiner Ansicht nach, in östlicher Richtung bis zur Erzbahnlinie zu gehen, die von Bleadale herunter kam. Das tat ich auch; und ich werde nicht so schnell das freudige Gefühl vergessen, wieder in eine lebende Umwelt zurückgekehrt zu sein, das mich überkam, als ich das ferne

Pfeifen einer Lokomotive hörte und fünf Minuten darauf zwischen den aufreißenden Schwaden hindurch den langen Güterzug sah, der am Horizont entlangkroch.

Einmal während des ununterbrochenen Marsches verlangsamte sich mein Gang. Befreit von dem Zwang, mit den Sinnen eine bestimmte Richtung einzuhalten, begann ich, über meine schauderhafte Entdeckung nachzudenken. Wer konnte der Mann sein, und weshalb war er getötet worden? Er schien mit diesem wilden, kalten Land nichts gemein zu haben – schien ein Seemann zu sein, wie man sie zu der Zeit der spanischen Beherrschung der Meere vielleicht antreffen konnte: gestrandet mit leeren Schatzkisten auf dem grellen, schattenlosen Strand einer Landzunge. Wer aber hatte diesen Mann erschlagen und dann nichts getan, um die Spuren seines Verbrechens zu beseitigen? Nichts wäre leichter gewesen, als den Leichnam mit dem lockeren Schiefer des Hügels zu bedecken. ›Nicht einmal fünf Minuten hätte ich dazu gebraucht‹, sagte ich mir, ›wenn ich eine Schaufel gehabt hätte.‹ Es hatte für mich jedoch keinen Sinn zu überlegen, was diese Illustration zu einer Geschichte bedeutete, die ich doch nie lesen würde. Ich verließ die Bahnlinie an der Stelle, wo sie die Straße kreuzte, und folgte dann der Straße in Richtung Chedsholme. Ich war vielleicht noch eine Meile oder etwas mehr vom Dorf entfernt, als die Stille des Nachmittags plötzlich vom Läuten einer Glocke unterbrochen wurde.

Ich erinnere mich, wie wir einmal mit Bobs Boot vom Nebel überrascht wurden. Die Strömung war sehr stark, und Bob kannte diesen Teil der Küste nicht. »Laß man – irgendwie werden wir uns schon durchmogeln!« sagte er, und kaum hatte er dies gesagt, als wir das wilde, wahnsinnige Heulen eines Nebelhorns hörten. In meinem ganzen Leben werde ich den höchst überraschten Ausdruck auf Bobs Gesicht nicht vergessen. »Das muß ein Irrtum sein«, sagte er, und wie immer fehlte ihm jegliche Logik. »Das gibt es gar nicht, daß sich hier jemand herumtreibt.«

Dasselbe Gefühl hatte ich an jenem Septemberabend vor jetzt zwei Jahren. Mit welchem Recht läutete die Kirchenglocke? In einem Ort von der Größe Chedsholmes fand sonnabends kein Gottesdienst statt. Für eine Beerdigung war es zu spät. Was also war passiert, was konnte das Läuten bedeuten? Als ich dann durch die Dorfstraße ging, merkte ich, daß die Jalousien der Ladenfenster heruntergelassen waren. Und in den Wiesen gingen Männer spazieren, alle in sonntägliches Schwarz gekleidet.

Ich fand die Polizeiwache ohne Schwierigkeiten – das heißt: das Häuschen, in dem der Polizist wohnte. Er war unterwegs, wie mir seine Frau erzählte, würde aber am nächsten Morgen zurückkommen; und da sonst anscheinend keine Möglichkeit bestand, mich mit irgendeiner Behörde in Verbindung zu setzen, war ich im Augenblick gezwungen, mein Geheimnis noch für mich zu behalten.

Die Tür zum › Ship Inn ‹ war geschlossen, und ich mußte zweimal klopfen, bis die Wirtin erschien. Sie erkannte mich sofort wieder. »Ja«, sagte sie, »wir können Sie sicherlich unterbringen. Sie können sogar dasselbe Zimmer haben wie letztes Mal, Nummer drei, gleich rechts neben der Treppe. Aber das Mädchen hat Ausgang, und deswegen kann ich Ihnen nur ein kaltes Abendbrot bringen.«

Zehn Minuten später stand ich im Gastzimmer vor einem fröhlich flackernden Feuer, während Mrs. Shaftoe das Tischtuch auflegte und mich inzwischen mit dem neuesten Klatsch bekannt machte. Es seien nur noch wenige Gäste da; die Saison sei zwar vorbei, aber sie hoffe, ihr Haus in vierzehn Tagen wieder voll zu haben, wenn Mr. Somerset aus Steelborough mit Freunden wiederkam, um noch eine Woche zu jagen. »Es ist ein Jammer, daß die Leute immer nur im Frühjahr und Sommer zu uns kommen«, sagte sie. »Ein Dorf wie unseres ist schrecklich arm, und jeder Gast spielt da schon eine Rolle. Wahrscheinlich finden die Leute es hier zu einsam; aber so wahr ich hier stehe, in der Heide braucht man sich wirklich vor nichts zu fürchten. Kein Mensch tut einem was. So, Sir, Ihr Abendbrot ist fertig. Wenn Sie noch irgendeinen Wunsch haben, brauchen Sie nur auf die Klingel zu drücken.«

»Wie kommt es eigentlich«, fragte ich, als ich

mich an den Tisch setzte, »daß es heute abend so ruhig ist? Ich hatte bisher geglaubt, daß Sie am Samstagabend immer am meisten zu tun haben?«

»Das stimmt auch«, sagte Mrs. Shaftoe. »Dafür haben wir sonntags fast nichts zu tun. Wir haben nämlich nur eine Lizenz für die sechs Wochentage. Wenn Sie mich jetzt entschuldigen wollen, Sir, ich glaube, eines der Kinder hat gerufen. Ich bin im Moment noch allein, weil das Mädchen in der Kirche ist.«

Sie verließ den Raum und merkte nicht, welche Wirkung ihre Worte auf mich hatten. ›Sonntag!‹ überlegte ich. ›Was kann sie damit meinen? Bestimmt hat sie sich geirrt!‹ Aber vor mir hing ein Kalender an der Wand: Sonntag, der 28. Vor noch nicht einmal einer Stunde hatte ich gehört, wie die Kirchenglocke zum Abendgottesdienst rief. Die Männer, die ich überall hatte herumschlendern sehen, waren also nur ganz gewöhnliche sonntägliche Spaziergänger. Irgendwie mußte ich in der letzten Woche einen Tag verpaßt haben.

Aber wo? Ich holte mein Taschentagebuch heraus. Der für jeden Tag freigelassene Platz war mit kurzen Notizen ausgefüllt. ›Zuerst‹, sagte ich mir, ›muß ich ein bestimmtes Datum haben, von dem ich ausgehen kann.‹ Ich war ganz sicher, daß ich meinen Urlaub am Montag, den 22., angetreten hatte. Als Bestätigung hatte ich die für die Rückfahrt nötige Hälfte des Fahrscheins, dessen Stempel das gleiche

Datum trug. Am Montag hatte ich in Dunsley übernachtet, am Dienstag in dem Gasthof in Chedsholme, in dem ich jetzt wieder saß, Mittwoch in Rapmoor, Donnerstag in Frankstone Edge und Freitag in Gorton. In meiner Erinnerung war jeder einzelne Tag ausgefüllt; mein Gedächtnis war klar. Und dennoch existierte irgendwo ein Zeitraum von vierundzwanzig Stunden, über den ich nichts wußte.

Ich bin immer leicht zerstreut gewesen – lächerlich zerstreut, werden meine Freunde vielleicht sagen; diese Zerstreutheit ist tatsächlich ein Zug meines Wesens, der mich schon mehr als einmal in peinliche Situationen gebracht hat. Aber das, was mir jetzt passiert war, schien doch etwas vollkommen anderes zu sein. Vergeblich durchforschte ich meine Erinnerung nach dem leisesten Schatten einer Erklärung. Die vergangene Woche kehrte nicht als eine Folge unterschiedsloser grauer Tage, sondern als vollständig deutlicher und gut geordneter Zug zurück. Aber war es wirklich schon Sonntag? Konnte das Ganze ein Scherz sein, erklärlich als Folge irgendeiner albernen Wette? In Ermangelung eines Besseren lohnte es sich, diese Vermutung nachzuprüfen. Ich tat also, als wäre ich mit dem Essen fertig, nahm meinen Hut vom Haken und verließ eilig das Haus. Ich schlug die Richtung zur Kirche ein, aber als ich mich dem Gebäude näherte, wurde mein Herz immer mutloser. Ich kam an einem halben Dutzend junger Burschen vorüber, die vor dem Tor des Friedhofs herumlungerten und auf ihre Mädchen warteten, um sie nach Hause zu begleiten. »Ein langweiliger Sonntag war das«, sagte ich, und einer verhielt einen Augenblick beim Anzünden seiner Zigarette, um mir zuzustimmen. Ich blieb vor dem Portal stehen und lauschte. In der Kirche wurde gerade ein Choral gesungen. Dann erklang die dünne singende Stimme des Priesters, die Schutz vor den Gefahren und Nöten der Nacht erbat.

Mit einem Gefühl fast unerträglicher Bedrückung kehrte ich zum Gasthaus und in die leere Gaststube zurück.

›Schließlich‹, sagte ich mir, ›kann ich es doch nicht ändern. Andere Menschen haben früher auch schon ihr Gedächtnis verloren. Ich sollte dankbar sein, daß ich es so schnell wiedererlangt habe und daß kein Schaden entstanden ist. Auf jeden Fall kommt doch nichts Gutes dabei heraus, wenn ich über diese Sache grübele.‹ Aber trotz meiner Entschlossenheit fand ich es unmöglich, meine Gedanken zu kontrollieren. Immer wieder fand ich, daß ich in Gedanken zu dem Thema zurückkehrte – fasziniert von dieser Lücke in der Vergangenheit und von den Möglichkeiten, die daraus entstanden. Wo war ich gewesen? Was hatte ich getan?

Ich glaube, der Anblick einer ganz normalen Sammelbüchse für das Krankenhaus, die auf dem Kaminsims stand, brachte mich auf den Gedanken, dieses Problem von einer neuen Seite anzupacken. Ich habe meine Ausgaben für jeden einzelnen Tag immer genau aufgeschrieben – nicht in meinem Tagebuch, sondern in einem gesonderten Kontobuch, das ich ebenfalls bei mir trug. Auf diese Weise war es vielleicht möglich, irgendwie eine Erklärung für die Angelegenheit zu finden. Ich holte das Kontobuch also heraus und durchblätterte es flüchtig. Dabei entdeckte ich nichts Neues. Es enthielt dieselbe Aufstellung der Dorfnamen und ihrer Gasthöfe; kein neuer Name tauchte auf. Dann las ich es noch einmal genau durch. Dieses Mal machte ich allerdings eine Entdeckung: Die Beträge, die ich jeweils für Übernachtung, Abendbrot und Frühstück bezahlt hatte, waren bei allen Gasthöfen ungefähr die gleichen – mit Ausnahme des ›Ship‹ in Chedsholme. Die Rechnung für diesen Gasthof schien genau doppelt soviel zu betragen, wie es eigentlich angemessen war. Ich erinnerte mich nur, dort eine einzige Nacht verbracht zu haben: die Nacht vom Dienstag zum Mittwoch. Es war jedoch möglich, daß ich dort vielleicht auch die Nacht zum Donnerstag geblieben war.

Ich läutete und bestellte, was ich anderntags zum Frühstück haben wollte; und als Mrs. Shaftoe die Gaststube wieder verlassen wollte, fragte ich, wann ich eigentlich hier übernachtet hätte.

»Am Dienstag und am Mittwoch«, sagte sie. »Donnerstag vormittag sind Sie dann nach Rapmoor aufgebrochen. Also gute Nacht, Sir! Ich werde dafür sorgen, daß Sie um halb acht geweckt werden.«

Demnach stimmte also meine Vermutung. In Chedsholme war mir der eine Tag entgangen. Kaum war die Frau gegangen, als ich auch schon wünschte, ich hätte sie noch mehr gefragt. Vielleicht hätte sie mir sagen können, was ich an jenem Tag getan hatte. Aber wie konnte ich sie anders als nur ganz allgemein nach diesen Dingen fragen, wenn ich den Eindruck vermeiden wollte, verrückt geworden zu sein? Aus ihrem Verhalten ging deutlich hervor, daß ich mich völlig normal benommen hatte. Aller Wahrscheinlichkeit nach war ich den ganzen Tag unterwegs gewesen und erst abends – todmüde – zurückgekehrt. Warum sollte ich mir über diese Sache Gedanken machen, die im Vergleich zu jener Tragödie so unbedeutend war, welche ich nachmittags entdeckt hatte?

Es war jedoch auch klar, daß ich keine Ruhe finden würde, wenn ich vor dem Feuer in der Gaststube sitzen blieb. Die Uhr hatte halb zehn geschlagen; ich nahm daher die Kerze, die für mich auf dem Büfett stand, ging nach oben und legte mich ins Bett.

Mein Zimmer ähnelte den meisten Gasthauszimmern, nur daß in der Ecke ein Bücherregal mit einem halben Dutzend Büchern hing: ›Sermons in Advent‹ von Dr. Meiklejohn, ›Gulliver's Travels‹,

›Yorkshire Anecdotes‹, ›The House by the Sea‹ und zwei Sammelbände, einer mit der Zeitschrift ›Boy's Own Paper‹ und der andere mit einem amerikanischen Magazin. Diesen Band nahm ich herunter, blätterte ihn durch und sah, daß die Schrifttype gut lesbar und die Geschichten mit schönen Stichen illustriert waren. Ich legte mich ins Bett, stellte die Kerze neben mich auf den Stuhl und begann zu lesen. Die Geschichte handelte von einem jungen Methodistenpfarrer in einer Stadt Neu-Englands. Das Mädchen, das er liebte, hatte sich mit einem Seemann verlobt, der mit einer Brigg gestrandet und von den Wellen an Land gespült worden war; die Brigg war auf dem Weg von Baltimore nach Smyrna gewesen. Durch die Liebe des Mädchens zu dem Fremden rasend geworden, fälschte der Pfarrer einen Brief, der den Seemann zu einem Treffen in den Dünen bestellte, erwartete dort seinen Rivalen und schoß ihn durch das Herz. Irgendwie bemerkenswert war die Geschichte nicht. Ungerührt las ich sie bis zum Schluß. Als ich dann jedoch die letzte Seite umblätterte, stieß ich auf eine ganzseitige Illustration, die mich gefangen hielt.

Sie zeigte die Szene in den Dünen: Der Pfarrer im schwarzen Anzug blickt auf die Leiche des syrischen Seemanns hinunter, genau wie ich an jenem Nachmittag vor dem Toten gestanden hatte, und die Unterschrift zu dem Bild war dem Text der Geschichte entnommen:

Was hätte er nicht darum gegeben, diesen Anblick aus seiner Erinnerung zu löschen!

Ich nehme an, daß mein Leben bis zu jener Zeit, von der ich hier berichte, völlig normal gewesen ist, erfüllt von den üblichen Freuden des Alltags und seinen Aufgaben, geregelt von dem üblichen Gang der Dinge. Binnen weniger Stunden hatte ich zwei große, mich ungeheuer erregende Dinge erlebt: die überraschende Auffindung des Toten auf der Heide und diesen unerklärlichen Verlust der Erinnerung. Jedes für sich war hinlänglich verwirrend gewesen, aber bisher hatte ich wenigstens angenommen, daß sie nichts miteinander zu tun hatten. Ein bloßer Zufall hatte mir jedoch gezeigt, daß ich mich vielleicht irrte. Ich hatte, wenn man so will, an der Wasserscheide gestanden, an der zwei Flüsse entspringen. Ich hatte geglaubt, sie flössen in zwei Ozeane. Der Nebel hob sich, und ich sah, daß sie sich doch vereinten und einen Strom von unwiderstehlicher Kraft bildeten, der mich unvermeidbar mitreißen würde.

Die ganze Geschichte schien vollkommen unmöglich; ich hatte jedoch das deprimierende Gefühl, daß das Unmögliche wahr war, daß ich in dieser gespenstischen Tragödie das Instrument, das unfreiwillige Werkzeug war.

Es war sinnlos, im Bett zu liegen. Ich stand also auf und wanderte in meinem Zimmer auf und ab. Immer wieder versuchte ich, um den fürchterlichen

Gedanken einen hohen Wall von Argumenten aufzurichten, der so sorgfältig aufgeschichtet war, daß es keine Möglichkeit des Durchschlüpfens gab. Aber alle Mühe war vergebens. Ich wurde von einer überwältigenden Angst vor mir selbst und vor jener Tat gepackt, die ich vielleicht begangen hatte. Nur an eines konnte ich noch denken: Den ganzen Vorfall der Polizei zu melden, ihr mitzuteilen, daß ich außerstande war, über meine Taten vom Mittwoch Rechenschaft abzulegen, und jede Untersuchung zu begrüßen. ›Alles‹, sagte ich mir, ›ist besser als diese unerträgliche Ungewißheit.‹

Und dennoch war es ein folgenschwerer Schritt, den ich tun wollte. Angenommen, ich hatte mit dem Tod dieses Mannes nichts zu schaffen, wäre jedoch zugleich der letzte, der mit ihm zusammen gesehen wurde – dann lief ich Gefahr, für ein Verbrechen bestraft zu werden, das ein anderer begangen hatte. Ich war auch der Stellung, die ich innehatte, und meiner zukünftigen Laufbahn verpflichtet. Und so legte ich mich schließlich, betäubt und erschöpft, auf mein Bett, um auf den Schlaf zu warten. Dabei war ich fest entschlossen, am Morgen jenen Weg zurückzuverfolgen, den ich am vergangenen Nachmittag gegangen war. Vielleicht würde ich irgendeinen neuen Hinweis entdecken; vielleicht würde ich sogar feststellen, daß das Ganze lediglich der Phantasie eines überanstrengten Gehirns entsprungen war.

Langsam merkte ich, wie sich der Bereich meines Bewußtseins einengte. Ein warmer, sanfter Nebel umgab mich und hüllte mich ein. Ich hörte die Kirchturmuhr schlagen, war jedoch zu erschöpft, um die Schläge zu zählen. Die Glocke schlug und schlug, und jeder Ton wurde schwächer, und ich schlief ein.

Als ich aufwachte, war es neun Uhr. Die Sonne schien durch das Fenster, und als ich die Läden aufstieß, sah ich einen Himmel von makellosem Blau. Der Schlaf hatte neue Hoffnung gebracht. Ich zog mich schnell an, und dabei lachte ich über die Ängste der vergangenen Nacht. Es gibt Stimmungen, in denen nichts so stark ist wie die Macht unerwartet zusammentreffender Dinge. Ich sagte mir, daß ich am vorigen Abend in einer krankhaft gespannten Stimmung gewesen sei; und im hellen Licht des Tages griff ich noch einmal nach dem Sammelband, der die Ursache so großen Mißbehagens gewesen war. An der Geschichte des Methodistenpfarrers und des Seemanns war tatsächlich nichts Besonderes; aber als ich nach den Illustrationen schaute und die letzte Seite umblätterte, stellte ich fest, daß diese Illustration gar nicht existierte.

»Ein himmlischer Tag!« sagte Mrs. Shaftoe, als sie das Frühstück brachte. »Wollen Sie heute wieder ein Stück wandern, Sir? Wenn Sie möchten, kann ich Ihnen ein paar Butterbrote mitgeben.« Ich fand den Vorschlag gut, und nachdem ich noch Bescheid gesagt hatte, daß ich erst zwischen vier und fünf Uhr zurück sein würde, brach ich kurz nach elf Uhr auf.

Die ersten paar Meilen hatte ich keine Schwierigkeit, meinen Weg zurückzuverfolgen; nachdem ich jedoch die Erzbahn überquert hatte, konnte ich mich an keine Merkmale mehr halten. Mehr als einmal fragte ich mich, warum ich eigentlich weiterginge. Eine befriedigende Antwort konnte ich darauf nicht geben. Heute glaube ich, daß es der Wunsch war, jenen Tatsachen gegenüberzustehen, die mich verfolgten. Ich hatte genug von den zügellosen Phantastereien des vergangenen Abends und wollte unbedingt einen Hinweis auf das Geheimnis suchen, mochte er auch noch so unbedeutend sein.

Schließlich befand ich mich wieder zwischen den Schieferhügeln der alten Erzanlagen; ich sah eine lange Hügelkette, die wie ein Wall aufgeworfen war, und vor den übrigen erhob sich ein einzelner, auf dem die Leiche gelegen hatte. Langsam ging ich auf ihn zu. Im hellen Schein der Mittagssonne wirkte er kleiner als im Nebel des Sonntags. Was würde ich vorfinden? Mit hämmerndem Herzen kletterte ich den Hang der Mulde hoch. Dann stand ich oben und blickte mich um. Nichts war zu sehen, nur die Weite der Heide und des Himmels.

Mein erster Gedanke war, daß ich mich in der Stelle geirrt haben müßte. Gespannt suchte ich den Boden nach Fußabdrücken ab. Ich entdeckte sie fast sofort. Sie stimmten genau mit meinen genagelten

Wanderschuhen überein. Offensichtlich war ich also an der richtigen Stelle.

Was war nun eigentlich geschehen? Es gab nur eine Erklärung: Ich mußte mir die ganze Geschichte eingebildet haben.

Und so merkwürdig es scheinen mag, war ich doch über diese Erklärung froh, denn vor der kalten Wirklichkeit hatte ich mich gefürchtet, da sie mit der schrecklichen Vorstellung verbunden war, ich hätte die Tat in einem Anfall unbewußten Wahnsinns selbst verübt. Und in meiner Dankbarkeit kniete ich auf der Heide nieder und pries den Gott des blauen Himmels und des Sonnenlichts dafür, daß er mich von den Schrecken der Nacht erlöst hatte.

Mit zufriedenem Gemüt wanderte ich wieder über die Heide zurück. Ich beschloß, meinen Urlaub am folgenden Tag zu beenden, irgendeinen Nervenspezialisten zu konsultieren und, wenn nötig, für einen Monat oder vielleicht auch zwei ins Ausland zu fahren. An jenem Abend saß ich mit einem gesprächigen alten Herrn in der ›Ship Inn‹ beim Abendbrot zusammen; ihm gelang es, mich von meinen eigenen Angelegenheiten abzulenken, und da ich das Gefühl hatte, bestimmt schlafen zu können, ging ich zeitig zu Bett.

Damit ist meine Geschichte noch nicht zu Ende. Ich wollte, sie wäre es; aber wie Domherr Eldred gestern in seiner Predigt sagte, ist es oft unsere Pflicht, die Dinge so zu nehmen, wie sie sind, und unsere begrenzten, für die Arbeit des Tages bestimmten Kräfte nicht in vergeblichem Bedauern oder krankhafter Erwartung zu vergeuden.

Denn als ich am folgenden Morgen gerade beim Frühstück saß, hörte ich, wie ein Mann im Nebenzimmer Mrs. Shaftoe um die Morgenzeitung bat. Sie erwiderte, der Herr in der Gaststube lese sie gerade; die Zeitung vom Dienstag liege jedoch in der Küche.

›Dienstag?‹ überlegte ich. ›Wahrscheinlich meint sie Montag. Heute ist doch Dienstag.‹ Und ich blickte zu dem Kalender über dem Kamin hinüber. Auf dem Kalender stand Mittwoch. Ich blickte auf die Zeitung und sah auf jeder Seite: ›Mittwoch, der 1. Oktober‹. Halb betäubt erhob ich mich und ging in den Nebenraum. Wahrscheinlich merkte Mrs. Shaftoe, daß irgend etwas nicht stimmte, denn bevor ich etwas sagen konnte, bot sie mir ein Glas Kognak an.

»Ich verliere langsam mein Gedächtnis«, sagte ich. »Ich glaube, ich muß krank sein. Ich kann mich einfach nicht erinnern, was ich gestern getan habe.«

»Aber ich bitte Sie, Sir!« sagte sie. »Sie waren doch den ganzen Tag in der Heide! Ich hatte Ihnen ein paar Butterbrote mitgegeben, und abends haben Sie sich mit dem alten Herrn, der heute früh abfuhr, über Freihandel und Schutzzölle unterhalten.«

»Was habe ich denn dann am Montag gemacht? Ich glaubte, das sei am Montag gewesen.«

»Ach – am Montag? Am Montag waren Sie auch den ganzen Tag in der Heide. Erinnern Sie sich nicht mehr, daß Sie sich meine Schaufel ausborgten? Sie wollten irgend etwas begraben – ich glaube, Sie sprachen von einem grünen Papagei. Ich kann mich noch daran erinnern, weil ich es merkwürdig fand. Sie kamen erst ziemlich spät abends zurück. Und Sie sahen richtig erschöpft aus, genauso wie letzte Woche. Ich bin überzeugt, Sir, daß Sie zu weit gewandert sind.«

Ich bat um die Rechnung, und während sie sie ausschrieb, ging ich nach oben in mein Zimmer. Ich nahm noch einmal den Sammelband vom Regal und schlug die Geschichte von dem Methodistenpfarrer auf. Die Illustration am Schluß der Geschichte fehlte tatsächlich, aber bei näherem Hinsehen entdeckte ich, daß eine ganze Seite fehlte. Ich schlug das Bilderverzeichnis auf und sah, daß das Bild, dessen Unterschrift mich so seltsam berührt hatte, auf der fehlenden Seite gewesen war.

Ich machte mich auf den Weg zum nächsten Bahnhof und bestieg den Zug nach Steelborough, wo ich meine Geschichte einem Polizei-Inspektor erzählte, der mir offensichtlich nicht glaubte. Aber während eines Tages – oder vielleicht waren es auch zwei – wurden Nachforschungen angestellt: Die Leiche eines unbekannten Seemanns, eines Ausländers mit seltsam aussehenden Tätowierungen auf der Brust, wurde an der von mir angegebenen Stelle gefunden. Eine Zeitlang wurde nichts festgestellt, was mich mit dem Verbrechen in Verbindung brachte. Dann kam ein Wildhüter, der aussagte, am Mittwoch, den 24., zwei Männer gesehen zu haben; der eine schien ein Geistlicher, der andere ein Landstreicher gewesen zu sein, und beide wären über die Heide gegangen; er hätte die beiden angerufen, sie wären jedoch nicht stehengeblieben. So wurde ich vor Gericht gestellt. Ich wurde natürlich von Psychiatern untersucht, und jetzt bin ich hier. Nein, Domherr Eldred, die Welt ist doch etwas komplizierter, als Sie glauben. Ich stimme Ihnen zu, daß Fröhlichkeit nötig ist, aber ich möchte bessere Gründe dafür hören als Ihre. Folgende Gründe habe ich – vielleicht sind es nur die eines armen Irren, aber trotzdem will ich sie aufzählen.

Die Welt wird, meiner Ansicht nach, von Gott mit Hilfe einer Hierarchie von Geistern regiert. Übrigens sagt der kleine Charlie Lovel, er habe gestern abend den Erzengel Gabriel gesehen, als er aus dem Baderaum kam, und nach allem, was ich weiß, hat er vielleicht recht. Regiert wird sie also von einer Hierarchie von Geistern, von denen einige größer und weiser sind als andere, und jeder hat seine ganz bestimmte Aufgabe. Wahrscheinlich war es aus irgendeinem Grunde, den ich vielleicht nie erfahren werde, für seine Erlösung notwendig, daß er auf eine bestimmte Weise starb, daß seine Seele durch plötzliches Entsetzen geläutert wurde. Genau kann ich es nicht sagen, denn ich war nur das Werkzeug. Der große und mächtige – aber nicht allmächtige – Geist erledigte seine Aufgabe, soweit sie den Seemann betraf, und dann dachte er, mit der Liebe eines Handwerkers für sein Werkzeug, an mich. Es war nicht nötig, daß ich mich dessen erinnerte, was ich getan hatte – ich war von Gott dazu ausgeliehen worden, wie der Saten sich die Schlange geborgt hatte; nachdem daher meine Tat vollendet war, nahm mir der Geist in seinem Mitleid jegliche Erinnerung an das Geschehene. Aber wie ich schon sagte, war er nicht allmächtig, und wahrscheinlich führte mich der Wunsch der mir innewohnenden Bestie, die ihr Werk noch einmal sehen wollte, unbewußt zu dem einzelnen Hügel in der Heide, obgleich ich im letzten Augenblick gespürt hatte, daß mich irgend etwas zurückhalten wollte. Das und der Zufall, eine belanglose Geschichte in einem Magazin zu lesen, waren mein Verderb gewesen; und als ich meine Erinnerung zum zweiten Mal verlor und irgendeine Macht von außen die Kontrolle übernahm, um die Spuren zu verwischen, bevor ich den Schauplatz noch einmal aufsuchte, war die Entwicklung der Ereignisse in andere Hände übergegangen.

Manchmal überraschte ich mich dabei, daß ich überlege, wer dieser Seemann eigentlich war und wie sein Leben gewesen sein mag.

Niemand weiß es.

Midnight House

Ich hatte den Namen oft auf der Generalstabskarte gesehen und mich jedesmal gefragt, was für eine Art Haus es wohl sein könnte.

Hätte ich entscheiden können, wo es stehen sollte, wäre sein Platz inmitten von Pinienwäldern in einem tiefen wasserlosen Tal oder vielleicht auch mitten in einem Moor gewesen, dicht neben einem träge dahinfließenden Fluß, wo Espen in einem Garten flüsterten, der von schmarotzenden immergrünen Pflanzen halb erstickt war.

Vielleicht hätte ich es auch in eine Domstadt gestellt, in eine sonnenlose Gasse oberhalb eines ganz schmalen Friedhofs, der zu einer nicht mehr benutzten Kirche gehört: ein Haus in nächster Nähe eines Kirchturms und eines Glockenspiels, das jeden Schläfer in diesem Haus um Mitternacht mit der dröhnenden Beharrlichkeit seiner Glocken hochschrecken ließ.

Das Midnight House der nüchternen Realität dagegen, das ich zufällig auf der Karte entdeckt hatte, als ich eine nie verwirklichte Wanderung vorbereitete, war etwas ganz anderes. Ich sah lediglich ein Gasthaus an einer alten Fahrstraße, die schnurgerade durch die Heide führte und sich dabei an die Kuppen der Hügel hielt, so daß ich vermutete, es handle sich um eine alte römische Straße.

Die Menschen haben eine bestimmte Art, in

Übereinstimmung mit ihrem Namen zu leben, die man bei Ortschaften häufig vergeblich sucht. Es gibt Namen, deren Träger niemals einen Dichter hervorbringen werden, mögen sie auch als Anwälte, Journalisten oder Installateure Erfolg haben. Aber Monckton-in-the-Forest, durch das ich letzte Woche kam, ist ein Eisenbahnknotenpunkt und sonst nichts, und es liegt nicht inmitten von Wäldern, sondern auf einer kahlen Ebene. Nicht ein einziger Stein war von jenem berühmten Kloster übriggeblieben, das dem Ort seinen Namen gab.

Ich rechnete zwar mit einer Enttäuschung, aber aus irgendeinem Grund beschloß ich, eine Nacht im Midnight House zu verbringen, wenn es zufällig nicht mehr als zwanzig Meilen von dem Ort entfernt wäre.

Einen schöneren Tag hätte ich mir nicht wünschen können. Es war Ende November und warm – zu warm, wie ich auf den letzten fünf Meilen meines Fußmarsches über die Heide merkte. Seit Mittag, als ein Hirte in der Ferne mir vergeblich klarzumachen versucht hatte, daß ich mich verlaufen hätte, war ich niemandem begegnet; und jetzt, in der Dämmerung, stand ich wieder auf einem Hügel, und in der Senke vor mir lag Midnight House.

Es dürfte schwierig sein, ein trostloseres Bild zu beschreiben: kahle Hügel, die ringsherum in den eintönigen, bleifarbenen Himmel ragten, und der Boden mit Heidekraut bedeckt, das durch den

Brand im vergangenen Frühjahr schwarz verkohlt war, unterbrochen von Flecken frischen Grüns, das die sumpfigen Stellen kennzeichnete.

Das steinerne Gebäude, das mit schweren, von Flechten überwachsenen Ziegeln gedeckt war, bildete drei Seiten eines Vierecks, dessen Innenraum offensichtlich als Hof diente.

Nirgends war ein Zeichen von Leben zu entdekken; die Hälfte der Fenster war mit Fensterläden zugesperrt, und obgleich das dämmerige Licht des Nachmittags schnell schwand, entdeckte ich auch im Gastzimmer neben der Tür, die auf die Straße hinausführte, keinen Lichtschimmer.

Ich klopfte, aber kein Mensch öffnete. Und da ich wegen der Verzögerung immer ungeduldiger wurde, ging ich um das Haus herum zur Rückseite, wo ich jedoch lediglich von dem wütenden Gebell eines Schäferhundes begrüßt wurde, der wie wahnsinnig an seiner Kette zerrte; diese Kette war an einem leeren Faß befestigt, das als Hundehütte diente. Jedenfalls genügte der Lärm, um eine Frau aus dem Haus zu locken, die sich mein Verlangen nach einem Nachtquartier unbewegt anhörte und meine Bitte – zu meiner großen Überraschung – abwies.

Sie hätten viel Arbeit, sagte sie, und keine Zeit, sich um Gäste zu kümmern. Darauf war ich nicht vorbereitet. Ich wußte, daß das Gasthaus mehrere Betten hatte; mindestens einmal im Jahr wohnten hier jene Männer, die die Jagd gepachtet hatten, und ich hatte nicht die leiseste Absicht, weitere zehn Meilen über Straßen zu laufen, die ich nicht kannte. Ein Regentropfen, der mein Gesicht traf, machte die Angelegenheit noch dringender. Mürrisch sah die Frau ein, daß mein Verlangen begründet war, und willigte schließlich ein, mich aufzunehmen. Sie führte mich in die Gaststube, zündete das Feuer an

und ließ mich mit der willkommenen Nachricht allein, daß die Rühreier mit Schinken in einer halben Stunde fertig sein würden.

Der Raum, in dem ich mich befand, war einigermaßen groß; die Wände waren bis zur halben Höhe mit Holz verschalt, obgleich die natürliche Schönheit des Holzes erst vor kurzem mit einer Schicht gelbgrauer Farbe überdeckt worden war.

Die Fenster waren, wie üblich, fest geschlossen; und dem muffigen Geruch nach schloß ich, daß sie auch nur selten geöffnet wurden. An den Wänden hing ein halbes Dutzend alter Stiche, die Jagdszenen darstellten; über dem Kamin befand sich ein billiger deutscher Kupferstich, der den Tod Isaaks zeigte. Auf dem Büfett standen zwei Glaskonsolen mit einem Reiher und zwei sehr schlecht ausgestopften Amseln, die beide umgefallen waren. Von der Wand über diesem scheußlichen Möbelstück aus viktorianischer Zeit schauten lächelnd die bunten Porträts des Herzogs und der Herzogin von York herunter.

Alles in allem war der Raum nicht sehr erfreulich, und deswegen war ich erleichtert, als ich ein Exemplar des Buches ›East Lynne‹ auf dem Roßhaarsofa entdeckte. Die meisten Gastwirtschaften besitzen dieses Buch; und die vierzehn Kapitel, die ich bisher gelesen habe, entsprechen jenen vierzehn Abenden, die ich allein in derartigen, am Wege liegenden Herbergen verbracht habe.

Kurz vor sechs Uhr kam die Frau wieder, um den

Tisch zu decken. Von meinem Stuhl im Schatten neben dem Kamin aus beobachtete ich sie unbemerkt. Sie bewegte sich nur langsam; der einfachste Handgriff wurde mit einer merkwürdigen Überlegung ausgeführt, als wären ihre Gedanken zu einem Teil mit irgend etwas anderem beschäftigt, so daß das Gewohnte ihnen völlig neu erschien. Der Ausdruck ihres Gesichtes gab keinen Hinweis auf ihre Gedanken. Ich sah lediglich, daß ihre Gesichtszüge streng und hart waren.

Sobald das Essen auf dem Tisch stand, verließ sie den Raum, ohne ein Wort mit mir gewechselt zu haben. Und da ich mir ungewöhnlich einsam vorkam, setzte ich mich hin und versuchte, mich mit den Eiern, dem Schinken und dem fünfzehnten Kapitel von ›East Lynne‹ zu trösten.

Das Essen war einigermaßen – besser jedenfalls, als ich erwartet hatte. Aber aus irgendeinem Grunde waren meine Gedanken um keinen Deut weniger trübe, als der Tisch wieder abgeräumt war, ich meinen Stuhl vor den Kamin zog und meine Pfeife stopfte.

›Wenn es in diesem Haus nicht bereits spukt‹, so sagte ich mir, ›wird es damit langsam Zeit.‹ Und ich fing an, einen ganzen Aufmarsch von Gespenstern vor mir vorüberziehen zu lassen, ohne allerdings eines zu finden, das wirklich in dieses Haus gepaßt hätte.

Um halb neun, und es war wirklich nicht zu früh,

erschien die Frau wieder, diesmal mit einer Kerze in der Hand, und mürrisch deutete sie an, daß sie mir jetzt mein Zimmer zeigen wolle. Vor einer Tür am Ende des Korridors, links vom Treppenaufgang, blieb sie stehen. »Keilen Sie die Fenster lieber fest, wenn Sie sie zum Schlafen offen lassen; die Leute klagen immer, daß sie so klappern.« Ich bedankte mich und wünschte ihr eine gute Nacht.

Wenigstens blieb mir der Schrecken eines Himmelbetts erspart, obgleich das karmesinrote und mit einem Baldachin versehene Ungetüm, das mindestens ein Viertel des Zimmers einnahm, auf den ersten Blick kaum besser zu sein schien. Einen Kleiderschrank gab es nicht; statt dessen führte eine Tür, die genauso tapeziert war wie die Wände und daher im ersten Augenblick nicht zu erkennen war, in einen kleinen Nebenraum, der nur eine Reihe Kleiderhaken enthielt und durch ein einziges Fenster erhellt wurde.

Mir fiel auf, daß in keiner Tür ein Schlüssel steckte und daß die rote Klingelschnur neben dem Bett nicht mehr mit dem Draht verbunden war, sondern völlig nutzlos von einem Nagel herunterbaumelte, den man in einen der Deckenbalken geschlagen hatte.

Ich habe die Angewohnheit, meine Tür fest zu verschließen, wenn ich eine Nacht nicht zu Hause verbringe – eine Folge ganz gewöhnlicher Vorsicht, hervorgegangen aus dem fürchterlichen Schrecken, den mir vor zwanzig Jahren ein Schlafwandler eingejagt hat.

Das war aber in diesem Fall unmöglich; ich schob daher eine schwere Kommode vor die Tür, die in den Korridor führte, und stellte die Wasserkanne vor die Tür zur Nebenkammer, damit diese nachts durch den Wind nicht geöffnet werden konnte. Nachdem ich dann noch das Fenster mit meinem Taschenmesser festgekeilt hatte, ging ich zwar zu Bett, fand jedoch keinen Schlaf. Zweimal hörte ich draußen eine Uhr die volle Stunde und zweimal die halbe Stunde schlagen, und obgleich es schon spät war, schien das Haus immer noch wach zu sein. Entfernte Schritte hallten auf dem Steinfußboden des Korridors; einmal hörte ich das Klirren, mit dem Geschirr zersplitterte – aber nicht ein einziges Mal den Laut einer Stimme. Endlich fiel ich in Schlaf, mit dem Gefühl einer unerklärlichen Depression, das mich seit dem Sonnenuntergang nicht losgelassen hatte.

In Wirklichkeit war ich an jenem Tag zu weit gelaufen, um den unschätzbaren Trost der Müdigkeit, das dunkle Bewußtsein völliger Erschöpfung zu empfinden. Statt dessen wanderte ich über eine Traumheide, den Baedeker in der Hand, und versuchte vergebens, das Tal der Schatten zu finden.

Ich kam schließlich zu einem Bergsee, der mit braunem Moorwasser gefüllt war; ein riesiges Fährboot war auf das Ufer gezogen, und Unmengen von Männern, Frauen und Kindern bestiegen es. Dann war das Boot voll, und wir stießen ab; die schweren Segel wurden von einem Wind gebläht, der die Oberfläche des Sees aber nicht kräuselte; und plötzlich schrie jemand, daß noch einer käme, und deutete dabei auf einen alten Mann, der am Ufer stand und wie verrückt gestikulierte. Darüber brach im Boot ein Streit aus, denn einige meinten, daß es zu spät wäre, um noch einmal umzukehren, während andere sagten, der Mann würde erfrieren, wenn wir ihn auf dem Moor ließen, das keinen Schutz bot. Wir waren jedoch viel zu versessen darauf, endlich das Tal der Schatten zu sehen, und der Steuermann behielt seinen Kurs bei. Als wir den alten Mann hinter uns zurückließen, veränderten sich plötzlich seine Gesichtszüge. Die Maske des Wohlwollens verschwand; wir sahen nur noch ein Gesicht von solcher Boshaftigkeit, daß die Kinder, wimmernd vor Angst, zu ihren Müttern drängten.

Im Boot flüsterte man sich seinen Namen zu und daß er immer versuchte, Zutritt zu dem Fährboot zu bekommen, daß er jedoch vielleicht irgend etwas Schreckliches anstellen würde, und aus Freude über unser Entkommen erhob sich lauter Gesang, der anschwoll und wieder absank wie das Rauschen eines großen Stromes.

Ich wachte von dem Regen auf, der gegen das Fenster prasselte; das Wasser in dem draußen vorbeifließenden Bach war bereits gestiegen und machte sich bemerkbar, aber mit einer so besänftigenden

Eintönigkeit, daß ich gleich darauf wieder eingeschlafen war.

Wieder träumte ich. Dieses Mal war ich Einwohner einer großen belagerten Stadt. Die früher fruchtbare Ebene, die sich von den Mauern bis zum diesigen Horizont erstreckte, war von den Armeen verwüstet worden, die über sie hinweggezogen waren. Die Sonne ging gerade unter, als ein Haufen halbverhungerter, jammervoller Gestalten vor dem westlichen Tor erschien und lärmend verlangte, hereingelassen zu werden. Es waren Bauern, die zwischen die Belagerer und die drohenden Mauern der Stadt geraten waren; und die Stadt konnte doch nur noch ihre eigenen Münder füttern. Während ich also mit einer kleinen Gruppe von Gefährten an der rechten Seite des Haupttores auf Posten stand, näherte sich ein Mann, der sofort unsere Aufmerksamkeit erregte. Es war ein riesiger Bursche in der Blüte des Lebens, gerade und hochgewachsen wie ein Baum, und kräftig genug, um einen Ochsen wegzutragen. Er kam zu unserem Anführer und bat, eingelassen zu werden. »Seit zwölf Monaten bin ich Tag und Nacht gereist«, sagte er, »um auf eurer Seite mitkämpfen zu können.« Der letzte Ausfall war uns teuer zu stehen gekommen, und Männer wie diesen konnten wir dringend brauchen. »Komm herein und sei willkommen«, sagte schließlich der Hauptmann der Wache. Er hatte bereits den Schlüssel hervorgeholt und war dabei, die kleine Nebentür aufzuschließen. In diesem Augenblick schrie ich auf. Irgend etwas an dem Gesicht des Mannes hatte ich erkannt; es war das Gesicht des alten Mannes, der noch versucht hatte, in das Fährboot hineinzukommen. »Er ist ein Spion!« brüllte ich. »Versperrt die Tore, um Himmels willen! Schließt das Fenster, oder er klettert herein!«

Ich sprang aus dem Bett, und meine eigenen Worte klangen mir noch in den Ohren. Irgendwo mußte dringend ein Fenster geschlossen werden; es war das in der Kammer neben meinem Zimmer. Der Wind war mit dem Regen aufgekommen, und der Fensterrahmen hatte sich gelockert. Die Luft war nicht mehr drückend, und die Wolken stiegen höher und zogen am Mond vorüber. Ich steckte den Kopf aus dem Fenster und atmete die kühle Nachtluft tief in mich ein. Dabei bemerkte ich einen rechteckigen Lichtschein auf der Straße; er kam aus einem der oberen Fenster am anderen Ende des Gebäudes. Hin und wieder wanderte ein Schatten durch das Licht. Die Leute, die in dem Gasthaus wohnten, blieben merkwürdig lange auf.

Ich ging nicht sofort wieder in mein Bett, sondern zog – etwas steif und niedergeschlagen – einen Stuhl mit Kissen und einigen Decken an das Fenster. Und dort blieb ich eine volle halbe Stunde sitzen und lauschte dem Jaulen des Hundes, einem Jammern voller Sehnsüchte, das zu schrecklich war, um allein vom Mond ausgelöst worden zu sein. Aus dem Jaulen wurde plötzlich ein ärgerliches Knurren, und aus der Ferne hörte ich das Klappern von Hufen auf der Straße. Zur gleichen Zeit erschien der Schatten wieder hinter dem Fenster: Die Flügel wurden geöffnet, und das harte, mürrische Gesicht meiner Wirtin lugte in die Dunkelheit hinaus.

Offensichtlich erwartete sie irgend jemanden. Eine Minute danach tauchte das dampfende Pferd, das in scharfem Tempo geritten worden war, vor der Tür auf. Der Reiter stieg ab.

»Überlassen Sie das Tier mir«, sagte die Frau vom Fenster aus, und ihre Stimme war kaum mehr als ein Flüstern. »Ich sorge schon dafür, daß im Stall alles in Ordnung ist. Kommen Sie gleich nach oben – es ist das dritte Zimmer auf der rechten Seite.«

Der Mann griff nach einer anscheinend schweren Tasche, ließ das Pferd einfach stehen und ging die Treppe nach oben. Ich hörte, wie er am Treppenabsatz stolperte und leise fluchte. Genau in diesem Augenblick schlug die Uhr dreimal. Ich begann zu überlegen, ob sich im Midnight House vielleicht ein Unheil zusammenbraute.

An das, was von diesem Moment an bis zur Dämmerung geschah, kann ich mich nur noch ganz dunkel erinnern. Meine Versuche, wieder einzuschlafen, waren nicht so mühselig wie der Kampf, mich von den fürchterlichen Alpträumen zu befreien, die mich überfielen, sobald ich begann, das Bewußtsein zu verlieren. Ich wußte lediglich, daß draußen ein böser Geist lauerte, ein scheußlicher, fürchterlicher Geist, der versuchte, in das Haus hineinzugelangen; und jeder schien seinem wahren Wesen gegenüber blind zu sein, jeder schien ihm zu helfen, daß er sein Ziel erreichte. Nur an eines kann ich mich ganz klar und deutlich erinnern: an einen langgezogenen Schrei, der wirklich war und nicht irgendeiner wilden Phantasie entsprang, und der aus der Finsternis aufstieg, um dann im Nichts zu vergehen.

Als ich am Morgen, kurz nach neun, aufstand, hatte ich rasende Kopfschmerzen, die mich zu dem Entschluß brachten, in Zukunft nicht mehr so bereitwillig fremde Betten und merkwürdige Gasthäuser auszuprobieren.

Ich betrat die Gaststube und stellte fest, daß ich dort nicht mehr allein war. Ein hochgewachsener Mann mittleren Alters, der aussah, als hätte er alles andere als eine ruhige Nacht hinter sich, saß bereits am Tisch. Er hatte gerade sein Frühstück beendet und erhob sich, um zu gehen, als ich mich hinsetzte. Er wünschte mir kurzangebunden einen guten Morgen und verließ den Raum. Ich beeilte mich mit dem Frühstück, bezahlte bei der Frau mit dem teilnahmslosen Gesicht meine Rechnung – sie war die einzige Bewohnerin des Hauses, die ich zu Gesicht bekommen hatte –, schulterte meinen Rucksack und machte mich auf den Weg. Nach etwa zwei Meilen hatte ich beinahe den Kamm eines steilen Abhangs erreicht und zögerte, welche der drei Abzweigungen ich einschlagen sollte, als ich mich umdrehte und sah, daß der Fremde näher kam.

Sobald sein Pferd neben mir war, fragte ich ihn nach dem Weg.

»Nebenbei«, sagte ich, »können Sie mir vielleicht erklären, was es mit dem Gasthaus auf sich hat? Es ist das trübsinnigste Haus, in dem ich bisher übernachtet habe. Spukt es dort?«

»Nicht daß ich wüßte. Wie kann es in einem Haus spuken, wenn es derartiges wie Gespenster nicht gibt?«

Irgend etwas an der schlecht verhehlten Überlegenheit, mit der er meine Frage beantwortete, veranlaßte mich, ihn genauer anzusehen. Er schien meine Gedanken zu lesen. »Ja, ich bin Arzt«, sagte er, »und verdammt wenig springt bei diesem Geschäft heraus, das können Sie mir glauben. Sie suchen wohl nicht gerade zufällig eine ruhige Landpraxis, was? Aber eine so arbeitsreiche Nacht wie die letzte wird Sie wohl kaum reizen.«

»Ich weiß nicht, was los war«, sagte ich, »aber wenn ich auf gut Glück raten sollte, würde ich sagen, daß irgendein einmalig bösartiger Mensch während der letzten Nacht im Gasthaus gestorben sein muß.«

Er lachte laut auf. »Damit haben Sie ziemlich weit neben das Ziel geschossen, denn in Wirklichkeit habe ich geholfen, ein verdammt unschuldiges Geschöpf zur Welt zu bringen. Wie sich dann herausstellte, lebte das Kind lediglich eine halbe Stunde – keineswegs zum Kummer der Mutter, wenn man mich fragt. Auf dem Lande reden die Leute ziemlich ungeniert. Daran ist nichts zu ändern, und jeder von uns weiß, was mit dem anderen los ist. Bestimmt hätte es in besserer Verfassung auf die Welt kommen können; schließlich und endlich sollen wir nicht soviel jammern, wenn wir verhindern können, daß die Geburtenziffer noch weiter absinkt. Wie war es doch letztes Jahr? Irgendeine beunruhigend niedrige Zahl, aber genau kann ich mich nicht mehr erinnern. Ja, ich habe mich schon immer für Statistiken interessiert. Mit ihnen kann man fast alles erklären.«

Ich war davon nicht ganz so fest überzeugt.

Die Dabblers

Es war an einem regnerischen Juliabend. Die drei Freunde saßen in Harboroughs Hütte um das Torffeuer, wohlig müde von ihrer langen Wanderung durch das Moor. Scott, Besitzer einer Eisenhütte, hatte gegen die moderne Erziehung geeifert. Der Sohn seines Teilhabers war kürzlich in die Firma eingetreten, unbelastet von jeglichem Wissen, und die Firma konnte es sich nicht leisten, ihm nun das Nötigste beizubringen. »Meiner Ansicht nach«, sagte Scott, »hat Wilkins den größten Teil seiner dreitausend Pfund – von der Vorschule bis zur Universität – nur ausgegeben, damit sein Anzug mit Muskeln ausgefüllt ist. So geht das nicht! Mein Junge ist jetzt in Steelborough auf der Lateinschule. Wenn er sechzehn ist, werde ich ihn nach Deutschland schicken, damit er von der Konkurrenz lernen kann. Anschließend wird er ein Jahr ins Büro gesteckt; und wenn sich dann zeigt, daß er auf irgendeinem Gebiet begabt ist, kann er meinetwegen nach Oxford gehen. Natürlich wird sein Wissen bis dahin ziemlich eingerostet und ein bißchen zurückgeblieben sein, aber dann soll er abends sein Latein wieder aufpolieren, wie meine Angestellten es mit ihren Kenntnissen in Gewerbekunde und Volkswirtschaft schließlich auch tun.«

»So schlecht, wie Sie es darstellen, sieht es nun wirklich damit nicht aus«, sagte Freeman, der Architekt. »Die Schwierigkeit, die ich mit den Schulen habe, ist lediglich die Frage, welche der vielen ausgezeichneten Schulen die richtige ist. Ich habe meinen Jungen auf eine dieser ausgezeichneten Landschulen geschickt, die vollständig reformiert worden sind. In ›The Undying Fire‹ hat Wells gezeigt, was ein vorurteilsfreier Schulleiter leisten kann, wenn man ihm freie Hand läßt und ihn nicht lebendig in Mörtel und Tradition eingemauert hat.«

»Wahrscheinlich werden Sie feststellen«, sagte Scott, »daß das meiste ein aufgelegter Schwindel ist: keine Disziplin und eine Menge Gerede über Selbsterziehung und was es sonst noch gibt.«

»Sie irren. Wenn überhaupt, dann sollte man vielleicht sagen, daß die Disziplin eine viel zu ernste Sache ist. Erst vorgestern hörte ich von meinem jungen Neffen, daß zwei Jungen wegen Plünderung eines Hühnerstalls oder einer ähnlichen Dummheit von der Schule geflogen sind; allerdings nehme ich fast an, daß doch mehr hinter der ganzen Geschichte steckt als das, was man so erfährt. Worüber lächeln Sie eigentlich, Harborough?«

»Über das, was Sie eben zum Thema Schulleiter und Tradition sagten. Tradition und Jugend – darüber habe ich eben nachgedacht: über diese merkwürdigen, voller Geheimnisse steckenden kleinen Kerle. Meiner Ansicht nach ist es sehr gut möglich, daß es eine Fülle verborgener Dinge gibt, die von einer Generation von Schuljungen an die andere weitergegeben werden, und vielleicht würde es sich sogar für einen Psychologen oder einen Anthropologen lohnen, diese Frage einmal zu untersuchen. Ich erinnere mich noch, daß ich in meiner ersten Schule eine Art Knittelvers in meine Schulbücher schrieb. In Wirklichkeit war es ein Fluch, der sich gegen denjenigen richtete, welcher die Bücher stehlen würde. Praktisch den gleichen Vers habe ich später in einem alten, von Mönchen geschriebenen Manuskript entdeckt; er reichte also in eine Zeit zurück, als Bücher noch Kostbarkeiten waren. Ich dagegen habe sie nur auf die Vorsatzblätter von Abbotts *Via Latina* und Locks *Arithmetik* geschrieben. Und wer hätte ausgerechnet diese Bücher schon stehlen sollen! Aber warum fangen Kinder in einer bestimmten Jahreszeit eigentlich an, mit einem Kreisel zu spielen? Von den Geschäftsleuten ist das genaue Datum nicht festgelegt, und auch die Eltern werden nicht befragt; und obgleich man früher sogar Heilige zu Tode gepeitscht hat, habe ich keine Verbindung zwischen Kreiselspiel und Kirchenkalender feststellen können. Für die Jungen wird die Angelegenheit von einer ununterbrochenen Tradition bestimmt, die nicht vom Vater auf den Sohn, sondern von Kind zu Kind weitergegeben wird. Kinderreime gehören vielleicht nicht ganz zur Sache, aber auch sie stecken voller Merkwürdigkeiten, die aus der Folklore stammen. Ich erinnere mich noch, wie mir einmal ein Spiel beigebracht wurde, bei dem zusammengeknotete Taschentücher mit den Fingern zu einem Vers bewegt wurden, der ungefähr so anfing: ›Beichtvater, Beichtvater, ich will gesteh'n.‹ Mein Lehrer, acht Jahre alt, war der Sohn eines Pfarrers der Hochkirche. Und ich weiß nicht, was passiert wäre, wenn der alte Tomlinson den letzten Vers gehört hätte:

Beichtvater, Beichtvater, sag, was ich tu'.
Geh hin zum Papst und küß ihm die Schuh.
Beichtvater, Beichtvater, den Kuß kriegst du.
Gut, Kind, das tu'.«

»Und was war der Ursprung dieses Verses?« fragte Freeman. »Ich kannte ihn noch nicht.«

»Das weiß ich nicht«, erwiderte Harborough. »Ich habe ihn auch noch nirgends gelesen. Aber hinter dem Nicken der zusammengeknoteten Taschentücher und unserem kindlichen Gekicher lauerte irgend etwas Böses. Ich sehe richtig die in einen Mantel gehüllte Gestalt, katzenähnlich und unhörbar, die einem Emissär der römischen Kirche gehört und in die Buchseiten eines George Borrow kriecht – Haß und Furcht in der Maske der Zote. Ich könnte Ihnen noch andere Beispiele nennen: die Kanons zum Beispiel, die von Jungen und Mädchen als Begleitung zu einem Tanz gesungen wurden und die nach Ansicht einiger Leute eine primitive Form der Naturanbetung enthalten.«

»Und was wollen Sie nun damit sagen?«

»Daß es eine Tradition gibt, die von gewöhnlichen Erwachsenen nicht beachtet wird, die jedoch die Kinder einer Generation an die nächstfolgende weitergeben. Wenn Sie ein wirklich gutes – oder vielleicht sollte ich lieber sagen: ein ausgesprochen schlechtes – Beispiel hören wollen, will ich Ihnen die Geschichte von den *Dabblers* erzählen.« Er wartete, bis Freeman und Scott ihre Pfeifen gestopft hatten, und begann.

»Als ich von Oxford abging, und bevor ich als Anwalt zugelassen wurde, verbrachte ich zwei elende Jahre als Lehrer an einer Schule.«

Scott lachte. »Jedenfalls tun mir die Kinder, die Sie damals ins Kreuzverhör nahmen, noch heute leid«, sagte er.

»Genaugenommen hatte ich vor ihnen mehr Angst als sie vor mir. Ich bekam an einer von Freemans alten Lateinschulen einen Posten als Hilfslehrer; allerdings war diese Schule noch nicht reformiert worden, und der Schulleiter war ein vollkommen unfähiger Geistlicher. Die Schule lag in einer der östlichen Grafschaften, und die Stadt machte einen scheintoten Eindruck. Das einzige, was die Herzen der Menschen dort anscheinend schneller schlagen ließ, war das langsam vor sich hin glimmende Feuer des Klatsches, und alle waren abwechselnd daran beteiligt, die Flamme anzufachen. Aber um auf die Schule zurückzukommen: Die Gebäude waren sehr alt, und die Kapelle war früher der Chor der alten Klosterkirche gewesen. Ferner existierte noch eine schöne Scheune, in der die Abgaben der Bauern gestapelt wurden, sowie ein paar alte Steine und Säulenfüße im Garten des Schulleiters. Mit Ausnahme eines ausgetrockneten Fischteiches wies allerdings nichts mehr darauf hin, daß hier jahrhundertelang Mönche gewohnt hatten.

Am Ende meines ersten Jahres, im späten Juni, überquerte ich nachts den Sportplatz, um zu meiner Wohnung in der *High Street* zu kommen. Es war zwölf vorbei. Nicht ein einziger Luftzug regte sich, und die Spielfelder waren von dichtem Nebel bedeckt, der vom Fluß herüberzog. Die ganze Szene hatte etwas Unheimliches; alles war so still und reglos. Die Nachtluft wirkte schwül. Und dann hörte ich plötzlich Gesang. Ich habe keine Ahnung, woher die Stimmen kamen oder wie viele es waren, und weil ich unmusikalisch bin, kann ich Ihnen auch keine Vorstellung von der Melodie geben. Sie klang sehr abgehackt, mit großen Pausen dazwischen, und sie hatte etwas an sich, das sich nur als irritierend bezeichnen läßt. Zwei oder drei Minuten blieb ich regungslos stehen, lauschte, und dann schloß ich die Tür neben dem Pförtnerhäuschen auf und trat auf die menschenleere High Street hinaus. Mein Schlafzimmer über dem Tabakladen ging auf eine Gasse hinaus, die zum Fluß hinunterführte. Durch das geöffnete Fenster hörte ich immer noch ganz leise den Gesang. Dann fing ein Hund zu heulen an, und als er nach einer Viertelstunde wieder aufhörte, war die Juninacht ruhig. Am nächsten Morgen fragte ich im Aufenthaltsraum der Lehrer, ob mir jemand den Gesang erklären könnte.

›Das waren die *Dabblers*‹, sagte der alte Moneypenny, der Physiklehrer. ›Sie tauchen gewöhnlich um diese Zeit auf.‹

Natürlich fragte ich, wer diese Dabblers denn wären.

›Die Dabblers‹, sagte Moneypenny, ›sind Kanonsänger, die in eine falsche Zeit geboren sind. Es sind ein paar ganz bestimmte Burschen aus dem Dorf, die aus irgendeinem Grund unerkannt bleiben wollen – wahrscheinlich Chorknaben, die irgendwie gekränkt sind und jetzt gern als Gespenster herumspuken möchten. Wenn Sie vernünftig sind, lassen Sie die Angelegenheit auf sich beruhen: Man soll einen schlafenden Löwen nicht aufwecken. Wir haben über die Angelegenheit mit den Dabblers schon so oft gesprochen, daß sie mir langsam zum Halse hinaushängt.‹

Er war ein widerborstiger Kunde, und deshalb tat ich ihm den Gefallen. Aber einige Tage danach erwischte ich einen der jüngeren Lehrer und fragte ihn, was das alles bedeutete. Es schien eine feststehende Tatsache zu sein, daß der Gesang immer um diese Jahreszeit zu hören war. Moneypenny war auf die ganze Geschichte schlecht zu sprechen, weil einmal irgend jemand angedeutet hatte, daß es sich vielleicht um Jungen aus der Schule handelte, und er daraufhin die Fassung verloren hatte. ›Trotzdem‹, sagte Atkinson, ›können es natürlich genausogut auch Jungen aus unserer Schule sein. Wenn Sie nächstes Jahr Lust haben, könnten wir eigentlich versuchen, der Geschichte einmal auf den Grund zu kommen.‹

Ich war einverstanden, und dabei blieb es. Als dann wieder ein Jahr um war, hatte ich die ganze Geschichte natürlich vergessen. Außerdem hatte ich inzwischen eine Klasse fest übernommen. Die Jungen waren ungewöhnlich unruhig gewesen – bis zum Semesterende waren es nicht mehr ganz vier Wochen –, und mit einem Seufzer der Erleichterung ging ich daher kurz nach acht in Atkinsons Arbeitszimmer, um mir einen Schirm zu borgen, denn es regnete in Strömen.

›Übrigens‹, sagte er, ›werden heute nacht aller Wahrscheinlichkeit nach die Dabblers wieder erscheinen. Wie wäre es?‹

Ich antwortete, wenn er glaubte, ich würde die Zeit bis Mitternacht damit verbringen, im Regen durch den Schulbezirk zu patrouillieren, habe er sich erheblich geirrt.

›Daran habe ich auch gar nicht gedacht‹, sagte er. ›Wir werden nicht einen einzigen Schritt aus dem Haus gehen. Ich werde vielmehr das Feuer im Kamin anzünden; dann könnte ich uns etwas Appetitliches zubereiten, und in der Küche habe ich dazu noch ein paar Flaschen Bier. Wenn wir dann die Dabblers hören, machen wir möglichst unauffällig die Runde durch alle Schlafsäle und gucken nach, ob keiner fehlt. Stellen wir fest, daß ein paar nicht da sind, warten wir, bis sie zurückkommen.‹

Kurz und gut: Ich war mit seinem Vorschlag einverstanden. Ich hatte noch einen ganzen Stapel Aufsätze über den Bauernaufstand zu korrigieren – eigentlich ein Blödsinn, daß Kinder von dreizehn und vierzehn Jahren über solche Themen einen Aufsatz schreiben müssen –, und das konnte ich vor Atkinsons Kamin genausogut wie in meinem eigenen kleinen und nicht gerade erfreulichen Wohnzimmer.

Es ist wunderbar, wie gut ein Kaminfeuer im Juni bei strömendem Regen tut. Wir vergaßen sogar den ausgefallenen Sommer, als wir rauchend vor dem Kamin saßen und unsere Erinnerungen im Schein der Glut auffrischten.

›*Well*‹, sagte Atkinson schließlich, ›es ist kurz vor zwölf. Wenn die Dabblers noch anfangen wollen, wird es langsam Zeit.‹ Er erhob sich von seinem Sessel und zog die Fenstervorhänge beiseite.

›Hören Sie mal!‹ sagte er. Über den Schulhof, aus der Richtung der Spielfelder, drang Gesang herüber. Dem Singen – wenn man es überhaupt so bezeichnen konnte – fehlte allerdings jegliche Melodie und jeglicher Rhythmus, und immer wieder wurde es von Pausen unterbrochen. Außerdem wurde es durch das Tropfen des Regens gedämpft, und aus den Tüllen der Regenrinnen kam klatschend das Wasser herausgeschossen. Einen Augenblick glaubte ich, Lichter gesehen zu haben, die sich bewegten, aber wahrscheinlich hatte ich mich durch Spiegelungen auf den Fensterscheiben täuschen lassen.

›Jetzt wollen wir mal nachsehen, ob einige unserer Vögel ausgeflogen sind‹, sagte Atkinson. Er griff nach einer elektrischen Taschenlampe, und dann machten wir unsere Runde durch die Schlafsäle. Alles war so, wie es sein sollte. Sämtliche Betten waren belegt, und sämtliche Jungen schienen zu schlafen. Als wir in Atkinsons Zimmer zurückkehrten, war es mittlerweile viertel nach zwölf geworden. Der Gesang hatte aufgehört; ich borgte mir einen Regenmantel und rannte durch den Regen nach Hause.

Damals hatte ich die Dabblers zum letztenmal gehört – aber ich sollte nochmals von ihnen erfahren. Der zweite Akt spielt in Scapa. Ich war auf ein Lazarettschiff gekommen, weil meine ausgerenkte Schulter geröntgt werden sollte, und wie der Zufall es wollte, lag in der Koje rechts neben mir ein Leutnant, ein Mann namens Holster, der ein Jahr oder auch zwei Jahre vor meiner Zeit ebenfalls auf der Schule des alten Edmed gewesen war. Von ihm erfuhr ich Genaueres über die Dabblers. Anscheinend waren es Jungen, die aus irgendwelchen Gründen eine Schultradition aufrechterhielten. Holster glaubte, sie seien an den Glyzinien aus dem Schlafsaal B geklettert, nachdem sie sorgfältig gebaute Puppen in ihre Betten gelegt hätten. Es habe in jener Juninacht, in der die Dabblers sich bemerkbar machen mußten, immer gegen den guten Ton verstoßen, zu lange wach zu bleiben, und man habe es für äußerst ungesund gehalten, zu viele Fragen zu stellen, so daß es immer ein Geheimnis geblieben sei, wer zu den Dabblers gehörte. Für den großen und stämmigen Holster war an der ganzen Sache allerdings nichts Geheimnisvolles: für ihn war es ein Schuljungenstreich und nicht mehr. Dieser zweite Akt war, wie Sie zugeben müssen, nicht sehr befriedigend, weil er die Geschichte um keinen Schritt weitergebracht hat. Aber mit dem dritten Akt fängt das Drama an, sich zu entwickeln. Ich hatte nämlich das unerhörte Glück, einem leibhaftigen Dabbler zu begegnen.

Burlingham hatte sich im Kriege eine Neurose geholt; ein Psychoanalytiker hatte sich seiner angenommen und ihn anscheinend auf wunderbare Weise geheilt. Zwei Jahre später erlitt er jedoch einen nicht ganz so schlimmen Rückfall, und als ich ihn bei Lady Byfleet kennenlernte, fuhr er dreimal in der Woche in die Stadt, um sich im Westend bei einem Heilpraktiker, der die Wurzel des Übels erkannt zu haben schien, einer Spezialbehandlung zu unterziehen. Der Mann hatte etwas ungewöhnlich Liebenswertes an sich. Er besaß einen merkwürdigen

Sinn für Humor, der seine Rettung gewesen sein muß, und damit verbunden war die Fähigkeit, sich über irgend etwas maßlos empören zu können – eine Eigenschaft, die man heutzutage nicht mehr allzuoft findet. Wir hatten eine ganze Reihe interessanter Gespräche miteinander – zu seiner Lebensweise gehörten lange Spaziergänge über Land, und er freute sich, einen Begleiter gefunden zu haben –, aber das eine Gespräch, an das ich mich natürlich genau erinnere, war eine Schimpfkanonade auf die englischen Erziehungsmethoden, bei der er auch den Namen des Doktor Edmed nannte: ›Leiter einer biestigen kleinen Lateinschule, wo ich fünf der elendigsten Jahre meines Lebens verbracht habe.‹

›Also drei mehr als ich‹, sagte ich.

›Ach, du lieber Gott!‹ sagte er. ›Wenn ich mir vorstelle, daß Sie ebenfalls ein Produkt dieses Lochs sind!‹

›Ich gehörte zu den Produzenten‹, antwortete ich. ›Ich bin auf diese Tatsache allerdings nicht ausgesprochen stolz – gewöhnlich rede ich nicht darüber.‹

›In diesem Loch gab es zu viele Dinge, über die nicht geredet wurde‹, sagte Burlingham. Zum zweitenmal hatte er die gleichen Worte verwendet. Und so, wie er ›dieses Loch‹ aussprach, klang es beinahe, als handelte es sich um eine nicht näher zu bezeichnende Hölle. Wir sprachen eine Zeitlang über die Schule, über Edmeds Prahlsucht, über den alten

Jacobson, den Pförtner – einen Mann, dessen geduldige gute Laune auf Gerechte und Ungerechte niederschien –, sowie über die Rattenjagd in der alten Scheune, die immer an den letzten Nachmittagen vor Schulschluß stattfand.

›Und jetzt‹, sagte ich schließlich, ›erzählen Sie mal von den Dabblers.‹

Wie der Blitz drehte er sich um und fing schallend an zu lachen; es war ein schrilles, nervöses Lachen, und weil mir dabei sein Zustand wieder einfiel, tat es mir leid, unser Gespräch auf dieses Thema gebracht zu haben.

›Verdammt komisch ist das!‹ sagte er. ›Der Mann, zu dem ich immer fahre, hat mich vor vierzehn Tagen genau dasselbe gefragt. Als ich darüber sprach, habe ich einen Schwur gebrochen, aber ich sehe nicht ein, warum Sie es nicht auch erfahren sollen. Nicht daß es sich lohnte; im Grunde ist es bloß ein etwas wunderlicher und kindischer Alptraum, ohne Sinn und Verstand. Ich gehörte nämlich selbst zu den Dabblers.‹

Es war eine merkwürdige und wirre Geschichte, die ich aus Burlingham herausholte. Die Dabblers waren eine kleine Gruppe von fünf Jungen, die einen feierlichen Eid geschworen hatten, ihr Geheimnis zu bewahren. In einer bestimmten Nacht im Juni kletterten sie, nachdem der Anführer ihnen Bescheid gegeben hatte, aus den Schlafsälen und trafen sich in Edmeds Garten unter der Ulme. Anschließend wurde der Hühnerstall des Doktors überfallen, und sobald sie ein Huhn erbeutet hatten, zogen sie sich in die alte Scheune zurück, schnitten dem Huhn den Hals durch, rupften es und nahmen es aus, und dann brieten sie es in einer Pfanne über dem offenen Feuer, wobei die Ratten ihnen zuschauten. Der Anführer der Dabblers hatte Weihrauchstäbchen mitgebracht. Er zündete sein eigenes am Feuer an, und die anderen zündeten ihre Weihrauchstäbchen an seinem an. Dann zogen alle in einer feierlichen Prozession zu der Laube, die in einer Ecke des Gartens stand, und dabei sangen sie. Der Text ihres Gesanges hatte nicht den geringsten Sinn. Er war weder englisch noch lateinisch. Burlingham meinte, ihn hätte er immer an den Refrain dieses alten Kinderliedes erinnert:

> Jenseits der See wohnten drei Brüder,
> *peri meri dixi domine.*
> Drei Geschenke bekam ich herüber,
> *petrum partrum paradisi tempore*
> *peri meri dixi domine.*

›Und das war alles?‹ fragte ich.

›Ja‹, antwortete er, ›mehr war nicht los. Aber...‹

Dieses ›Aber‹ hatte ich erwartet.

›Wir alle hatten entsetzliche Angst, fürchterliche Angst. Es war etwas ganz anderes als die gewöhnlichen Jungenstreiche. Und doch lag etwas Faszinierendes in der Angst. Es war ungefähr so...‹ Und jetzt lachte er. ›...als suchte man in einem tiefen Teich nach einem, der ertränkt worden war. Man hatte keine Ahnung, wer es war, und deshalb überlegte man immerzu, was es wohl sein könnte.‹

Ich stellte ihm noch eine Menge Fragen, aber mehr konnte er auch nicht erzählen. Die Dabblers stammten aus den unteren und mittleren Klassen, und mit Ausnahme des Anführers war die Mitgliedschaft auf zwei Jahre begrenzt. Nach allem, was Burlingham erzählte, müssen eine ganze Menge Jungen irgendwann einmal Dabbler gewesen sein; aber sie haben nie darüber gesprochen, und soweit er wußte, hat keiner jemals seinen Schwur gebrochen. Zu seiner Zeit hieß der Anführer Tancred und gehörte in der Schule zu den unbeliebtesten Jungen – trotz der Tatsache, daß er der beste Sportler war. Nach einem Vorfall, der sich in der Kapelle abspielte, wurde er von der Schule gewiesen. Was eigentlich geschehen war, wußte Burlingham auch nicht; er hatte damals gerade in der Krankenstube gelegen, und ich nehme an, daß die einzelnen Berichte sehr verschieden gewesen sind.«

Harborough unterbrach sich, um seine Pfeife zu stopfen.

»Der vierte Akt folgt sofort«, sagte er.

»Das Ganze ist zwar sehr interessant«, bemerkte Scott, »aber ich fürchte, daß es Ihnen nicht gelungen ist, unser Blut gerinnen zu lassen – wenn Sie diese Absicht überhaupt hatten. Und wenn Sie hoffen, uns im vierten Akt eine Überraschung servieren zu können, müssen wir Sie enttäuschen.« Freeman nickte beifällig.

»Scott, der Edgar Wallace liest«, sagte er. »Wir sind heutzutage mit sämtlichen Tricks eng vertraut. Aber eine Schwarze Messe ist ein todsicherer Gewinner; darauf gehe ich jede Wette ein! Erzählen Sie also weiter, Harborough.«

»Ihr nehmt einem zwar von vornherein jede Chance, aber wahrscheinlich habt ihr recht. Der vierte Akt spielt im Studierzimmer des Pfarrers Montague Cuttler, Vikar an der Kirche St. Mary Parbeloe, ehemals Mathematiklehrer, aber noch vor der Zeit des Doktor Edmed – eines reizenden alten Burschen, vollständig blind und Mitglied der *Society of Antiquaries.* Über die Dabblers konnte er mir nichts erzählen – das war mir schon vorher klar. Dafür wußte er jedoch eine ganze Menge über die historische Vergangenheit der Schule, als sie noch keine Schule, sondern ein Kloster war. In den Ferien hatte er immer, still für sich, kleine Ausgrabungen durchgeführt und dabei – wie er annahm – jenen Stein entdeckt, der das Grab des Abtes Polegate kennzeichnete. Allem Anschein nach besaß der Abt jedoch keinen allzu guten Ruf, weil er ständig in verbotenen Geheimnissen herumgestöbert hatte – *because he had been dabbling in forbidden mysteries.*«

»Aha – und daher also dann wohl der Name Dabblers«, meinte Scott.

»Dessen bin ich mir nicht ganz sicher«, erwiderte Harborough. »Ich halte es eher für wahrscheinlich, daß der Name von *diabolos* abgeleitet ist. Jedenfalls erfuhr ich vom alten Cuttler, daß der Grabstein des alten Abtes genau da gelegen habe, wo Edmed später seine Laube hinstellte. Ist das nicht eine hübsche Illustration für meine Geschichte? Schaudererregende Höhepunkte hat sie nicht gehabt; das gebe ich zu. Es fehlt ihr der Hauch des Übernatürlichen. Aber immerhin beweist sie die Macht des nur mündlich Überlieferten, wenn man bedenkt, daß diese verfälschte Form der Schwarzen Messe einige hundert Jahre überlebt hat – und das ausgerechnet unmittelbar vor den Nasen der Pädagogen.«

»Sie beweist allerdings auch«, sagte Freeman, »wie sehr wir unter unfähigen Schulleitern zu leiden haben. An der Schule, von der ich vorhin sprach und in die ich meinen Jungen gesteckt habe – ich wünschte, ich könnte Ihnen einmal die Werkstätten und Ateliers zeigen –, an dieser Schule also ist jetzt ein Mann, der…«

»Wie war doch gleich der Name der Schule?« unterbrach Harborough ihn.

»Whitechurch Abbey.«

»Und vor vierzehn Tagen, sagten Sie, wären zwei Jungen wegen Einbruchs in einen Hühnerstall von der Schule geflogen?«

»Ja, das stimmt.«

»Nun ja – das ist dieselbe Schule, von der ich eben

gesprochen habe. Die Dabblers waren also wieder einmal unterwegs!«

»Fünfter Akt«, sagte Scott, »und Vorhang! Harborough, jetzt hat Ihre Geschichte zum Schluß also doch noch eine sensationelle Wendung genommen!«

Das Gesellschaftsspiel

Wie viele Junggesellen um die Vierzig habe ich ein Grauen vor Gesellschaftsspielen.

Mein schlimmster Alptraum – denn unglücklicherweise besitze ich einen ganzen Traumstall voller Alpträume – ist der, daß ich durch endlose Korridore von einer unverheirateten Dame gehetzt werde, nur weil ich mit ihr und ihren beiden älteren Schwestern Halma spielen soll.

Nach Halma und einem anderen, das ich vor fünfzehn Jahren einen ganzen Abend hindurch gespielt habe und das ›Ludo‹ heißt, gilt meine besondere Abneigung einem Spiel namens ›Abspulen‹.

Wie die Spielregeln sind? Kinderleicht sind sie! Irgend jemand denkt an Rührei mit Schinken; das erinnerte mich an meine Wirtin, und sie wiederum erinnert meinen Nachbarn an Sarah Gamp. Und so geht es weiter, bis man am Nordpol oder irgendeinem gleichermaßen entlegenen Punkt angekommen ist, so daß man den Faden wieder zurückspult und dabei den ganzen Unsinn noch einmal durchmacht.

Das Spiel hat jedoch einen Vorteil: Man lernt die merkwürdige Art kennen, in der das Gedächtnis mancher Menschen arbeitet.

Und nach dieser Einleitung will ich jetzt die einzige Geschichte erzählen, die ich über Gesellschaftsspiele kenne.

Wenn Sie Naturwissenschaftler sind, ist Ihnen vielleicht der Name Charles Thorneycroft bekannt; er ist der Verfasser einer dreibändigen Abhandlung über englische Spinnen. Sein Name rangiert ferner in einer Liste aller Geistlichen als Vikar von Willeston Parva. Allerdings verdankt er es der erstgenannten Tatsache, daß er mit fünf Zeilen in der vorjährigen Ausgabe von *Who's Who* vertreten ist.

Obgleich er heute beinahe ein Greis ist, haben seine Freunde den Wandel kaum bemerkt, denn er besaß schon immer die kennzeichnenden Eigenschaften eines alten Mannes: eine gewisse Schwatzhaftigkeit beim Erzählen von Anekdoten und eine große Mißwirtschaft in geschäftlichen Angelegenheiten, verbunden mit einem hohen Grad von Zerstreutheit.

Zwanzig Jahre hindurch hatte der Reverend Charles Thorneycroft die Pfarre von Willeston Parva inne und lehnte jedes Beförderungsangebot ab; denn Willeston Fen, das große Moor, liegt an der Grenze seines Sprengels und gehört zu den wenigen noch verbliebenen Brutstätten zweier Schmetterlingsarten, die in Kürze ausgestorben sein dürften.

Ungeachtet seiner Spinnen und seiner Bibliothek ist das Pfarrhaus im übrigen groß genug, um auch Mrs. Thorneycroft sowie ihren drei Töchtern Obdach zu gewähren – entzückenden Mädchen trotz der Atmosphäre, in der sie leben: einer Mischung aus Hockey und Gemeindeklatsch.

Im vergangenen Jahr fiel mein üblicher Besuch in Willeston mit Millicents zweiter Geburtstagsparty zusammen. Damit meine ich jedoch keineswegs, daß Millicent – nach pfarramtlichem Sprachgebrauch – an der Schwelle zu ihrem zweiten Lebensjahr stand, denn sie war bereits fünfzehn und auf diese Tatsache sehr stolz.

Aber es war ihre zweite ganz große Party, bei der es alles im Überfluß gab, so daß ihre erwachsenen Freunde für den folgenden Tag eingeladen wurden, um die übriggebliebenen Reste aufzuessen.

Diese Einteilung war ausgezeichnet, denn die Gäste des ersten Ereignisses schlangen in mädchenhafter Unbesonnenheit alles einigermaßen Unverdauliche in sich hinein und hinterließen den älteren Leuten für den kommenden Tag die zwar ausreichenden, jedoch keineswegs verlockenden Überreste. Bei dieser Gelegenheit bestand die Party ausschließlich aus Männern. Anwesend waren ein Dr. Philpots, ein altmodischer Homöopath, ferner Mr. Greatorex, der etliche hundert Hektar Ackerland in der Umgebung von Fenchurch bewirtschaftete und zum Entzücken der Fenchurch'schen Kinder auf einem Tandem fuhr, sowie Captain Dawson.

Diese drei waren alte Freunde der Familie und schon seit Jahren zu Millicents Geburtstagsparty gekommen. Es war auch der Grund, daß Millicents Schwestern dagegen waren, Mr. Cholmondley aus Oldbarnhouse ebenfalls einzuladen.

Wie Madge sagte, war Mr. Cholmondley ein Neuzugezogener. Er kam nie zum Gottesdienst; ihr Vater und Mr. Cholmondley hatten sich noch nicht kennengelernt.

Nach den Worten Lauras, der Verteidigerin des Familienvermögens, die ihre Mutter bei Einkäufen begleitete und die Rechnungen bezahlte, war Mr. Cholmondley ein bloßes Nichts, trotz seines aristokratischen Namens. Sie für ihren Teil hielt ihn für ungebildet; da es sich jedoch nicht um ihre eigene Geburtstagsparty handelte, enthielt sie sich jeder Einmischung.

Und so lud Millicent ihn, ein wenig von Mitleid für den einsamen Gentleman bewegt, sehr viel stärker jedoch von Eigensinn getrieben, zu ihrer Party ein.

Im letzten Moment hoffte sie noch, er würde absagen, aber zu ihrer eigenen wie auch zur Überraschung aller anderen nahm er die Einladung an, und sein Geschenk gewann ihr Herz im Sturm.

Die Gäste versammelten sich am späten Nachmittag, und da es ein warmer Abend war, gingen wir in den Garten und spielten auf dem Rasen Krokket – bis etwa eine halbe Stunde vor dem Abendessen; als jedoch der Captain zweimal hintereinander ein Doppeltor in eine Geraniengruppe geschlagen hatte, weil er annahm, es wäre eine gegnerische Kugel, mußten wir zugeben, daß es zum Spielen zu dunkel war.

»Dann füllen wir die Zeit damit aus, daß wir Abspulen spielen«, meinte Millicent. »Es ist ganz einfach. Bis zum Abendbrot spulen wir auf, und nach dem Abendbrot spulen wir wieder ab.«

Laura meinte, das Spiel sei albern; Madge sagte, sie fände es ganz nett, und da keine anderen Vorschläge zum Vorschein kamen, begannen wir mit dem Aufspulen. Den größten Teil des Unsinns habe ich natürlich vergessen, aber ich erinnere mich, daß wir von Irving zu Hamlet und von Hamlet zu Champainbury kamen, einem kleinen Dorf jenseits des Pfarrsprengels, und dann zu Champagner und vom Champagner zum Luxus.

Dr. Philpots, der – wenn er nicht völlig in seine Homöopathie versunken war – manchmal in den Sozialismus zurückverfallen konnte, erklärte, daß Luxus ihn an Eisenbahnwagen Erster Klasse erinnerte.

Der Vikar, der in einen Artikel der Zeitschrift *Nature* vertieft war, hatte nicht zugehört.

»Was war das letzte?« fragte er. »Ah ja – Eisenbahnwagen Erster Klasse erinnern mich an Mord! Eine bewundernswerte Kritik des ganzen Problems«, fuhr er fort, »und ich hoffe nur, daß Fortescue genügend Anstand besitzt, sie auch zu lesen.«

Sprechen wir nicht davon, daß wir über Fortescues Pflichtvergessenheit hinweggingen; statt dessen fragten wir, wieso er denn ausgerechnet auf Mord gekommen sei. Zwischen diesen beiden Dingen bestand schließlich nicht der geringste Zusammenhang.

Die Meinung des Vikars war jedoch durch nichts zu erschüttern. »Sobald ich einen Eisenbahnwagen Erster Klasse sehe, muß ich an Mord denken. Wenn wir uns zum Abendbrot hinsetzen, werde ich Ihnen den Grund erzählen.«

»Es war folgendermaßen«, sagte er, sobald wir Platz genommen hatten. »Vor etwa zehn Jahren mußte ich an einem Samstagabend von London hierher mit dem letzten Zug fahren. Der Tag war sehr anstrengend gewesen, und da die Sonntagspredigt noch nicht vorbereitet war, hielt ich mich nicht an meine sonstige Gewohnheit, sondern setzte mich in ein leeres Abteil der Ersten Klasse.

Ungestört schrieb ich rund eineinhalb Stunden lang, bis mich das Knirschen der Bremsen sowie das Aufleuchten roter und grüner Signallampen auf die Tatsache hinwiesen, daß wir den Umsteigebahnhof Marshley erreicht hatten.

Ein oder zwei Leute stiegen aus, und es schien, als hätte ich das Abteil weiterhin für mich allein. Der Stationsvorsteher hatte bereits gepfiffen, und wir fuhren schon an, als der Zug aus Saunchester einlief. Ich steckte den Kopf aus dem Fenster, um zu sehen, ob jemand dabei war, der meinen Zug noch bekommen wollte. Ja – der Zug war noch nicht zum Stehen gekommen, als eine Tür aufflog und ein Mann über den Bahnsteig rannte.

Der Wagen, in dem ich saß, war der letzte des Zuges. Der Mann hatte gerade noch Zeit, die Tür meines Abteils aufzureißen, als der Stationsvorsteher ihm auch schon zurief, nicht auf den fahrenden Zug aufzuspringen. Keuchend ließ der Mann sich in die Ecke fallen. ›Das war aber ziemlich knapp‹, sagte ich. ›Ein Glück für Sie, daß die Tür nicht verriegelt war.‹ Er nickte zustimmend, und ich machte mich wieder an die Arbeit und bemerkte lediglich, daß der Mann sehr blaß aussah. ›Wenn Sie nichts dagegen haben‹, sagte ich zu meinem Reisegefährten, ›mache ich das Fenster zu. Es scheint hereinzuregnen.‹ Es tropfte auf den Fußboden, und auf dem Linoleum hatte sich ein Rinnsal gebildet. Aber obgleich ich das Fenster geschlossen hatte, lief dieses kleine Rinnsal immer weiter. Ich bin kurzsichtig, und daher brauchte ich doppelt solange wie andere, um zu erkennen, daß es nicht Wasser, sondern Blut war. Es tropfte aus einer Wunde, die der mir gegenübersitzende Mann an der Hand hatte.

›Es ist bloß ein unangenehmer Schnitt‹, sagte er, als seine Augen meinen Blick auffingen. ›Könnten Sie ihn mir vielleicht verbinden? In meinem Mantel steckt ein Taschentuch. Vorhin saß ein Betrunkener in meinem Wagen. Er hatte sich mit Whisky volllaufen lassen und die Flasche zerschlagen, und als wir uns in die Haare gerieten, fiel ich hin und brachte mir dadurch einen Schnitt bei. Manchmal hat man direkt Verständnis für die Abstinenzler.‹ – ›So ist es schon viel besser‹, sagte er, als ich meinen Versuch, die Wunde zu verbinden, beendet hatte. ›Es ist wirklich äußerst freundlich von Ihnen, daß Sie sich soviel Mühe gemacht haben. Ich fürchte nur, daß mein Anzug ruiniert ist, und wie das Pech es so will, habe ich ihn mir heute erst gekauft.‹

Eine Weile schwiegen wir, während der Fremde das beschlagene Fenster mit dem Fensterriemen abwischte.

›Ja‹, sagte er, ›Trunkenheit ist schon eine fürchterliche Sache, aber ich bezweifle, ob ein Alkoholverbot die Wirkung haben würde, die sich viele Leute davon erhoffen.‹ Er erzählte dann von Amerika, das er zu kennen schien. Ich brachte die Unterhaltung auf die Frage der Lynchjustiz und seine Beziehung zum Verbrechen.

›Es ist sinnlos‹, so sagte er meiner Erinnerung nach, ›zu glauben, daß man Gewalt mit Gewalt bekämpfen kann. In den meisten Fällen handelt es sich meiner Meinung nach darum, daß selbst die zwangsweise Verbringung der Verbrecher in Gefängnisse und Besserungsanstalten ihr Ziel nicht erreicht. Das menschliche Gewissen – auch wenn es vielleicht ein Verbrechen zuläßt – dürfte dem Verbrecher mehr Unbehagen verursachen als sämtliche Dunkelzellen und Zwangsjacken zusammen. Es ist natürlich auch gut möglich, daß ich voreingenommen bin.‹

Er tat alles, um mich durch unsere Unterhaltung abzulenken, bis wir den nächsten Bahnhof erreichten. Bevor der Zug hielt, ließ er das Fenster herunter und blickte auf den Bahnsteig hinaus. ›Eigentlich sollte mein Bruder mich hier abholen‹, sagte er, ›aber ich sehe ihn nirgends. Gute Nacht, Sir!‹

Mein erstes Gefühl nach seinem Weggang war die Neugierde nach seinem Beruf. Trotz seiner vielen Worte schien er kaum ein Gentleman zu sein. Schließlich ordnete ich ihn bei den Journalisten ein. Ich begann wieder zu schreiben, unterbrach die Arbeit jedoch schon nach einer Minute. ›Sein Bruder muß ein merkwürdig unangenehmer Mensch sein‹, sagte ich mir. ›Er schien richtig erleichtert zu sein, daß er nicht auf dem Bahnsteig war, um ihn abzuholen.‹

Am nächsten Morgen waren die Zeitungen voll von Einzelheiten über einen schrecklichen Mord, der in einem Zug verübt worden war. Die Leiche eines alten Gentleman war, entsetzlich zugerichtet, in einem Abteil des Zuges aufgefunden worden, der um 10.30 Uhr von Saunchester abgefahren war. Alles wies auf einen verzweifelten Kampf hin, und ein Handkoffer sowie eine Brieftasche, die unter den Sitzen gefunden worden waren, waren offenbar ausgeraubt worden. Nicht ein einziger Hinweis deutete darauf hin, wer der Täter gewesen war.

Im ersten Moment machte ich mir darüber weiter keine Gedanken. Erst im späteren Verlauf des Tages fiel mir ein, daß es der in Saunchester um 10.30 abgegangene Zug gewesen war, der im Bahnhof von

Marshley eingelaufen war, als wir gerade abfuhren. Unmittelbar darauf kam mir dann der Gedanke, daß der Mann, der mein Abteil bestiegen hatte, der Mörder war. Diese Vorstellung tat ich jedoch als lächerlich ab – als Unrecht einem Mann gegenüber, von dem ich schließlich nichts Nachteiliges wußte; aber was ich auch versuchte, die Vorstellung kehrte immer wieder, bis ich sie schließlich anerkennen mußte und mir eine Art grausige Geschichte um meinen Mitreisenden ausmalte.

Während die Monate verstrichen, hatte ich gelegentlich das Gefühl, ich müßte meinen Verdacht der Polizei mitteilen; aber dann beruhigte ich mich immer wieder in dem Glauben, daß die Polizei wahrscheinlich genausoviel wüßte wie ich. Ich war der gleichen Meinung wie der Fremde, daß es keinen besseren Bluthund gibt als das Gewissen, und so ließ ich die Angelegenheit auf sich beruhen. Aber sobald ich an Eisenbahnwagen Erster Klasse denke, muß ich jetzt an Mord denken. Diese beiden Dinge sind in meinen Gedanken so eng miteinander verbunden, wie man es sich nur vorstellen kann.«

Nachdem das Abendessen beendet war, trennten wir uns: Einige der Männer gingen zum Rauchen auf die Veranda, während wir übrigen wieder ins Wohnzimmer zurückkehrten.

Der Vikar zeigte uns ein paar Spinnen, die er morgens gerade von einem Freund aus Brasilien bekommen hatte. Er war außer sich vor Begeisterung, aber wir waren doch erleichtert, als er uns schließlich allein ließ, um in einer deutschen Broschüre irgendwelche Hinweise nachzuschlagen.

»Und jetzt spulen wir wieder ab!« sagte Millicent. »Laßt Vater und die anderen ruhig bleiben, wo sie sind. Sie können später immer noch mitmachen.« Also fingen wir an. Jeder kam zu Anfang dreimal dran, und notfalls konnten wir das Spiel – in der nachsichtigen Art alter Damen und junger Menschen – einfach weiterführen. Nachdem wir also fünf Minuten lang abgespult hatten, kam der Vikar ins Zimmer, und seine fünf Finger dienten als Lesezeichen für fünf Stellen, die er in dem Buch gefunden hatte.

»Der Londoner Tower«, sagte Laura, »erinnert mich an Richard den Dritten.« »Richard der Dritte«, sagte Millicent, »erinnert mich an Mord.« »Mord«, sagte Millicents Mutter, »erinnert mich an Eisenbahnwagen Erster Klasse.«

Damit war der Vikar an der Reihe, der in sein Buch versunken war.

»Aufwachen, Vater!« sagte Madge. »Woran erinnern dich Eisenbahnwagen Erster Klasse?«

»An Mr. Cholmondley«, sagte der Vikar und las weiter.

Madge schüttelte den alten Herrn und nahm ihm das Buch weg. »Aber Vater«, sagte sie, »nun spiel doch richtig mit! Die ersten fünf Mal bist du sowieso nicht dabeigewesen! Woran erinnern dich Eisenbahnwagen Erster Klasse? Wir zählen bis zehn.«

Der Vikar nahm seine Brille ab und putzte sie sorgfältig. Dann sagte er mit jenem nervösen Lächeln, das er immer aufsetzte, wenn er glaubte, daß seine Töchter ihn nicht mit dem nötigen Respekt behandelten: »An Mord.«

»Ach, du liebe Güte! Ich fürchte, es hat keinen Sinn«, sagte Millicent zu den Herren, die gerade das Wohnzimmer betraten, weil sie mit dem Rauchen fertig waren. »Erst sagt Papa, daß Eisenbahnwagen Erster Klasse ihn an Mr. Cholmondley erinnern, und dann erinnern sie ihn auf einmal an Mord.«

»Ja, Mr. Cholmondley«, sagte Millicents Mutter, »was meinen Sie dazu? Aber er ist gar nicht da! Hat er denn seine Zigarre noch nicht aufgeraucht?« fragte sie Greatorex.

»Wir dachten, er sei hier bei Ihnen«, erwiderte Greatorex. »Seit dem Abendessen habe ich ihn nicht mehr gesehen.«

Eine Minute lang herrschte Schweigen, das dann von einem Klopfen an der Tür unterbrochen wurde. Das Mädchen kam mit einem Zettel herein. Er stammte von Cholmondley, der sich entschuldigte, daß er ohne Abschied gegangen sei. Aber er habe ein Telegramm von seiner Mutter bekommen, die im Süden Frankreichs im Sterben liege, und sei daher gezwungen, den allernächsten Zug zu nehmen.

»Der Arme!« sagte die Frau des Vikars. »Mir ist schon während des Abendbrots aufgefallen, daß er so still war. Unser sorgloses Gerede ist ihm sicherlich auf die Nerven gegangen.« Und sie begann mit Greatorex eine Unterhaltung über die unhygienischen Zustände in sämtlichen Hotels des Kontinents.

Der Vikar dagegen saß in seinem Lehnsessel, und das Buch über Spinnen war unbemerkt auf den Fußboden gefallen. Ungläubig starrte er in das Kaminfeuer.

Mrs. Ormerod

Agatha, mein Schatz, du bist ein Engel mit deinen Briefen. Jeden Monat treffen sie genauso pünktlich bei mir ein wie die Rechnungen der Kaufleute, und meine an dich sind kaum häufiger als die Aufforderung, Armensteuer zu bezahlen. Und lang sind sie, um das britische Ansehen wiederherzustellen. Heute abend nun bin ich selig, daß ich frei bin; Bill ist völlig unerwartet eingeladen worden, in seinem Wahlbezirk bei einer Zusammenkunft irgendwelcher großer Tiere die Begrüßungsworte zu sprechen, so daß du dir vielleicht ausmalen kannst, wie wohl mir innerlich zumute ist – die Köchin hat heute keinen Ausgang: Ich habe mir den Sessel vor das helle Feuer gezogen, der Kaffee steht auf dem Tischchen neben mir, und der Füllfederhalter ist frisch gefüllt. Daher auch der Klecks.

Wahrscheinlich bin ich gemein, daß ich diese Annehmlichkeiten eines Novemberabends erwähne, wo ich weiß, wie unlösbar für dich das Dienstmädchenproblem ist. Du solltest lieber eine neue Serie mit dem Titel ›Berühmte Fälle‹ zusammenstellen. Wenn du das tätest, könnte ich sogar einen Beitrag leisten. Und zwar folgenden.

Als du das letzte Mal in England warst, hast du – glaube ich – auch die Inchpens kennengelernt, als sie eines Nachmittags zu Besuch kamen, obgleich ich annehme, daß du alles schon wieder vergessen hast.

Aleck Inchpen war als Arzt und Missionar in Äquatorial-Afrika: groß, dünn, ein bißchen gebeugt, entsetzlich kurzsichtig und mit einem Ziegenbart, als Anthropologe ziemlich berühmt, aber sonst ein lieber Kerl. Seine Frau war mit Nell Butterworth zusammen auf der Schule. Wenn man sie so sieht, kommt man gar nicht auf die Idee, daß sie Ärztin war. Sie holt sämtliche Wespen wieder aus der Marmelade, setzt sie auf das Fensterbrett und stellt eine Untertasse mit Wasser daneben, damit die armen Tiere sich waschen und bürsten können. Irgendwie erinnert sie mich immer an die Französischlehrerin von St. Olave, und das Komische dabei ist, daß ich sie ungeheuer gern habe. Diese beiden also haben unzählige Schwierigkeiten durchgemacht, haben viele hundert Meilen von anderen Weißen entfernt gelebt, haben ich weiß nicht wieviele schwarze Zwillinge zu sich genommen, die sonst einfach gestorben wären, weil Zwillinge anscheinend Unglück bringen, und sind jetzt nach England zurückgekehrt, wo Aleck ein epochemachendes Werk über die Psychologie der Eingeborenen schreiben will, soweit er Zeit dazu hat. Er macht nämlich noch eine Menge anderer Sachen, die übrigens nichts einbringen, außer daß er dauernd Dritter Klasse fahren darf. Seine Frau ist mehr oder weniger ein Krüppel; sie leidet an rheumatischer Arthritis, und ihre Hauptsorge ist die Ungewißheit, ob sie überhaupt berechtigt seien, alles in allem fünfhundert Pfund im Jahr zu verdienen und in einem baufälligen Haus wohnen zu dürfen, das für sie viel zu groß ist und jedem anderen auf die Nerven fallen würde.

Zwei hilflosere, liebenswertere Kinder als diese beiden hast du bestimmt noch nicht gesehen.

Im September war ich ein verlängertes Wochenende mit ihnen zusammen. Genaugenommen war ich gar nicht eingeladen, sondern hatte den beiden nichts anderes übriggelassen, als mich aufzufordern, weil ich sehr das Gefühl hatte, daß ich ihnen helfen könnte. Laß dich von mir warnen: Solltest du jemals einem Heiligen begegnen, dann nimm alles, was er dir geben kann, aber mische dich in nichts ein. Denn die Folgen sind einfach entsetzlich.

Wenn ich klug gewesen wäre, hätte ich an Mary Inchpens Brief gemerkt, daß sie alles andere als begeistert von meinem Kommen war, aber sie machte mich nur auf die Unbequemlichkeiten ihres einfachen Lebens aufmerksam, und das machte mich stutzig. Ihre Haushälterin, Mrs. Ormerod, sei zwar freundlich, aber etwas langsam und an Besuch nicht gewöhnt, und bei einem Haus wie dem ihren, das für sie doch viel zu groß sei, wäre es unmöglich, alles so zu machen, wie man es am liebsten hätte. Ich müßte also etwas Nachsicht mit Mrs. Ormerod haben, die zu jenen guten Frauen gehörte, deren Verdienste man nie richtig würdigte. Da ich auch zwischen den Zeilen lesen kann, kam ich zu dem Schluß, daß diese Mrs. Ormerod ein Drachen war. Und mich selbst hielt ich eigentlich bisher für einen Drachentöter.

Viner's Croft war ein heruntergekommenes Bauernhaus. Ich hatte den Inchpens nicht geschrieben, mit welchem Zug ich eintreffen würde, weil ich nicht in Alecks Wagen fahren wollte, den er aus zweiter Hand gekauft hatte. (Übrigens ist er seiner ganzen Veranlagung nach völlig unfähig, ein Auto zu steuern.) Deshalb ließ ich mich von dem Dienstmann in dessen Ford die kurvenreiche Strecke fahren. Wann immer eine Gabelung auftauchte, bogen wir in die falsche Richtung, und als er mich endlich am Rand jener Schlucht absetzte, in der Viner's Croft versteckt liegt, mußte ich an eure unpassierbaren Schlammseen denken.

Die Tür machte mir ein unangenehm aussehender kleiner Junge auf. Mit halboffenem Mund starrte er mich durch seine Brille an – ich hätte ihn an den Ohren ziehen können – und sagte dann, er werde seine Mutter holen. Damit ließ er mich stehen. Ich wartete drei Minuten, und dann erschien Mrs. Ormerod, die Haushälterin.

Agatha, mein Schatz, wenn du deine sämtlichen ›Berühmten Fälle‹ in einen Topf tätest, würdest du immer noch nicht die leiseste Vorstellung von diesem abscheulichen Weib haben.

Auf den ersten Blick schätzte ich sie auf fünfzig, aber wahrscheinlich war sie doch noch erheblich

älter. Jedenfalls war ihr Haar gefärbt und ihr Gebiß falsch. Ich habe wirklich nichts gegen Leute, die ihrem Aussehen etwas nachhelfen – ganz im Gegenteil: Ich bin ihnen dafür dankbar. Aber kanariengelbes Haar und dazu eine Kameebrosche mit einer untröstlichen Frau, die sich über eine Urne beugt und weint! Dazu trug sie ein meergrünes Kleid, das mich ganz krank machte, mit weißen Manschetten an den dicken Handgelenken und einem Gürtel, an dem ein Schlüsselbund hing. Um den Hals hatte sie eine Kette, und an dieser Kette baumelte ein merkwürdiges Schmuckstück aus Jade, das – wie ich bald merkte – eine Trillerpfeife war.

Ich nannte meinen Namen und sagte, ich glaubte, daß ich erwartet werde.

»Das glaube ich auch«, sagte Mrs. Ormerod. Sie sah mich dabei von oben bis unten an, als wäre ich eines ihrer faulen Küchenmädchen, das eine Stunde nach der festgesetzten Zeit nach Hause kommt. Und dann zwinkerte sie mir zu. Wenigstens hätten Leute aus bestimmten Kreisen es als Zwinkern bezeichnet – die Inchpens nannten es ›gewohnheitsmäßige Zukkungen‹. Ihr linkes Augenlid zitterte und schloß sich plötzlich. Ich kam mir wie eine Maus vor, die eine Eule vor sich sieht, nur ist die Eule noch so satt, daß sie zu faul ist, um die Maus vor Einbruch der Dunkelheit zu fangen. Mrs. Ormerod trillerte auf ihrer Pfeife, der kleine Junge kam angerannt und ergriff meinen Koffer, und ich folgte der Haushälterin durch die ganze Länge des weiträumigen Hauses, bis ich im Wohnzimmer und damit in Sicherheit war.

Mary Inchpen begrüßte mich aufs wärmste. Sie ist eine hinreißende Person und belegt jeden völlig mit Beschlag, und zwar in einer Weise, die ich bei keinem anderen ertragen würde. Aleck war, wie ich erfuhr, den ganzen Tag in Maldon und würde erst am Abend zurückkommen, so daß wir beide allein Tee tranken. Mary ging es gar nicht gut, und sie mußte am Stock gehen; sie bestand jedoch darauf, mir das ganze Haus zu zeigen, solange es hell war. Das Haus ist ein richtiger Kaninchenbau mit Treppen nach oben und Treppen nach unten, und nur die Hälfte der Zimmer ist möbliert. Der Rest ist mit Gerümpel angefüllt, das Mary langsam aussortiert, damit Aleck seine großen Kisten mit afrikanischen Kuriositäten auspacken kann – aber das sind nach dem, was ich zu sehen bekam, keine Sachen, von denen unsereins träumt. Im ganzen Haus gibt es natürlich kein Gas, sondern nur Petroleumlampen, und das Wasser muß hochgepumpt werden, solange der Brunnen nicht ausgetrocknet ist; dann aber sind sie auf Wasserfässer angewiesen, in denen das Wasser grün und faulig ist.

Mary war ziemlich nervös, bis Aleck kurz vor dem Abendbrot gesund heimkehrte. Allem Anschein nach hatte er lediglich ein Huhn überfahren und einen kleinen Kratzer am Kotflügel abbekommen, als ihm ein Lastwagen begegnet war. So etwas ist auf diesen schmalen Wegen natürlich gut möglich. Nach dem Abendbrot verschwand Aleck für eine Viertelstunde. Das tat er übrigens nach jeder Mahlzeit. Zuerst dachte ich, er wollte in Ruhe eine Zigarette rauchen; bevor ich abfuhr, entdeckte ich jedoch noch, daß er Mrs. Ormerod in der Küche beim Abwaschen half.

Wir gingen zeitig zu Bett. Ich bin in gewissen Dingen ein entsetzliches Luxusgeschöpf, und sogar im September brauche ich im Bett eine Wärmeflasche. Als ich meine Sachen auspackte, legte ich also meine Wärmeflasche in unmißverständlicher Absicht mitten auf das Bett, wo sie förmlich danach schrie, gefüllt zu werden. Natürlich geschah das nicht. Das Bett war aufgedeckt und die Vorhänge zugezogen, aber die Wärmeflasche hing an einem Haken an der Tür. Obgleich Mrs. Ormerod meinen leisen Hinweis ignoriert hatte, war ich keineswegs gewillt, ihre Anspielung ebenfalls zu ignorieren, selbst wenn es einen Fußmarsch in die Küche hinunter und mit einer Kerze in der Hand bedeutete, die höchstwahrscheinlich unterwegs ausgeblasen würde. Ich erreichte schließlich die Küche, klopfte an die Tür und hörte, daß jemand »Herein« sagte.

Mrs. Ormerod saß in einem bequemen Lehnstuhl vor dem Feuer und war mit Nähen beschäftigt. Ich bat sie um etwas heißes Wasser. Der Wasserkessel war anscheinend bereits vom Feuer genommen worden; aber wenn ich warten wollte, könnte ich es gern tun. Keine Entschuldigung, kein Versuch, mich zu besänftigen – nicht einmal ein Stuhl wurde mir angeboten. Also setzte ich mich hin und wartete, während Mrs. Ormerod sich wieder an ihre Näharbeit machte: eine großartige Stickerei, vielleicht eine Altardecke. Lange bevor das Wasser kochte, war meine Geduld erschöpft. Schließlich goß ich das Wasser selbst in die Wärmeflasche. Es war kaum mehr als lauwarm, aber nicht annähernd so lau wie die gute Nacht, die ich Mrs. Ormerod wünschte.

»Gute Nacht«, sagte Mrs. Ormerod, ohne von ihrem Sessel aufzustehen. Und dann zwinkerte ihr linkes Auge mir wieder zu. Heute verstehe ich, was es bedeutete. ›Scher dich zum Teufel‹, hieß es, ›du lästige Tratsche, die einem noch spät nachts Arbeit macht. Und wenn du glaubst, daß du irgendwas aus mir herauskriegst, hast du dich erheblich getäuscht.‹

Vier Tage blieb ich in Viner's Croft. Ein einziger hätte bereits genügt, um mir zu zeigen, daß Mrs. Ormerod nicht nur die Haushälterin, sondern auch die Managerin der Inchpens war. Sie hatte die beiden restlos unter ihrem Pantoffel. Aleck putzte Schuhe und Messer, während Mary die scheußliche Aufgabe hatte, die Lampen in Ordnung zu halten; und die ganze Zeit wimmelte dieser unangenehme kleine Simon herum, der es genausogut hätte machen können, der jedoch statt dessen von Mary Klavierunterricht bekam, und jeden Tag gab Aleck ihm

– auf eigenen Wunsch oder weil Mrs. Ormerod es wünschte – Unterricht in Latein! Meiner Meinung nach hatte sie irgendwie die Vorstellung, Simon müßte in den Dienst der Kirche eintreten, obgleich das Höchste, was der Bengel sich wünschen konnte, eine Stellung als Friseurgehilfe war. Zuerst dachte ich, daß er das Kind dieser Mrs. Ormerod war, bis Mary mir erzählte, daß sie ihn adoptiert hätte. Sie habe auch schon andere Kinder zu sich genommen, sei aber immer wieder fürchterlich enttäuscht worden.

»Die arme Mrs. Ormerod«, sagte Mary, »sie hat schon so viel durchgemacht.«

Davon bin ich überzeugt, aber immerhin hatte sie jetzt festen Boden unter den Füßen und sah aus, als wäre sie sich dieser Tatsache auch ziemlich genau bewußt.

Ich möchte Mrs. Ormerod gegenüber nicht ungerecht sein. Bestimmt hatte sie ihre guten Seiten. Sie war peinlich sauber und eine ausgezeichnete Köchin. Sie hatte nicht nur das Manuskript von Alecks neuem Buch mit der Schreibmaschine abgeschrieben, sondern sich sogar dafür interessiert. Und sie hatte dafür gesorgt, daß das Kind gehorchte. Wenn sie pfiff, ließ der Bengel sofort alles stehen und liegen und rannte auf dem kürzesten Wege zu ihr. Aber stell' dir vor: ein Kind, nach dem man pfeift! Wenn ich daran denke, wird mir ganz elend.

Nachts lag ich wach, bemitleidete die Inchpens,

wurde immer verbitterter und überlegte die ganze Zeit, wie ich sie von Mrs. Ormerod, diesem Alptraum, erlösen könnte.

Ich bin langsam zu der Überlegung gekommen, daß das Gute immer das Böse anzieht. Es hebt sich natürlich von ihm ab, lenkt aber daher die Aufmerksamkeit auf sich. Die Inchpens machen mir immer wieder klar, daß ich egoistisch bin – aber das erklärt noch lange nicht alles. Wirklich gute Menschen, Menschen, die einem Heiligen ähneln, wirken wie ein Magnet auf alle, die mehr als nur einen Hauch des Teufels in sich tragen. Deswegen erleben sie auch abenteuerliche Geschichten und stoßen auf Leute, die unsereins selten sieht. Und deswegen bleibt auch diese Mrs. Ormerod bei ihnen, obgleich sie so ein schrecklicher Schmarotzer ist.

Vielleicht findest du, daß ich mich wegen nichts und wieder nichts aufrege: daß es sich doch nur um eine Frau handelte, die etwas von ihrem Beruf verstünde, und um zwei liebevolle Seelen, denen es anscheinend genügt, das zu übersehen, was in meinen Augen eine Unverschämtheit ist. Aber hat es Aleck wirklich Spaß gemacht, die Messer zu putzen und seiner Frau frühmorgens die Tasse Tee ans Bett zu bringen? Und war Mary nicht zutiefst gedemütigt, als sie sich eines Tages fast dafür entschuldigte, daß Gäste zum Abendbrot kämen – gar nicht zu reden davon, daß dieses Weib durch das ganze Haus rennt und der Schlüsselbund an ihrer Schürze hängt? Natürlich war sie das. Ich weiß genau, wann jemand unglücklich ist, und ich verstehe genau, was Mary im Grunde meint. Wenn sie sagt, sie hätte dankbar zu sein und wäre wahrhaftig gesegnet, meint sie, daß es zwar sehr schlecht steht, daß es jedoch auch noch schlimmer sein könnte.

Deshalb nahm ich am dritten Morgen meines Aufenthalts in Viner's Croft allen Mut zusammen, holte mir Mary, und ohne lange um den heißen Brei herumzureden, sagte ich ihr, daß sie sich meiner Meinung nach von Mrs. Ormerod trennen sollte. Sie war beinahe beleidigt.

»Warum bekomme ich das von sämtlichen Freunden gesagt?« rief sie. »Ich habe fast schon Angst, irgend jemanden zu uns einzuladen! Keiner von euch kennt Mrs. Ormerod richtig. In gewissen Dingen ist es tatsächlich nicht leicht, mit ihr auszukommen; wie so viele empfindliche Menschen nimmt sie sehr schnell übel. Sie weiß eben, was sie kann, und hat am liebsten alles so, wie sie selbst es möchte. Aber man sollte sie nicht gleich verurteilen. Das Leben hat ihr bisher sehr viel Unglück gebracht. Und das Augenleiden bedeutet für sie, daß sie nie eine jener verantwortungsvollen Stellungen bekommen wird, die ihren Fähigkeiten entsprächen, und daß sie sich statt dessen immer mit einem niedrigeren Lohn begnügen muß. Außerdem sind Aleck und ich es gewohnt, mit sonderbaren Menschen zusammenzuleben. Du hättest einmal sehen sollen, was für Hausgehilfinnen wir in Afrika manchmal hatten! Und wer sollte denn mit Mrs. Ormerod auskommen, wenn wir es nicht können? Es ist eine Aufgabe – nein, so meine ich es nicht; es ist vielmehr ein Privileg, jemandem helfen zu dürfen, dessen gute Eigenschaften es so erschweren, ihm zu helfen.«

Ich mußte es dabei belassen. Der umnebelte Eigensinn Marys war einfach nicht zu durchdringen. Blieb also Aleck.

In dem natürlichen Wunsch, eine unerfreuliche Aufgabe hinauszuschieben, hatte ich die Dinge ziemlich weit gedeihen lassen, und jetzt war es fast lächerlich, die Besorgnis zu beobachten, mit der Mary alles versuchte, damit ich mit ihrem Mann nicht alleingelassen wurde. Während ich Aleck beschattete, wurde ich selbst von Mary beschattet, und durch das Ganze spukten Mrs. Ormerod und der Junge. Schließlich mußte ich Kopfschmerzen vorschützen und mich eine halbe Stunde auf mein Bett legen, und als ich dann sah, daß Simon loszog, um die Hühner zu füttern, schlich ich lautlos nach unten und suchte Aleck in seinem Arbeitszimmer auf.

Dort besprach ich die ganze Angelegenheit mit ihm.

Ich verschwendete keine Zeit mit irgendwelchen Vorreden, sondern kam gleich zum eigentlichen Thema, das nicht Mrs. Ormerod, sondern Mary hieß. Ich erzählte ihm – was auch wirklich stimmte –, daß Mary einen ausgesprochen elenden Eindruck auf mich mache und trotz der Landluft lange nicht so gut aussehe wie damals in der Stadt.

Er gab mir recht. »Ich fürchte, es ist meine Schuld«, sagte er. »Meine Arbeit nimmt eine ganze Menge Zeit in Anspruch, und daneben sitze ich noch an meinem Buch. Mary ist tatsächlich zu viel allein. Vielleicht sollte ich einmal mit Mrs. Ormerod reden. Ich glaube fast, wir sollten sie mehr so behandeln, als gehörte sie zur Familie, aber je älter man wird, desto mehr Wert legt man auf Zurückgezogenheit, und wir haben uns langsam daran gewöhnt, für uns allein zu leben. Wie wäre es, wenn ich Mrs. Ormerod und Simon fragte, ob sie abends mit uns zusammen essen wollen – wir könnten uns dabei in die Küche setzen; und wenn es klappt, könnten wir diese Regelung auch auf die übrigen Mahlzeiten ausdehnen? Manchmal bin ich mir genau bewußt, daß wir eigentlich einen doppelten Haushalt führen.«

Wegen seiner Einfalt hätte ich diesen Mann nehmen und durchschütteln können.

»Aleck«, sagte ich, »hör einmal genau zu. Ihr lebt hier in einem Paradies der Toren, und Mrs. Ormerod ist die Schlange. Wenn dir der Seelenfrieden deiner Frau – von deinem eigenen will ich gar nicht sprechen – wirklich am Herzen liegt, hast du nichts weiter zu tun, als dieses Weib loszuwerden. Sie ist der Grund, daß Marys Situation einfach unmöglich ist. Sie demütigt Mary, wo immer es nur möglich ist. Mary kann nicht einmal ihre eigene Küche betreten. Erst gestern, als wir im Obstgarten Fallobst aufsammelten, erzählte sie, wie gern sie Marmelade einkochen würde, daß aber Mrs. Ormerod es lieber hätte, wenn sie selbst die Marmelade nach ihrem Rezept kochte und auch nur dann, wenn es ihr gerade paßte. Und ich glaube, daß Mary glücklich gewesen wäre, wenn sie dein Manuskript hätte abtippen können. Warum hast du es ihr nie vorgeschlagen?«

Aleck nahm seine Brille ab und putzte sie nervös.

»Vielleicht hätte ich es tun sollen«, sagte er, »aber Mrs. Ormerod hatte sich dazu erboten, und das Buch, meine Liebe, das Buch ist genaugenommen keine sehr erfreuliche Lektüre. Ich weiß nicht einmal, ob es Mary gefallen hätte. Natürlich weiß ich, daß Mrs. Ormerod ein – wie soll ich sagen – ein ziemlich sonderbarer Mensch ist und daß man ihre guten Eigenschaften nicht auf den ersten Blick erkennt. Aber ich glaube, daß sie dem Jungen sehr zugetan ist. Für sie wäre es sehr schwierig, ein Heim für ihn zu finden. Man darf eben nicht immer das tun, was einem am leichtesten fällt.«

»Aleck,« sagte ich, »ob es dir paßt oder nicht – aber ausgerechnet du selbst tust das, was dir am leichtesten fällt: Du läßt die Dinge einfach treiben. Mary will Mrs. Ormerod nicht kündigen. Sie ist nervlich auch nicht in der Lage, so etwas durchzustehen. Aber du bist es. Der Kern dieser ganzen Angelegenheit ist, daß du vor Mrs. Ormerod Angst hast. Meinetwegen soll sie, wie du es nennst, eine ziemlich sonderbare Frau sein. Mache dir darüber keine Gedanken, sondern konzentriere dich auf die Tatsache, daß sie ungeheuer egoistisch, höchst widerwärtig und ein Mensch ist, der deiner Frau auf die Nerven geht. Kündige ihr noch heute, solange ich hier bin. Sie wird ihre Wut an mir auslassen, und bestimmt wird es einen mordsmäßigen Krach geben, aber aus Zuneigung zu euch beiden bin ich bereit, auch diesen Ärger auf mich zu nehmen.«

Nervös spielte er mit einem Briefaufschlitzer.

»Ich will zugeben, daß manches von dem, was du sagtest, vielleicht stimmt, und ich bin dir sehr dankbar, daß du so offen mit mir geredet hast. Trotzdem ist es nicht nötig, daß du in irgendeine Auseinandersetzung hineingezogen wirst, und in jedem Fall kann eine Entscheidung über eine Angelegenheit von dieser Tragweite nicht übers Knie gebrochen werden. Ich werde darüber schlafen und dir meine Entscheidung mitteilen, bevor du uns verläßt.«

Du kannst dir vorstellen, mein Schatz, daß unser Zusammensein am letzten Abend nicht gerade fröhlich und vergnügt war. Aleck und Mary waren wortkarg, und da ich keine Ahnung hatte, was aus der Stille noch alles entstehen konnte, machte ich es mir zur Aufgabe, die Lücken in unserer Unterhaltung mit dem gräßlichsten Unsinn auszufüllen. Schließlich schob ich wieder meine Kopfschmerzen vor – die ich diesmal wirklich hatte – sowie die Tatsache, daß ich am nächsten Morgen schon sehr zeitig aufstehen müßte, und ging zu Bett.

Nach einem ersten erfolgreichen Versuch, meine gewohnte Wärmeflasche zu bekommen, hatte ich mich nicht mehr damit herumgeärgert. Schließlich war es nachts nicht kalt. In Wirklichkeit hatte ich wahrscheinlich auch ziemlich Angst, in die Küche hinunterzugehen und Mrs. Ormerod anzutreffen. Du kannst dir daher meine Überraschung vorstellen, als sie an meine Schlafzimmertür klopfte und meine Wärmeflasche – gefüllt und wunderbar heiß – in der Hand hielt.

»Ich dachte, daß Sie sie vielleicht gern zur Nacht haben würden«, sagte sie. »Eine Wärmeflasche wirkt so beruhigend, wenn man morgens zu zeitig aufwacht.« Dann kam das Zwinkern. »Gute Nacht.«

Als ich im Bett lag, überlegte ich, ob sie vielleicht glaubte, daß sich eine Aussöhnung mit mir lohnen würde. Als ich zwei Stunden später aufwachte, wunderte ich mich jedoch nicht mehr, denn ich merkte, daß das gesegnete Ding geleckt hatte und Bettzeug sowie Matratze völlig durchweicht waren. Im Lichtschein meiner Kerze betrachtete ich das Unglück. Da ich kein Loch entdecken konnte, schraubte ich den Verschluß ab. Der Gummiring war zerrissen, und das hatte bestimmt Mrs. Ormerod getan. Sicher war sie kichernd zu Bett gegangen. Ich erinnerte mich jetzt, wie sie gesagt hatte: »Wenn man morgens zeitig aufwacht.« Und ihr Zwinkern war, wie das Stottern eines witzigen Menschen, nichts anderes als ihre Art, eine Bemerkung zu unterstreichen. Ich überlegte, ob sie jetzt vielleicht wachläge und ob Aleck und Mary ihre Gedanken durch die dunklen Korridore von Viner's Croft wandern ließen, um irgendwo Frieden zu finden. Ich überlegte, ob ich den Mut aufbrächte, zu klingeln und Mrs. Ormerod aus der ungeheuren Tiefe heraufkommen zu lassen. Aber vielleicht würde statt ihrer Mary erscheinen – Mary, die monatelang in regennassen Hütten mitten im tropischen Afrika gewohnt hatte. Pioniere! Oh, diese Pioniere! Ich machte mir auf dem härtesten aller Sofas so etwas wie ein Bett zurecht, und die brennende Kerze zu meiner Beruhigung neben mir, fiel ich schließlich in einen ruhelosen, schmerzensreichen Schlaf.

Es war halb sieben, als ich erwachte und mit wachsendem Groll auf die Unordnung in meinem Zimmer blickte. In weniger als drei Stunden würde Viner's Croft mich zum letztenmal gesehen haben. Dieser Gedanke wirkte äußerst befriedigend. Warum aber sollte ich meine Rückkehr in die Zivilisation nicht schon vorwegnehmen und mir eine Tasse Tee ans Bett bringen lassen? Ein derartiger Wunsch würde Mrs. Ormerod maßlos ärgern, und gerade das wollte ich. Folglich zog ich also an der altmodischen Klingelschnur und wartete: fünf Minuten Stille, dann ein Tappen auf dem Korridor und ein Klopfen an der Tür.

»Herein!« sagte ich.

Herein kam Mrs. Ormerod in einem malvenfarbigen Morgenmantel und Pantoffeln, ganz beleidigte Unschuld und ängstliche Besorgnis, ausgenommen lediglich ihr linkes Auge, das unverhüllte Boshaftigkeit ausstrahlte.

»Es tut mir wirklich rasend leid, daß ich Sie gestört habe«, sagte ich, »aber glauben Sie, daß Sie mir eine Tasse Tee bringen können? Ich habe mehrere Stunden wach gelegen; die Wärmeflasche fing nachts an zu lecken, und ich bin vor Kälte schon ganz steif.«

»Ich werde sofort Feuer machen und den Kessel aufsetzen. Es macht mir wirklich nichts.« Und ihr Auge zwinkerte.

Der Knabe Simon brachte den Tee: sehr dünn und kaum lauwarm. Mit einem verdrossenen Grinsen hielt er mir die Tasse hin, und dann flitzte er zur Tür hinaus, ohne sie hinter sich zuzumachen. Mrs. Ormerod hatte gepfiffen. Ich trank den Tee nicht. Nach meinen Erfahrungen konnte er medizinisch angereichert sein – Gift zu verwenden, hätte sie sich nicht getraut. Er verschwand durch das Fenster und bewässerte im Garten die Strandastern.

Frühstück – eine kraftspendende Mahlzeit. Aleck amüsierte sich mit seinem Porridge, und Mary konnte ihre Dankbarkeit für die vier entzückenden Tage, die ich ihnen geschenkt hatte, kaum ausdrücken. Ob ich Mrs. Ormerod nicht auf Wiedersehen sagen wollte? Oh, ich hätte sie – und Simon ebenfalls – schon frühmorgens gesehen? Mary wollte nicht drängen, aber sie bestand immer darauf, daß Aleck sich Zeit ließe, wenn er zum Bahnhof fahre, und dann, mir ganz leise ins Ohr geflüstert: »Bitte, unterhalte dich beim Fahren nicht mit ihm, ja? Er ist nämlich so kurzsichtig, und der Wagen erfordert seine ungeteilte Aufmerksamkeit.«

Liebste Mary! Wie leicht war sie zu durchschauen! Sie glaubte, daß ich dächte, die günstigste Zeit für das große *tête-à-tête* wäre jetzt gekommen.

Ich sprach nur wenig mit Aleck. Er war bester Laune, und ich merkte genau, daß er zu einem Entschluß gekommen war, obgleich er mir erst in dem Augenblick, als der Zug anfuhr, mitteilte, daß er sofort bei seiner Rückkehr nach Viner's Croft zu Mrs. Ormerod gehen und ihr zum nächsten Monat kündigen werde.

Ob er es getan hat? Nein, mein Schatz. In dieser sonderbaren Welt, in dieser sehr sonderbaren Welt geschieht so viel zwischen Lippe und Kelchesrand. Was tatsächlich geschah, habe ich weder von Aleck noch von Mary jemals erfahren. Gerüchte tauchten auf, und um meines eigenen Seelenfriedens willen schrieb ich an Mrs. Wilson, die Frau des Pfarrers, die ich einmal beim Abendbrot in Viners's Croft kennengelernt hatte.

Auf der Rückfahrt vom Bahnhof war Aleck in Simon hineingefahren und hatte den Jungen beinahe umgebracht. Anscheinend hatte Simon am Straßenrand gestanden, etwa hundert Meter vom Haus entfernt, und auf den Wagen gewartet, als er Mrs. Ormerods Pfiff hörte, quer über die Straße raste und der Kotflügel ihn im Rücken erwischte. Man nimmt an, daß er aller Wahrscheinlichkeit nach am Leben bleibt, aber es wird Monate dauern, bis er sich wieder rühren kann. »Welch ein Glück«, schrieb Mrs. Wilson, »daß beide Inchpens Arzt sind. Der arme Simon hat Mary einen neuen Lebensinhalt geschenkt: Sie lebt nur noch für den Tag, an dem es ihm wieder so gut geht, daß er mit seiner Mutter ans Meer fahren kann. Er ist jedoch noch schrecklich schwach, und obgleich ich Mary gegenüber natürlich nicht die leiseste Andeutung gemacht habe, fürchte ich doch, daß er immer das Zimmer wird hüten müssen. Die merkwürdige Mrs. Ormerod hält sich wunderbar.«

Kopf hoch, Agathe. In deinem ganzen Leben hast du noch nicht mit einem Weib dieser Art zu tun gehabt. Genaugenommen kann sie den Inchpens nichts anhaben: Sie sind zu gut. Aber gewöhnlichen Sterblichen wie dir und mir? Uff! Heute nacht werde ich bestimmt von Mrs. Ormerod träumen.

Patience

George Cranstoun legte die Zeitung hin, um die beiden Frauen genauer zu beobachten, die im Schatten der Zeder auf der anderen Seite des Rasens saßen.

Er hatte entschieden, daß der Zeitpunkt gekommen war, sie von seinem Entschluß zu unterrichten. Der Erfolg würde davon abhängen, wieweit er den Charakter der beiden Frauen durchschaute. Waren sie – kurz gesagt – in der Lage, den Gedanken an einen Mord zu ertragen? Er war davon überzeugt.

Er blickte zu seiner Schwester Isobel hinüber, die sich auf die *chaise-longue* gelegt hatte: sechzig Jahre alt, sehr kränklich, Aristokratin bis in die Fingerspitzen, gewohnt, Befehle zu geben, in gewisser Weise unerbittlich, nicht ausgesprochen unkonventionell, aber über den Konventionen stehend, eine Frau, die ein Geheimnis für sich behalten konnte, und hochmütig – höllisch hochmütig. Aber ohne Grundsätze?

Nun ja, wenn das bedeutete, sich für nichts und wieder nichts an einen Grundsatz zu klammern, war sie es wahrscheinlich. Der gute Ruf der Familie war das, was Isobel am meisten am Herzen lag. War er gesichert, konnte man ohne weiteres annehmen, daß sie schweigen würde.

Und Judith? Eine schöne Frau, diese Judith. Noch schöner, seit Isobel sie überredet hatte, ihre

Schwesterntracht nicht mehr anzuziehen. Klug war sie auch – so klug, wie es bei einer Frau überhaupt denkbar war, und daneben eine geborene Schauspielerin. Sie wußte genau, was sie zu tun hatte, um ihr Ziel zu erreichen, und besaß genügend Geduld, um auf den richtigen Augenblick warten zu können: eine strenge Frau ohne jeden Skrupel. Isobel hatte einen Fehler begangen, als sie sie hier behielt, obgleich sie eine ständige Pflegerin gar nicht mehr benötigte. Halb Schwester, halb Gesellschafterin – das war ein offensichtlich unbefriedigender Zustand. Beide waren so veranlagt, daß sie sich gegenseitig auf die Nerven gehen mußten.

Manchmal hätte er zu gern gewußt, ob Judith ein Geheimnis mit seiner Schwester teilte und ob Isobel sie daher haßte. Wenn seine Vermutung stimmte – um so besser. Das würde seine Aufgabe erleichtern.

Drüben, auf der anderen Seite des Rasens, entstand Bewegung. Isobel wollte sich zur Ruhe begeben. Judith sammelte Bücher und Kissen ein und folgte ihr.

George zündete sich eine Zigarette an. Heiß war es im Garten, infernalisch heiß. Von seinem Platz in dem alten, aus Steinen errichteten Gartenhaus aus überblickte er die lange flache Front von Cranstoun Hall mit der weißen Säulenhalle. Das Haus war von zu vielen Bäumen umstanden, sagte er sich. Sie schlossen es von allen Seiten ein, ausgenommen allein die Seite, wo der Garten langsam zum Park mit seinem See abfiel; in der Mitte des Sees lag eine Insel mit einem kleinen Tempel. Im Frühling war das alles sicherlich sehr hübsch, aber Ende August wirkte das satte Grün der Baumkronen viel zu düster. Und die vielen Fliegen. Wenn nur ein kräftiger Wind einmal alles durchbliese; aber nicht ein Windhauch rührte sich.

Ah, da kam Judith!

Er erhob sich und ging ihr über den Rasen entgegen.

»Wie wäre es mit einem kleinen Spaziergang zum Steingarten?« fragte er. »Ich möchte etwas mit dir besprechen.«

»Mir ist es gleich, wo wir hingehen, wenn du mir eine Zigarette gibst. Was ist denn los, George? Du brütest schon den ganzen Tag vor dich hin. Hast du irgendeinen Kummer?«

»Bei dieser infernalischen Hitze kannst du von mir nicht verlangen, besonders lebendig und geistreich zu sein. Was ich dir zu sagen habe, ist jedoch wichtig, verdammt wichtig, und ich möchte, daß du genau zuhörst. Ich liebe dich jetzt schon seit – wie lange eigentlich? Heiraten können wir nicht; wie die Dinge im Augenblick liegen, besteht auch nicht die geringste Möglichkeit dazu.«

Mit einem neugierigen Lächeln sah Judith ihn an.

»Habe ich gesagt, daß ich dich heiraten will, George?«

»Nicht mit so vielen Worten, aber wir verstehen

einander auch so sehr gut. Du hast deutlich zu verstehen gegeben, daß du nicht mit mir flirten willst. Das ist sehr klug.«

»Vielleicht hast du recht.«

»Irgendwie liebe ich dich.«

»Und wenn ich nun sagte, daß ich dich nicht liebe?«

»Das wäre wiederum sehr klug. Du empfindest für mich Sympathie, nicht wahr?«

»Du tust mir so schrecklich leid.«

»Aber du empfindest eine gewisse Sympathie. Du verstehst mich besser, als ich es tue. Und ich habe dich geküßt, wenn auch lange nicht so oft, wie ich möchte und es mir erhoffe, und du hast nichts dagegen gehabt. Wir wollen jetzt ganz offen miteinander sprechen. Du bist arm, ehrgeizig und ohne Skrupel: Ich weiß genau, daß du meine Briefe durchstöberst. Du hast Isobel etwas vorgespielt und getan, als ginge es ihr sehr viel schlechter, als es in Wirklichkeit der Fall ist, nur damit du deine Stellung behalten konntest.

Ich begehre dich, und da es keine andere Möglichkeit gibt, müssen wir heiraten. Dir macht es Spaß, hier den Haushalt zu leiten, und du könntest es, das muß man dir lassen. Du würdest eine ausgezeichnete Hausfrau abgeben. Isobel hat an dieser Seite des Lebens jegliches Interesse verloren; die Folge ist, daß man uns meidet wie die Pest. Wir könnten auch reisen und uns an der Riviera eine Villa mieten; ein Abstecher nach Monte Carlo würde dir bestimmt Spaß machen.

Alles das sind für mich erfreuliche Aussichten. Aber ich kann nicht heiraten, solange Isobel am Leben ist. Sie behandelt mich wie einen dummen Jungen. Du weißt, daß mein Vater mir praktisch nichts hinterlassen hat. Sie hat alles geerbt; sie schwimmt in Geld, und ich bin von ihr abhängig. Sie verfolgt mich mit ihrer verrückten Eifersucht, daß ich mir nicht einmal ein paar Freunde hierher einladen kann, ohne sie vorher um Erlaubnis gefragt zu haben. Sie vergrault alle neuen Bekannten. Sie läßt mich kaum mehr aus den Augen. Stimmst du darin mit mir überein?«

Sie hatten den Steingarten erreicht. Judith setzte sich auf eine Bank neben den winzigen Wasserfall und tauchte ihre Finger in das kalte Wasser.

»Du hast die Situation sehr deutlich geschildert, George, aber ich habe nicht den Eindruck, daß wir auf diese Weise weiterkommen.«

»Das stimmt! Wir stehen vor einer unüberwindlichen Mauer. Isobel muß verschwinden. Seit Monaten ist sie krank. Sie kann doch kaum mehr Spaß am Leben haben. Vor einigen Jahren hat sie schon einmal versucht, Selbstmord zu verüben – das ist für dich neu, aber trotzdem ist es wahr. Unter bestimmten Bedingungen können wir beide dagegen sehr viel Spaß am Leben haben. Deshalb werde ich Isobel helfen zu verschwinden.«

»Wie?« fragte Judith und hielt immer noch ihre Finger in das kühle Wasser des Wasserfalls.

George dämpfte seine Stimme und erläuterte, wie er es anstellen wollte.

»Und wann?« fragte Judith.

George sagte ihr auch das.

»Und du schwörst«, sagte sie nach einer Pause und blickte ihm offen in die Augen, »daß es nicht früher passiert?«

»Bestimmt nicht, das schwöre ich! Vielleicht verzögert es sich etwas, weil es von verschiedenen Dingen abhängt. Aber früher passiert es bestimmt nicht.«

»Und Isobel wird nichts argwöhnen?«

»Nein – ich werde ihr eine Geschichte über dich erzählen. Sie wird annehmen, daß du es bist, die ich aus dem Weg schaffen will. Isobel macht auf mich den Eindruck, als verberge sie etwas, als wollte sie mir irgend etwas nicht verraten, und wahrscheinlich weiß ich, um was es geht: Sie ist auf dich eifersüchtig, haßt dich. Wie gesagt – sie hat nie viel vom Leben gehalten, ganz im Gegensatz zu dir, der Tochter eines Angestellten aus Balham, und das Leben soll dir noch viel mehr Spaß machen.

Jetzt weißt du also Bescheid, meine schöne Judith«, fuhr er fort. »In einem Jahr wirst du das alles hier kaum mehr wiedererkennen. Wir werden die lustigsten Gesellschaften geben, und zweifellos wirst du dann mit Männern flirten, die etwas repräsentabler sind als dein derzeitiger Freund Dr. Croft. Reizt es dich nicht? Ich sehe es dir an, daß es dich lockt. Also gut; du hast jetzt nicht mehr zu tun, als zu schweigen und den Rest mir zu überlassen. Wenn du mit dem Händewaschen fertig bist, können wir uns auf den Rückweg machen.«

An diesem Tag verlief das Abendbrot stiller als üblich. Judith klagte über Kopfschmerzen. Bei Pflegerinnen und Gesellschafterinnen rechnet man nicht mit derartigen Beschwerden. »Sie haben sich zu lange der Sonne ausgesetzt, meine Liebe«, sagte Miss Cranstoun bissig. »Sie sollten lieber einen Hut aufsetzen.« George trug wenig dazu bei, die Unterhaltung in Gang zu halten. Sein Interesse konzentrierte sich auf die Weinkaraffe.

Anschließend begab man sich in die Bibliothek. Judith, die die Tasse Kaffee ablehnte, nahm ihre Briefschulden als Entschuldigung für ihren zeitigen Aufbruch, und die beiden Cranstouns, Bruder und Schwester, waren allein.

»George«, sagte Isobel, »du hast zum Abendbrot viel zuviel getrunken. Du weißt sehr genau, daß du dich einer strengen Lebenshaltung befleißigen sollst. Wenn du dich nicht daran halten kannst, werden wir abends überhaupt auf Wein verzichten. Ich bin zwar dagegen, denn das Personal wird daraus seine Schlüsse ziehen, aber so wie bisher kann es nicht weitergehen.«

»Sei doch nicht so töricht, Isobel«, erwiderte George. »Bei einer so gescheiten Frau wie du erstaunt mich eine derartige Beschränktheit besonders. Du hältst mich immer an der Leine, behandelst mich wie einen dummen Jungen, überträgst mir nicht die geringste Verantwortung – und dann erwartest du, daß ich mit dem Leben vollständig zufrieden bin? Aber ich will mich jetzt nicht mit dir streiten. Ich möchte erheblich wichtigere Dinge mit dir besprechen. Was würdest du dazu sagen, wenn ich die kleine Wentworth heiraten wollte?«

»Ganz ausgeschlossen, George. Du kennst sie doch kaum.«

»Das ist nicht meine Schuld. Neuerdings bist du höchst sorgfältig darauf bedacht, alles zu tun, damit ich keine neuen Menschen kennenlerne. Gegen ihre Familie hast du doch nichts?«

»Natürlich nicht. Sie ist genauso alt wie unsere. Aber du kannst das Mädchen nicht heiraten.«

»Ich bin geneigt, dir darin zuzustimmen. Judith wäre bestimmt auch dagegen.«

»Judith? Was um Himmels willen hat sie damit zu tun?«

»Mehr als du denkst. Judith ist eine sehr kluge Frau, und ihre hauptsächlichste Klugheit besteht darin, keinen Menschen ihre Klugheit merken zu lassen. Du hast einen großen Fehler begangen, Isobel, daß du sie so lange hier behieltest. Das war wirklich nicht nötig.«

»Im letzten Monat hat sich mein Zustand erheblich gebessert, aber gut geht es mir deswegen noch lange nicht.«

»Dafür sorgt sie schon.«

»Was willst du damit sagen, George?«

»Ich deute damit an, daß Judith mit allen ihr nun einmal zur Verfügung stehenden Möglichkeiten alles tut, damit deine Genesung – um es milde auszudrücken – nicht zu rasch fortschreitet. Magst du sie eigentlich?«

»Sie ist eine tüchtige Pflegerin.«

»Und als tüchtige Pflegerin kennt sie die Wirkung der Drogen. Es ist klar, daß du sie nicht magst, Isobel. Du weißt selbst, daß sie dir auf die Nerven geht; du weißt selbst, daß du ihre Art nicht ausstehen kannst, das Personal herumzukommandieren und so zu tun, als wäre sie hier die Hausfrau. Sie ist überzeugt, daß sie es eines Tages sein wird. Wahrscheinlich hast du noch gar nicht gemerkt, daß sie es auf mich abgesehen hat?«

»Das glaube ich nicht!«

»Trotzdem ist es wahr. Zuerst gefiel sie mir ganz gut, aber als ich merkte, daß sie in meinen Briefen wühlte und die Absicht hatte, mich notfalls zu erpressen, um weiterzukommen, revidierte ich meine Meinung. Ich kann es mir nicht leisten, erpreßt zu werden, Isobel. Wir beide können es uns nicht leisten.«

»Aber George – sie hat doch keinen Grund.«

»Ich wollte, ich könnte dir glauben. Erinnerst

du dich noch an Carver, den Verwalter, dessen Tochter in der Meierei arbeitete? Er hat sich in Wilton eine Kneipe gekauft. Damit ist die Angelegenheit wahrscheinlich ein für allemal geregelt. Viel wird sie aus ihm wahrscheinlich nicht herausholen können. Aber da sind noch ein paar andere Geschichten. Und allem Anschein nach hat mein Vater... Na ja, jedenfalls habe ich um des guten Rufes unserer Familie willen beschlossen, daß wir uns nicht länger mit Judith herumärgern können.«

»Ich habe sie angestellt, George, und demnach bin ich es, die sie auch entlassen wird.«

»Ich habe doch gar nicht daran gedacht, sie zu entlassen, wenigstens nicht auf deine Art.« Er warf einen Blick über die Schulter und zog seinen Sessel näher an den seiner Schwester heran.

»Ich habe mir vielmehr folgendes gedacht...«

»Und warum, George?« fragte seine Schwester schließlich. »Warum hast du es mir erzählt?«

»Einerseits, weil ich deine Unterstützung dabei brauche; andererseits jedoch, und dieser Punkt ist sehr viel wichtiger, weil ich nicht mein ganzes Leben lang ein Geheimnis mit mir herumschleppen will, das sonst keiner kennt. Du hast einen stärkeren Charakter als ich. In Zukunft werden wir uns gegenseitig noch mehr stützen müssen als bisher.«

»Und Judith? Wird sie denn nichts merken?«

»Nein. Nicht im Traum wird sie an eine derartige Möglichkeit denken.«

Er nannte ihr den Grund.

»Noch eines, George«, sagte Miss Cranstoun matt. »Vielleicht sollte ich es lieber genau wissen. Es ist so schrecklich, danach zu fragen, aber – wann?«

George sagte ihr auch das.

»Und jetzt«, sagte er, »wünsche ich dir eine gute Nacht. Ich habe noch ein paar Kleinigkeiten zu erledigen.«

George Cranstoun verriegelte die Tür seines Zimmers, holte einen Schlüssel aus der Tasche und schloß einen Schrank auf. Aus dem Regal nahm er eine Flasche Whisky, goß sich ein nicht zu kleines Glas voll und holte ein Spiel Patience-Karten aus der Schublade seines Schreibtisches. Im großen ganzen war alles gut verlaufen. Er hatte mit seiner Annahme recht behalten. Judith und Isobel waren tatsächlich in der Lage, den Gedanken an einen Mord zu ertragen – alles in allem eine erregende Situation.

Mit großer Sorgfalt legte er die Karten aus und begann die Patience. Ein gutes Vorzeichen würde es sein, wenn das Glück heute abend auf seiner Seite wäre. Es schlug elf, und es schlug zwölf. Die Patience wollte nicht aufgehen. Eine halbe Stunde nach Mitternacht ging er zu Bett, und als die Uhr eins schlug, schlief er fest.

Als jedoch die Uhr eins schlug, war Isobel Cranstoun noch immer hellwach. Sie hatte die Schlafzimmertür abgeschlossen. Judith Fuller war ebenfalls noch hellwach. Auch sie hatte ihre Schlafzimmertür abgeschlossen; die Verbindungstür zwischen Isobels Zimmer und Judiths Zimmer war jedoch unverschlossen und unverriegelt.

George Cranstoun lächelte im Schlaf.

In der Garage von Cranstoun Hall standen drei Wagen: der Daimler, ein Austin und ein geräumiges, einem Autobus ähnliches Gefährt, das nach Angaben des alten Mr. Cranstoun gebaut worden war, jedoch trotz der Tatsache, daß es eigentlich einer ganzen Reihe von Verwendungen dienen sollte, nur selten benutzt wurde. George teilte dem Chauffeur mit, daß es am frühen Nachmittag zu einer Fahrt nach Totbury benötigt würde. Miss Cranstoun hatte alles so eingerichtet, daß sowohl das Hauspersonal als auch alle übrigen Angestellten die Ausstellung besuchen konnten. Keiner war darüber jedoch so begeistert, wie er es vielleicht gewesen wäre, wenn er schon früher Bescheid gewußt hätte. McFarlane hätte lieber etwas mehr Zeit gehabt, um den Motor zu überholen; das Zimmermädchen hätte vielleicht alles darangesetzt, daß das neue Kleid früher als vorgesehen fertig würde; die Köchin hätte sich, wenn sie es rechtzeitig erfahren hätte, mit ihrem Vetter verabredet, und Mr. Brown, der Chefgärtner, mußte noch verschiedenes im Garten erledigen, solange das schöne Wetter anhielt.

Es war jedoch für Miss Cranstoun charakteristisch,

daß sie ganz überraschend einen Entschluß faßte, um anderen Leuten eine Freude zu bereiten, und die Ausstellung in Totbury besaß verschiedene Attraktionen. Nur Woodford, der Butler, und Mrs. Carlin, die Haushälterin, wollten lieber daheim bleiben. Mr. George, sagte Miss Cranstoun, hätte die Absicht, nachmittags auf der Insel ein kleines Picknick zu veranstalten. Es könnte also ein kaltes Abendbrot geben.

George verbrachte den Vormittag unten beim Bootshaus, während seine Schwester und Judith seine Abwesenheit dazu benutzten, um schnell einige Sachen zu packen, die er für seine Reise benötigen würde. Jede der beiden Frauen war sich einer gewissen Zurückhaltung bewußt, und sie arbeiteten schweigend.

George nahm das Vorhängeschloß vom Querriegel, der das Bootshaus versperrte, und holte das Flachboot heraus. Es war ein gutes Boot, obgleich es dringend einen neuen Lackanstrich benötigte. Das Flachboot war mit zwei Stangen ausgestattet. Aber nur eine würde erforderlich sein, dazu noch ein Paddel. Die zweite Stange und das zweite Paddel stellte er in eine Ecke des Bootshauses. Er holte dann die Kissen aus dem Schrank und legte sie zum Lüften in die Sonne; anschließend stieg er in das Boot und hielt sich am verschilften Ufer des Sees, bis er sich genau gegenüber der Insel befand. Die Insel mit ihrer einsamen Pappel und dem grauen Steintempel war vor der Halle fast verborgen – fast, aber doch nicht ganz. Immer noch konnte er die oberen Zimmer des Ostflügels sowie das eine Ende der Terrasse sehen. Das Risiko war geringfügig. Viermal fuhr er vom Ufer zur Insel und wieder zurück, und jedes Mal nahm er einen etwas veränderten Kurs. Schließlich entschloß er sich für eine bestimmte Route: Der See war auf dieser Strecke tief genug und der Grund morastig. Es würde auf eine äußerst natürliche Weise ablaufen. Judith, die am Bug des Bootes säße, würde gern selbst einmal versuchen, das Boot mit der Stange vorwärts zu staken. Isobel würde einwenden, daß es gefährlich wäre, die Plätze mitten auf dem See zu wechseln, und daß sie damit lieber warten sollten, bis sie die Insel erreicht hätten. Aber natürlich würde es vollkommen ungefährlich sein, wenn sie es ohne jede Eile täten. Und dann würde er die Stange genau in dem Augenblick wegrutschen lassen, wenn Judith vorsichtig herankäme; das Boot würde plötzlich schlingern, und ... George Cranstoun erinnerte sich der Bilder, die er über die Methoden gesehen hatte, Ertrinkende zu retten. Am meisten lag ihm jene, bei der der Retter auf dem Rücken schwimmt und den Kopf des Ertrinkenden mit beiden Händen gerade noch über die Wasseroberfläche hält. In diesem Fall würde er gerade unter der Wasseroberfläche bleiben.

Ein heroischer Versuch, zwei Menschen auf einmal zu retten.

George Cranstoun lächelte.

Ein zeitiges Mittagessen, anschließend Abfahrt des großen Wagens nach Totbury. Um halb drei das unerwartete Eintreffen von Dr. Croft und einem anderen Arzt, die Isobel besuchten. Judith mußte bei der Besprechung natürlich anwesend sein.

»Aber warum dauert es denn so lange?« überlegte George, während er auf der Terrasse hin und her wanderte. »Mit Isobel ist doch nichts Besonderes los.« Mit keinem Wort hatte man ihm gesagt, daß noch ein zweiter Arzt zugezogen würde. Diese alberne Geheimniskrämerei der Frauen. Jedenfalls konnte er die Zeit dazu benutzen, noch ein paar weitere Kissen zum Bootshaus zu bringen.

Wieso rannte denn Woodford auf einmal hinter ihm her – der arme alte Woodford mit seinem Galgenvogelgesicht?

Dr. Croft wollte ihn sprechen – in der Bibliothek? Zum Teufel mit Dr. Croft, aber wahrscheinlich würde er mit dem Mann sprechen müssen.

In der Bibliothek, den Rücken an den erloschenen Kamin gelehnt, wartete Dr. Croft bereits. Er schien sich nicht ganz wohl in seiner Haut zu fühlen und blickte seinen Begleiter an, als erwartete er, daß dieser das Gespräch führte. »Das ist Dr. Hoylake«, sagte er steif. »Ich glaube nicht, daß Sie ihn schon kennen.«

George Cranstoun nickte. Dr. Hoylake interessierte ihn nicht im geringsten.

»Es ist folgendes, Mr. Cranstoun«, fuhr Dr. Croft

fort. »Wir hatten eine lange Unterredung mit Miss Cranstoun, und wir sind dabei zu dem Schluß gekommen – und Dr. Hoylake ist völlig unserer Meinung –, daß es zum Wohle der Allgemeinheit, und nicht zuletzt auch in Ihrem eigenen Interesse, nötig ist, Ihr Leben einer ernsthaften Veränderung zu unterwerfen. Ich glaube nicht, daß es für lange Zeit zu sein braucht. Dr. Hoylake, wollen Sie das Ganze vielleicht noch genauer erklären?«

Dr. Hoylake sprach sehr langsam und überlegt. George Cranstoun verstand, was er sagte. Er fand den Gedanken äußerst interessant. Es erklärte vieles.

Während er zuhörte, blickte er aus dem Fenster, über den Garten hinweg, über den Park hinweg zum See und zum Bootshaus. Irgend jemand, wahrscheinlich Jackson, brachte das Flachboot gerade wieder ins Bootshaus zurück.

»Für den Augenblick sicher hinter Schloß und Riegel«, sagte George Cranstoun. »Also, meine Herren, wollen wir gehen?«

Das Herdfeuer

Das Gasthaus ›Moorcock Inn‹ steht an der einsamsten Heidestraße, die man sich nur vorstellen kann, fünf Meilen vom Bahnhof Daneswick entfernt und hundertfünfzig Meter höher als die Kirchturmspitze von Brockleton. Von der Kuppe des zuckerhutähnlichen Hügels, der es nach Südwesten hin abschirmt, kann man den stählernen Schimmer der Nordsee sehen; in nebligen Nächten, wenn der Wind sanft aus Osten herüberweht, kann man das ferne Brummen der Sirenen hören, denn die Kohlendampfer aus Newcastle und die hoch mit Holz beladenen Frachter aus Steelborough halten sich dicht an der Küste, bis sie geradewegs auf den Leuchtturm Flamborough zulaufen können.

Das ›Moorcock Inn‹ ist ein einziges langes und flaches Gebäude, zu zwei Dritteln aus Sandstein, zu einem Drittel aus Backstein erbaut; an seiner Südseite springt ein Fenster, das auf die Heide hinausblickt, ein Stück hervor. Das Haus hat einen weißen Verputz, und weiß hebt es sich im Frühjahr von der Heide ab, weiß wirkt es in den Sommernächten, wenn es plötzlich aus dem überraschend auftretenden Nebel auftaucht. Drei Sykomoren und eine Lärche überragen – knorrig und gebeugt wie die alten Seeleute, die hier entlang kommen – die Rückseite des Hauses und zeugen, wenn es überhaupt noch nötig wäre, von der Stärke der Winterstürme.

Auf die im Juli vorüberbrausenden Autofahrer macht das Gasthaus lediglich den Eindruck trostloser Öde, der genau zu der wüsten Umgebung paßt. Diese Leute können jedoch kein gerechtes Urteil abgeben, denn wer mit fünfzig Stundenkilometern vorüberfährt, lernt nicht den Ruf kennen, den die Küche des ›Moorcock‹ genießt. Im Herbst, im Winter oder im Frühling gibt es kaum etwas anderes, was den müden Wanderer, der auf der Bank vor seinem Bier sitzt, interessieren könnte. Mit seinem Fliesenboden, den eichenen Deckenbalken und den Schinken, die in dem süßduftenden Torfqualm langsam an Reife und Geschmack gewinnen, würde sich der Raum kaum von den vielen anderen Gaststuben dieser Gegend unterscheiden, gäbe es nicht den riesigen Herd, der so alt ist wie die Straße. Auf dem Stein des Kaminmantels ist ein unbeholfener Zweizeiler eingemeißelt:

Solang' auf diesem Herd aus Stein ein Feuer glüht,
solang' ein freundliches Geschick dem Hause Aislabie [blüht.

Mrs. Bradley, die den ›Moorcock‹ führt, wird keine Zeit haben, dem Gast die Geschichte des Feuers zu erzählen, wenn er nur eine Tasse Tee und jenen Kuchen bestellt hat, den man hier *turf cakes* nennt. Wenn man jedoch länger bleibt, ist es etwas anderes; allerdings gibt es heute kaum noch Menschen, die dort bleiben.

Die große Zeit des ›Moorcock‹ liegt lange zurück, noch vor der Eröffnung der Bahnlinie zwischen Dunsley und Maltwick, als viermal in der Woche die Kutschen zum Pferdewechsel anhielten und Fuhrleute täglich mit ihren dampfenden Gespannen vorfuhren. In den kurzen Sommermonaten kam häufig eine Postkutsche des Hotels ›Crown‹ in Maltwick mit vornehmen Leuten aus dem Süden vorbei.

Im Jahre 1841 war Thomas Aislaby Besitzer des ›Moorcock‹: ein stattlicher schweigsamer Mann, seit zwölf Monaten mit einem schmächtigen Mädchen verheiratet, dessen Verstand nicht größer war als die Mitgift, die es aus East Riding mitgebracht hatte.

An einem stürmischen Februarabend saß Aislaby vor dem Kaminfeuer und lauschte dem Geschwätz des Doktors, der ihm vor gerade einer Woche einen hübschen und gesunden Knaben in die Arme gelegt hatte, als die beiden Männer von dem unerwarteten Geräusch klappernder Hufe auf der vorbeiführenden Straße aufgeschreckt wurden. Nachdem Aislaby die Öllampe vom Haken an der Wand genommen hatte, ging er – gefolgt von seinem Hund – hinaus, um den Reisenden zu begrüßen. Der Doktor, sich selbst überlassen, warf eine neue Torfsode auf das Feuer und machte es sich in der Wärme bequem. Obgleich er auf dem Rückweg von der Black Fox Farm völlig durchnäßt worden war, waren seine Sachen schon fast wieder getrocknet. Noch eine halbe Stunde, und er würde sich wieder auf den Weg machen müssen.

»Eine ungewöhnlich stürmische Nacht, Sir«, sagte er zu dem Fremden, der den Raum betreten hatte. »Sind Sie von weither gekommen?« »Aus Dunsley«, erwiderte der Mann. Er war leicht gebaut, wirkte nervös, und seine Augen blickten unruhig. Er hatte eine kleine Satteltasche bei sich, die er nicht aus der Hand ließ, selbst als er sich auf den Stuhl setzte, den Aislaby gerade freigemacht hatte.

»Wir beide haben Glück, daß wir in einer solchen Nacht ein Feuer wie dieses gefunden haben«, fuhr der Doktor fort und versuchte sein Möglichstes, es dem kleinen Mann bequem zu machen.

Der Fremde schien die Bemerkung jedoch gar nicht gehört zu haben. Er begann, eine ganze Reihe von Fragen nach dem Weg zu stellen. Wie weit es bis Maltwick wäre? Ob man den Weg in der Dunkelheit leicht verlieren könnte? Er wäre unterwegs an einigen verdächtig aussehenden Gestalten vorüber gekommen; ob man zufällig auf die Begleitung des Doktors rechnen könnte? Der Doktor bedauerte, die entgegengesetzte Richtung einschlagen zu müssen. Falls der Reisende in dieser Gegend fremd sei, riete er ihm, die Nacht im ›Moorcock‹ zu verbringen. »Allein schon dieses Feuer«, sagte er, »würde den Aufenthalt lohnen.«

Aber der Mann starrte mit so geistesabwesendem

Ausdruck in die Glut, als bestätigte das, was er dort erblickte, seine Befürchtungen.

»Nein«, sagte er schließlich. »ich muß weiter. Ich habe keine Zeit zu verlieren. Vielleicht würden Sie, Sir, mir bei einer Flasche Wein Gesellschaft leisten? Es ist wunderbar, wieviel Mut der Wein bei einem Mann in einer solchen Nacht erwecken kann.«

Aislaby, der wieder hereinkam, nachdem er dem Pferd eine Schütte Hafer vorgesetzt hatte, holte Wein und Gläser; zu jener Zeit lag in den Kellern des ›Moorcock‹ noch guter Wein. »Es wäre besser, Sie würden die Nacht hierbleiben«, sagte er. »Sie können bei Einbruch der Morgendämmerung weiter. Für einen Städter ist die Straße zu verwaist, und Ihr Pferd scheint ziemlich mitgenommen zu sein.«

Aber er wollte nichts davon hören. Er trank den Wein, als wäre es Wasser, und die ganze Zeit starrten seine Augen in das Feuer, Mit einem flüchtigen »Gute Nacht« für den Doktor bezahlte er das, was er schuldig war, und verschwand.

»Gott sei gedankt«, sagte Aislaby, »daß nicht alle so mürrisch sind wie er.« Und er trank aus, was in der Flasche übriggeblieben war. »Wenn man es richtig bedenkt, sieht man hier nur selten fremde Gesichter; aber mit so einer Leichenbittermiene soll er sich zum Teufel scheren!«

»Leisten Sie mir noch bei einer zweiten Flasche Gesellschaft, Aislaby?« fragte der Doktor. »Ihr Wein ist selten gut. Ja – die Heide ist nichts für schreckhafte Bürger wie unseren Freund. Im Vertrauen gesagt – die Satteltasche schien ungewöhnlich schwer zu sein. Wenn er fürchtete, beraubt zu werden, hätte er so klug sein sollen, hier zu übernachten; dann hätte er morgen nachmittag mit der Kutsche weiterreisen können. Ach, Aislaby, ich beneide Sie um Ihr Feuer. Wenn ich an Ihrer Stelle wäre, würde ich es nie verlassen. Aber immer wieder sterben alte Leute und werden Kinder geboren, und weder die Zeit noch Ebbe und Flut lassen sich aufhalten, selbst nicht von uns Ärzten. Gute Nacht, Aislaby. Ihre Frau macht sich großartig. Und ich wette, daß Sie in zehn Jahren nicht mehr allein vor dem Feuer sitzen werden.«

Der Doktor war gegangen. Draußen heulte der Wind in den Sykomoren; der Regen prasselte wütend gegen die unverhängten Fenster. Aislaby zog seinen Stuhl dicht an den Herd und blickte, wie der Fremde, nachdenklich in die Glut. Er war ein ehrgeiziger Mann, und in den Flammen sah er lauter Dinge, die er irgendwann einmal tun wollte. Da waren Moorflächen, die er bebauen wollte – guter Boden, nur viel zu feucht, aber er brauchte nur drainiert zu werden, um reiche Frucht zu tragen; da war der Erzsteinbruch, leicht abzubauen, wenn man genügend Kapital hatte, und das Erz genauso leicht zu transportieren, sobald die Bahnlinie nach Maltwick fertiggestellt war. Er wußte, daß die Tage des ›Moorcock‹ mit den Kutschen zu Ende gingen, und wollte nicht nur mehr als ein einziges Eisen im Feuer haben, sondern auch dem Namen Aislaby wieder einen guten Klang verschaffen. Was er in der Glut des Feuers sah, waren goldene, funkelnde Sovereigns; die Uhr in der Ecke tickte Geld, Geld, Geld.

Ein hartes Klopfen an der Tür riß ihn aus seinen Träumen. Dieses Mal hatte er nicht das Klappern von Hufen gehört, aber der Reisende war der gleiche. Als er in den Schein des Feuers trat, die Satteltasche fest an sich gepreßt, sah Aislaby, daß der Kopf des Mannes mit einem blutgetränkten Taschentuch verbunden war. Sein müdes Pferd war an der Stelle gestolpert, wo der Cowgill, ein Bach, die Straße kreuzt, und der Reiter – der nicht reiten konnte – war abgeworfen worden. Zu Fuß hatte er sich die ganzen fünf Meilen zurückgeschleppt und das Tier seinem Schicksal überlassen. Aislaby wollte ihn auf sein Zimmer bringen. »Es ist nicht so in Ordnung, wie es sein sollte«, sagte er, »denn meine Frau ist augenblicklich krank.« Der Fremde erklärte jedoch, daß er es vorziehen würde, die Nacht auf dem Sofa neben dem Herdfeuer zu verbringen.

»Dann werde ich Ihnen ein paar Decken holen«, sagte der Wirt und stahl sich auf Zehenspitzen die Treppe hinauf, denn damals war er ein liebevoller Familienvater. Er sah, daß seine Frau fest in dem großen Himmelbett schlief, das Baby neben sich. Als er genauso geräuschlos, wie er gekommen war, wieder nach unten ging, blieb er auf dem Absatz in der Mitte der Treppe einen Augenblick stehen. Die Tür zur Küche war einen Spalt offen geblieben. Der Fremde, der mit dem Rücken zur Tür saß, hatte die Satteltasche geöffnet. Aislaby erkannte das Glitzern goldener Sovereigns und hörte das Klicken der Münzen, die der Mann in die Hand nahm und zählte. Als der Wirt den Raum schließlich wieder betrat, war die Satteltasche bereits wieder geschlossen. Der Fremde stand vor dem Feuer, und seine nassen Kleider dampften in der Wärme.

»Eine merkwürdige Inschrift ist das hier«, sagte er, während seine Finger die in den Stein gehauenen Buchstaben abtasteten:

Solang' auf diesem Herd aus Stein ein Feuer glüht,
solang' ein freundliches Geschick dem Hause Aislabie [blüht.

»Sie stammt aus der Zeit meines Urgroßvaters«, sagte Aislaby. »Seit hundert Jahren und noch länger ist das Feuer nie ausgegangen. Als letztes lege ich abends immer ein paar Torfsoden auf die Glut, und auf diese Weise ist das Feuer am nächsten Morgen noch in Gang. Aus Dunsley sind schon viele vornehme Leute nur hierher gekommen, um das Feuer zu sehen. In der ganzen Gegend werden Sie nichts ähnliches finden.«

»Das glaube ich gern«, sagte der Fremde. »Feuer übt immer eine seltsame Faszination auf die Menschen aus. Ich erinnere mich, daß wir als Kinder immer unsere Zukunft aus der Glut lasen.«

Schweigend saßen sie vor dem Feuer. Wenig später schloß der Fremde die Augen, aber Aislaby merkte es nicht; er glitt langsam eine glühende Höhle hinunter, die bis zum warmen Herzen der Welt zu führen schien. Der Fremde fiel in Schlaf, den blutigen Kopf auf einen Arm gelegt. Und dann begann das Feuer, während es langsam erlosch, mit Aislaby zu reden. Bei dem ersten Flüstern dessen, was es sagte, warf er eine neue Sode auf die Glut, so daß die Flammen aufloderten, und die Stimme des Feuers verstummte. Wieder sank es in sich zusammen, und als die Schatten über den Fußboden krochen, ertönte das Flüstern von neuem, jedoch lauter und eindringlicher. Aislaby warf einen erschrockenen Blick über die Schulter und sah, daß der Fremde halb in seinem Stuhl lag, die Hand immer noch um die Satteltasche gekrampft. Dann verstand er, was das Feuer sagte. Vorsichtig erhob er sich, nahm eines der leeren Gläser vom Tisch, füllte es mit Branntwein und trank. Lautlos schloß er die Tür. Mit einem langgezogenen Knarren, das den Fremden unruhig werden ließ, zog er die Fensterläden vor.

Dann warf er ein Tuch über das Gesicht des Mannes, packte dessen Kehle mit eisernem Griff und hielt ihn fest, bis das plötzliche Erschlaffen ihm verriet, daß die Tat vollendet war.

Die eigentliche Arbeit der Nacht lag noch vor ihm. Sehr sorgfältig nahm er die Glut und legte sie auf die Steinfliesen der Küche. Dann begann er, die Steinplatte des Herdes mit einer Brechstange anzuheben. Die Arbeit hätte genügt, um die Stärke zweier Männer zu erproben, aber Aislaby arbeitete in teuflischer Raserei. Als nächstes begann er, die darunterliegende verklumpte Erde mit Hacke und Schaufel anzugehen, wobei er sich hin und wieder unterbrach, um der Glut auf dem Fußboden neue Nahrung zu geben, damit das Feuer nicht ausging. Immer wieder füllte er den Melkeimer mit feinem gelbem Sand und schlich, den Eimer in der Hand, in den Garten hinaus. Als schließlich die ersten Schimmer der Morgendämmerung durch den Spalt zwischen den Fensterläden drangen, legte er die Leiche des Fremden, mit Sacktuch bedeckt, in das Loch, das er gegraben hatte, schaufelte den Rest des Sandes darüber und stampfte ihn gleichmäßig fest. Als die Arbeit dieser Nacht getan war, lag die Steinplatte des Herdes wieder an ihrem alten Platz, war der Kamin sauber gekehrt und brannte das Feuer um einen hohen Stapel von Torfsoden und Ginsterwurzeln heller als in den letzten zwölf Monaten.

Draußen, in dem von einer Mauer eingeschlossenen Garten, war Aislaby mit Graben beschäftigt. Als seine Frau eine Stunde vor Sonnenaufgang aus dem Fenster blickte, stellte sie fest, daß er in dem Torfboden auf einen Streifen feinen gelben Sandes gestoßen war.

Jahre vergingen, und Aislaby kam zu Wohlstand. Über den Tod des Fremden wurde nichts bekannt; er war, wie sich herausstellte, Schiffseigner im Westen des Landes, ein Mann mit nur wenigen Freunden und überspannten Gewohnheiten, der einen beträchtlichen Handel damit trieb, daß er verrottete Schiffe aufkaufte und ungenügend bemannte. Viele Leute glaubten, daß er ermordet worden sei; andere vermuteten, sein Pferd sei von der Straße abgekommen, und wenn die moorigen Stellen irgendwann trockengelegt würden, würde man sicher seine Leiche finden.

»Wenn er nur unseren Rat angenommen hätte«, sagte der Doktor immer wieder, wenn er nach seiner Ansicht gefragt wurde, »und die Nacht im ›Moorcock‹ geblieben wäre, könnte er heute noch seinem Geschäft nachgehen. Die Versicherungen werden allerdings auf jeden Fall zufrieden sein, wenn nur die Hälfte von dem wahr ist, was ich gehört habe.«

Aislaby kaufte ein Stück Moor, baute Dämme und zog Gräben. Er gelangte in den Besitz des Erzsteinbruchs und verkaufte die Abbaurechte an ein Syndikat in Steelborough. Er kaufte innerhalb des Gemeindesprengels noch ein kleines Häuschen mit einem Stück Land, und nicht nur auf dem Markt von Feversham, sondern sogar in Yorkesley, wo jeden Herbst der große Pferdemarkt stattfand, galt er als ein Mann mit großem Bankkonto und als echter

Yorkshireman, der genügend Menschenkenntnis hatte und genug vom Geld verstand, um es in der Welt weiter zu bringen.

Kamen immer weniger Reisende in die Küche des ›Moorcock‹, so wurde die Zahl der Kinder immer größer. Ihr erstes Alphabet waren die in den Stein des Kamins gehauenen Buchstaben. Und alle wurden so erzogen, daß sie Angst hatten, das Feuer auf dem Herd könnte einmal verlöschen – eine Angst, die sie später als Aberglauben bezeichneten.

Und was war mit Aislaby selbst? Bedächtig beim Sprechen, schweigsam und hart wie das Gestein in seinem Steinbruch, wurde er von allen, die ihn kannten, geschätzt. Jeder deutete auf ihn als einen Mann, dem seine Wohlhabenheit nicht zu Kopf gestiegen war; trotz seinem Gelde schien er sich mehr zu seinem Platz vor dem Herd hingezogen zu fühlen als jemals zuvor. Es war tatsächlich sein Lieblingsplatz. In der Nische der Zimmerecke, wo die Schatten am tiefsten waren, saß er oft Stunden um Stunden und beobachtete die flackernden Flammen, neben sich einen großen Stapel frischer Torfsoden. Als letztes stocherte er abends die weiße Asche zusammen und legte neuen Torf auf; in den frühen Morgenstunden, wenn die übrigen Bewohner des Hauses noch in den Betten lagen, kniete er schon auf den kalten Fliesen, blies in die Glut oder holte Anzündholz aus dem Schuppen, um die verlöschende Flamme anzufachen.

Die Zeit verging. Der älteste Junge, der Schwermut überdrüssig, die das ganze Jahr über dem Hause und der Heide lag, lief davon und ging zur See. Einen einzigen Brief bekamen sie von ihm, aus Amerika. Er schrieb davon, der Unionsarmee beizutreten. Viele Monate später brachte ein zweiter Brief die Nachricht, daß er in einem Hospital seinen Verwundungen erlegen wäre. Die Töchter heirateten: die eine einen Bauern aus jenem Dorf, aus dem Mrs. Aislaby stammte, die andere einen Kavalleristen von dem in Yorborough stationierten Dragonerregiment; Steven, der Jüngste, ein unnützer Tunichtgut, brachte seine Frau in den ›Moorcock‹.

Fast unmerklich traten bei Aislaby Veränderungen auf, die auf sein Wesen abfärbten. War er früher schweigsam gewesen, so war er jetzt mürrisch geworden. Er eignete sich die engherzigen Grundsätze einer Sekte an, deren Eifer von der Angst vor der Hölle angefacht wurde. Er stellte sich sogar auf den Markt von Feversham und bezeichnete sich als größten aller Sünder.

»Er wird nur immer schwermütiger«, pflegte seine Frau zu sagen, »wenn er dauernd in der dunklen Ecke neben dem Feuer hockt und vor sich hin brütet.« Und sie versuchte, ihn so weit zu bringen, daß er sich im Wohnzimmer wohlfühlte, dessen großes Fenster nach Süden auf die Heide hinausging. Steven und dessen Frau machten sich nichts aus der Küche; der Steinfußboden, so sagten sie, wäre abends für die Kinder zu kalt, und außerdem hatte der Raum nur nachmittags Sonne. Sie sprachen davon, ein zweites Fenster in die Wand zu brechen, aber der alte Mann wollte davon nichts hören.

»Du verschwendest den ganzen Torf«, sagte Stevens Frau eines Tages, »mit dem riesigen Feuer, das du den ganzen Tag über in der Küche brennen läßt.«

»Und wer bezahlt den Torf?« knurrte der alte Mann. »Das einzige, was du jemals in dieses Haus mitgebracht hast, ist dein guter Ruf, und auf den hätten wir verzichten können.«

Eine neue Generation war aufgewachsen. Seine Frau war gestorben und auf dem Friedhof ihres Heimatdorfes, auf dem flachen Land, beerdigt worden, wie sie es sich gewünscht hatte. Steven war ebenfalls gestorben, nachdem er noch erlebt hatte, daß sein Enkel geboren wurde, und das Haus schien jetzt voller Frauen und Kinder zu sein. Aislaby war über neunzig. Während der letzten fünf Jahre war er schon nicht mehr in der Lage gewesen, die Treppe hinauf zu steigen, so daß sein Bett in die Küche gebracht worden war. Gekocht wurde in einem kleineren Hinterzimmer. Gäste aus Dunsley, die im Sommer herkamen, um Tee zu trinken und Kuchen zu essen, versuchten vergeblich, den alten Mann zum Sprechen zu bringen.

»Er redet nicht viel«, sagte dann seine Enkelin mit den kräftigen Armen. »Als einziges interessiert er sich für das Feuer. Darauf paßt er immer auf und holt sogar selbst den Torf von draußen. Und groß muß das Feuer sein! Manchmal ist es abends so heiß im Zimmer, daß man es nicht aushalten kann.«

Er war nicht mehr wohlhabend; Kinder und Enkelkinder hatten sein Vermögen vergeudet. Er allein wußte, mit welchen Schwierigkeiten er es zusammengetragen hatte. Der strenge Glaube, der ihn vor zehn Jahren aufrecht gehalten hatte, war verschwunden, und nichts war an seine Stelle getreten. Der einzige Mensch, der fähig zu sein schien, den alten Toren aus seiner Lethargie aufzuwecken, war seine Urenkelin, ein Mädchen von neunzehn Jahren. Mary Aislaby schien aus ganz anderem Holz geschnitzt zu sein als die übrigen. Leichten Herzens und lebenslustig – viel zu leichtfertig, hätte ein aufmerksamer Beobachter vielleicht gesagt – wie kein anderer der Familie, wurde der Rest des Geldes, das der alte Mann erspart hatte, dazu verwendet, dem Mädchen eine Erziehung zu geben, die für seine Stellung im Leben kaum geeignet schien. Während der letzten Jahre war sie bei den Kindern der Lady Louthwaites als Gouvernante gewesen und hatte in Stourton Hall gewohnt.

Im Laufe der Zeit wurde es zur Gewohnheit, Aislaby abends in der Küche allein zu lassen. Er schien gern in das Feuer zu blicken, ohne ein Wort zu sagen, und wenn man ihn nicht störte, schlief er in seinem Sessel oft darüber ein. Für die jungen Leute war das

Wohnzimmer vergnüglicher, denn dort stand jetzt ein Klavier, während einem in der ehemaligen Küche, wie Mary sagte, manchmal eine Gänsehaut über den Rücken kroch.

Eines Abends im August saß er wieder in seinem Polstersessel, gestützt von mehreren Kissen. Im westlichen Fenster war noch ein schwacher heller Schimmer zu erkennen, der vom Sonnenuntergang übriggeblieben war. Das Feuer auf dem Herd brannte nur leise, denn der Tag war schwül gewesen. Mit Ausnahme von Stevens Frau waren alle anderen über Nacht in Dunsley geblieben. Am nächsten Tag sollte im Hafen ein großes Fest gefeiert werden; die Zugbrücke, die die Hafenausfahrt überspannte, war vergrößert worden, und man hoffte, daß die flußaufwärts liegenden Werften wieder Schiffe ins offene Meer schicken würden.

Die verwickelte Kette der Ereignisse, die sein Leben ausgemacht hatten, glitt langsam durch die Finger seiner Erinnerung, während die Dämmerung zur Nacht wurde. Er dachte kaum mehr an sich als an jenen Mann, der die Hauptrolle in der gespenstischen Tragödie gespielt hatte, fast siebzig Jahre zurück und in dem gleichen Raum, obgleich das Feuer auf der Herdplatte noch dasselbe war. Er hatte gespürt, wie die Gewissensbisse an ihm nagten, aber auch sie waren mit der Zeit alt geworden. Der schlechte Gebrauch, den seine Familie von dem Geld gemacht hatte, war genauso ein Grund zum Kummer wie das Unrecht, mit dem es erworben worden war.

Die Straße herunter kam das sanfte Schwirren von Fahrrädern; ein Mann und ein Mädchen fuhren vorbei. Er beobachtete den matten Schein ihrer Lampen, als sie die nächste Steigung hochfuhren. Das Lachen des Mädchens ließ ihn an Mary denken; sie wenigstens würde dieses Haus wieder zu Glück und Vermögen bringen. Aus der Küche drang die Stimme von Stevens Frau, hart und heiser. Sie redete über ihn.

»Allzulange wird er es nicht mehr machen«, sagte sie. »Und wir wollen es ihm auch nicht wünschen. Der alte Mann hat schon zu lange gelebt, um noch glücklich zu sein. Es ist wirklich ein Wunder, daß er noch so gut bei Verstand ist; nie brabbelt er vor sich hin, wie mein Vater es in dem Alter bestimmt getan hätte.«

Aislaby lächelte vor sich hin. Gebrabbelt hatte er tatsächlich noch nie. Wieder redeten sie draußen, und wieder sprach Stevens Frau. »Also du hast die Sache mit Mary auch schon erfahren?« sagte sie. »Wir wissen es erst seit ein paar Tagen. Ja, sie will einen Anwalt aus Yorborough heiraten, obgleich ich meine Zweifel habe, daß es jemals soweit kommt. Seine Mutter und die ganze Familie sind dagegen.«

»Das verstehe ich aber nicht«, sagte die Frau, mit der Stevens Frau sich unterhielt. »Ihr seid hier in der

Gegend doch genauso bekannt wie andere. Sollen die Leute doch bloß mal hierher zum Feuer kommen, wenn sie einen überall bekannten Mann sehen wollen!« Und sie lachte.

»Ihr habt leicht lachen«, sagte Stevens Frau, »aber Leute wie die mögen es nicht, wenn sie neue Verwandte kriegen, von denen keiner was weiß. Ich bin fest davon überzeugt, daß er die erste beste Gelegenheit ergreifen wird, um die Geschichte abzubrechen.«

Und wieder lächelte Aislaby in seinem Sessel vor dem Feuer töricht vor sich hin. Die beiden Frauen unterhielten sich weiter.

»Und in die Küche kommt dann ein zweites Fenster«, sagte Stevens Frau. »Der Raum ist schön, und im Sommer könnten wir ihn an Gäste vermieten. Überhaupt gibt es eine ganze Menge Sachen, die geändert werden müssen – das kann ich dir sagen. Erst gestern stellten wir zum Beispiel fest, daß ein Stein an der Rückseite des Küchenkamins gar kein Stein, sondern ein dicker Balken war, der durch die Trockenfäule schon ganz krümelig war. Wäre jetzt Winter gewesen, hätte das ganze Haus schon in Flammen gestanden. Sobald der alte Mann nicht mehr da ist, reißen wir den ganzen Kamin ein, und die Herdplatte kommt dann auch weg... Was war denn das?«

»Eines der Schafe wird draußen auf der Heide gehustet haben«, sagte die andere Frau. »Manchmal klingt es entsetzlich menschlich.«

In der Dunkelheit der Küche war Thomas Aislaby hilflos zu Boden gesunken. Er versuchte zu rufen, aber der Laut kam nicht einmal bis in seine Kehle. Er versuchte sich zu bewegen, aber seine ganze rechte Seite war hilflos geworden. Sein Gehirn prickelte, als stächen hundert Nadeln hinein; seine Gedanken waren jedoch dennoch bewundernswert klar – klarer, als sie es in den letzten Jahren jemals gewesen

waren. Sie warteten nur darauf, daß das Feuer endlich erlosch. Hoch tanzten die Flammen. Wieder las er die alten vertrauten Worte auf dem Steinmantel. »Ich erinnere mich«, schien jemand, der im Schatten stand, leise zu flüstern, »daß wir als Kinder immer unsere Zukunft aus der Glut lasen.« Was immer auch geschah – das Feuer durfte nicht ausgehen; lieber sollte das ganze Haus in Flammen aufgehen. Mit seinem linken Arm versuchte er, seinen Körper über den Fußboden bis zu jener Ecke zu ziehen, wo die Torfsoden aufgestapelt waren. Er konnte sich nicht rühren. Wieder leckte die Flamme hoch. Dann sank sie in sich zusammen, und alles war wieder in Finsternis gehüllt. Klangen draußen nicht Schritte? Wenn er doch nur sprechen könnte.

»Gute Nacht, Vater«, sagte Stevens Frau. Nur einen winzigen Spalt hatte sie die Tür geöffnet. Jeder ihrer Schritte auf der knarrenden Treppe schien sie eine ganze Weile von ihm fortzubringen; und als er ihren Tritt von der Decke hörte, wußte er, daß sie seine Welt bereits verlassen hatte. Denn seine Welt bestand jetzt nur noch aus einem funkelnden Lichtpunkt. In den endlosen Stunden, die er dort auf dem Steinfußboden lag, veränderte sich dieser Punkt von Augenblick zu Augenblick; eimal war er das Gesicht des Fremden, siebzig Jahre zurück, mit den unruhigen Augen und dem geizigen Mund, dann war er das Gesicht seiner Frau, wie er es damals zum erstenmal erblickt hatte. Jedes Bild verblaßte und verschwand, gefolgt von einem neuen, kleiner und undeutlicher. Langsam erstarb das Feuer. Der Mond war aufgegangen, und in seinem klaren weißen Licht wirkte der Fußboden noch kälter. Langsam kroch die Taubheit von den Füßen zu den Knien und von den Knien zu den Hüften hoch. Noch einmal versuchte er mit letzter Kraft, den Torfstapel zu erreichen, aber das Feuer auf dem Herd war bereits erloschen.

Ein hartes Klopfen drang von der Tür her, und er erkannte es sofort wieder, als wäre es erst gestern gewesen. Oben wurde ein Fenster aufgestoßen.

»Wer ist da?« fragte Stevens Frau, und in der Stille der Augustnacht klang ihre Stimme laut und schrill.

Aislaby wußte, wer es war. Mit einem Aufschrei tödlichen Entsetzens richtete er sich halb hoch, gestützt auf den einen Arm, und fiel dann mit dem Kopf schwer auf die kalte Steinplatte des Herdes.

Der Wecker

Deine Beschreibung der Pensionsgäste hat mir sehr gefallen. Ich kann mir diese bösartige Miss Cornelius mit ihrer Perücke und den klirrenden Armreifen sogar bildlich vorstellen. Und es wundert mich gar nicht, daß du entsetzliche Angst hattest, als du in der einen Nacht merktest, daß sie auf dem Korridor schlafwandelte. Aber warum sollte sie eigentlich nicht schlafwandeln? Nach allem, was du über das Verrücken der Dielenmöbel an jenem Sonntag schreibst, nehme ich beinahe an, daß ihr euch in einer Erdbebenzone befindet, obgleich ein Erdbeben als Erklärung für das Läuten der kleinen Handglocke viel zu gewaltig zu sein scheint. Es wäre genauso, wenn unser Zimmermädchen – übrigens schon wieder ein neues! – behauptete, die zerbrochene Teekanne, die wir gestern entdeckten, käme auf das Konto eines herumstreunenden Elefanten. In Italien ist man wenigstens das ewige Problem der Dienstmädchen los.

Ja, mein Schatz, ich glaube dir aufs Wort. Ich habe zwar nie etwas ähnliches erlebt wie du, aber als du Miss Cornelius erwähntest, erinnerte ich mich einer ziemlich ähnlichen Geschichte, die jetzt beinahe zwanzig Jahre zurückliegt; damals hatte ich gerade die Schule hinter mir. Ich war mit meiner Tante zusammen in Hampstead. Du kannst dich sicher noch an sie erinnern – oder wenn nicht an sie, dann an ihren Pudel Monsieur, den sie immer so rührende Kunststückchen vorführen ließ. In dem Haus war noch ein anderer Gast, eine Mrs. Caleb. Wohnen tat sie in Lewes, und seit vierzehn Tagen hatte sie sich meiner Tante angeschlossen; sie erholte sich von einer ganzen Serie häuslicher Revolten, die ihren Höhepunkt darin fanden, daß zwei Dienstmädchen das Haus binnen einer Stunde verließen – völlig grundlos, wie Mrs. Caleb behauptete. Ich habe die Mädchen nie gesehen. Aber Mrs. Caleb habe ich nicht nur gesehen, sondern auch kennengelernt, und offengestanden mag ich sie nicht. Sie hinterließ bei mir denselben Eindruck wie vermutlich deine Miss Cornelius bei dir – irgendwie merkwürdig und absonderlich. Sie hatte beinahe etwas Untergründiges an sich, wenn du verstehst, was ich damit meine. Und ich spürte förmlich am ganzen Körper, daß sie mich nicht mochte.

Es war Sommer. Joan Denton – du erinnerst dich sicher; ihr Mann kam auf Gallipoli um – hatte den Vorschlag gemacht, daß ich einen ganzen Tag zu ihr kommen sollte. Ihre Leute hatten ein kleines Sommerhäuschen, etwa drei Meilen außerhalb von Lewes, gemietet. Wir legten einen Termin fest. Wunderbarerweise war es ein Tag mit allerschönstem Wetter, und ich hatte mir vorgenommen, das muffige alte Haus zu verlassen, bevor die alten Damen aufgestanden waren. Aber Mrs. Caleb lauerte mir in der Diele auf, gerade als ich weggehen wollte.

»Ich überlege schon die ganze Zeit«, sagte sie, »ob Sie mir vielleicht einen kleinen Gefallen tun würden. Wenn Sie in Lewes irgendwann Zeit haben – aber bitte nur, wenn es Ihnen keine Mühe macht –, würden Sie dann so nett sein und mir etwas aus meinem Haus mitbringen? In der Eile des Aufbruchs habe ich nämlich meinen kleinen Reisewecker vergessen. Wenn er nicht im Salon ist, steht er vielleicht in meinem Schlafzimmer oder in einem der Mädchenzimmer. Ich weiß genau, daß ich ihn der Köchin geliehen hatte, die nie rechtzeitig aus dem Bett fand; aber ich kann mich nicht mehr erinnern, ob sie ihn mir zurückgegeben hat. Ob ich Sie um diesen Gefallen bitten darf? Das Haus ist seit zwölf Tagen abgesperrt, aber drinnen ist alles aufgeräumt. Die Schlüssel habe ich hier – der große ist für das Gartentor, der kleine für die Haustür.«

Mir blieb nichts anderes übrig, als den Auftrag zu übernehmen, und sie redete gleich weiter und erklärte, wie ich zum Ash Grove House finden könnte.

»Wahrscheinlich werden Sie sich wie eine Einbrecherin vorkommen«, sagte sie. »Aber wenn Sie keine Zeit haben, lassen Sie es.«

Tatsächlich stellte ich später fest, daß ich froh über jede Möglichkeit war, die Zeit totzuschlagen; denn die arme Joan war mitten in der Nacht plötzlich krank geworden – man befürchtete eine Blinddarmentzündung –, und obgleich ihre Familie sehr freundlich war und mich zum Mittagessen einlud, merkte ich, daß ich doch nur stören würde, und nahm Mrs. Calebs Auftrag als Entschuldigung für mein frühzeitiges Aufbrechen.

Ohne Schwierigkeiten fand ich Ash Grove House: ein mittelgroßes Haus aus roten Ziegeln in einem von einer hohen Mauer eingefaßten Garten an einer schmalen Gasse. Ein gepflasterter Weg führte vom Gartentor zur Haustür, und vor dem Haus selbst stand nicht etwa eine Esche, sondern eine Araukarie, die die Räume bestimmt unnötig verdunkelte. Der Seiteneingang war, wie ich erwartet hatte, abgeschlossen. An der einen Seite der großen Diele lag das Eßzimmer, an der anderen der Salon, und da die Läden sämtlicher Fenster geschlossen waren, ließ ich die Dielentür geöffnet; und im Halbdunkel blickte ich mich in den beiden Zimmern nach der Uhr um, die ich nach allem, was Mrs. Caleb gesagt hatte, in den unteren Räumen nicht zu finden hoffte. Sie stand auch weder auf dem Tisch noch auf dem Kaminsims. Über die Möbel waren weiße Schonbezüge gestülpt. Dann ging ich die Treppe nach oben. Vorher schloß ich noch die Haustür. Ich hatte tatsächlich das Gefühl, eine Einbrecherin zu sein, und glaubte, meine Anwesenheit in diesem Haus nur schwer erklären zu können, wenn irgend jemand zufällig merken sollte, daß die Haustür offenstand. Glücklicherweise waren die Fensterläden im ersten Stock nicht geschlossen. Eilig durchsuchte ich die Schlafzimmer meiner Auftraggeberin. Peinlich sauber und aufgeräumt waren sie. Alles stand an seinem Platz, aber nirgends war eine Spur von Mrs. Calebs Wecker. Der Eindruck, den das Haus auf mich machte – du weißt, daß auch Häuser eine Art Persönlichkeit besitzen –, war weder erfreulich noch unerfreulich, sondern nur muffig, was am Mangel an frischer Luft lag, und dazu kam noch ein dumpfer Geruch, der von den Tapeten, Decken und Teppichen auszugehen schien. Der Korridor, an dem die von mir durchsuchten Schlafzimmer lagen, führte zu einem kleinen Seitenflügel, einem älteren Teil des Hauses, wie ich annahm, in welchem sich der Kofferraum und die Schlafzimmer der Dienstmädchen befanden. Die letzte Tür, die ich aufschloß – und ich muß wohl noch hinzufügen, daß alle Türen abgeschlossen waren und von mir auch wieder zugeschlossen wurden, nachdem ich einen Blick in die Zimmer geworfen hatte – die letzte Tür also führte in ein Zimmer, in dem sich das Ziel meiner Suche befand. Mrs. Calebs Reisewecker stand auf dem Kaminsims und tickte vergnügt vor sich hin.

Das war der erste Eindruck, den ich bei seinem Anblick empfand. Und erst danach merkte ich, daß irgend etwas nicht stimmte. Die Uhr hatte gar kein Recht zu ticken. Das Haus war seit zwölf Tagen verlassen und verschlossen. Kein Mensch hatte es seitdem betreten, um die Zimmer zu lüften oder das Feuer in einem der vielen Kamine anzuzünden. Ich erinnerte mich, daß Mrs. Caleb zu meiner Tante gesagt hatte, sie könnte die Schlüssel nicht bei den Nachbarn lassen, weil sie dann nie wüßte, wer sie sich vorübergehend aneignete. Und trotzdem ging die Uhr. Ich überlegte, ob irgendeine Erschütterung oder Schwingung das Uhrwerk in Gang gesetzt haben könnte, und zog meine eigene Uhr heraus, um nach

der genauen Zeit zu sehen. Es war fünf Minuten vor eins. Die Uhr auf dem Kaminsims zeigte auf vier Minuten vor eins. Ohne lange zu überlegen, machte ich die Tür zum Korridor zu, schloß mich ein und blickte mich noch einmal gründlich im Zimmer um. Alles stand ordentlich an seinem Platz. Das einzige, was vielleicht einer Bemerkung wert schien, war eine kaum sichtbare Unordnung auf dem Bett; es hatte jedoch eine Federmatratze, und du weißt selbst, wie schwierig es ist, sie völlig glatt zu bekommen. Ich brauche dir wohl auch nicht zu sagen, daß ich einen flüchtigen Blick unter das Bett warf – erinnerst du dich noch des angeblichen Einbrechers in Zimmer Nummer Sechs der St. Ursula's School? Schließlich öffnete ich sogar mit großem Widerwillen die Türen von zwei fürchterlich geräumigen Schränken, die glücklicherweise leer waren – mit Ausnahme eines gerahmten Spruchs, der umgedreht an der Rückwand hing. Inzwischen bekam ich es wirklich mit der Angst. Die Uhr tickte immer noch ununterbrochen. Ich hatte das schreckliche Gefühl, daß der Wecker jeden Moment klingeln könnte, und der Gedanke, allein in diesem verlassenen Haus zu sein, war für mich fast zuviel. Trotzdem machte ich einen Versuch, mich zusammenzunehmen. Schließlich konnte es doch auch eine Uhr mit einem Vierzehn-Tage-Werk sein. In diesem Fall mußte sie jedoch fast abgelaufen sein. Das ließ sich verhältnismäßig einfach dadurch feststellen, daß man sie aufzog. Ich zögerte, diesen Versuch durchzuführen; aber die Ungewißheit war noch viel schlimmer. Ich nahm den Wecker aus seinem Etui und begann ihn aufzuziehen. Nach kaum zwei Umdrehungen war der Schlüssel blockiert. Die Uhr war ganz deutlich keineswegs abgelaufen; vielmehr mußte das Uhrwerk erst vor etwa zwei Stunden in Gang gesetzt worden sein. Mir wurde kalt und schwach; ich ging zum Fenster, schob es hoch und ließ die frische, belebende Luft des Gartens herein. Jetzt wußte ich genau, daß dies ein merkwürdiges, ein entsetzlich merkwürdiges Haus war. Ob irgend jemand in diesem Haus wohnte? War sonst vielleicht noch jemand mit mir zusammen im Haus? Ich glaubte, in allen Zimmern gewesen zu sein – aber war ich es wirklich? Die Badezimmertür hatte ich nur einen kleinen Spalt geöffnet, und in die Schränke hatte ich überhaupt nicht hineingesehen – ausgenommen die beiden in dem Zimmer, in dem ich mich jetzt befand. Während ich am geöffneten Fenster stand und überlegte, was ich als nächstes tun sollte, zugleich aber das Gefühl hatte, nicht mehr in die dunkle Diele hinuntergehen zu können und mit dem Schlüssel nach dem Schlüsselloch der Haustür zu suchen und keine Ahnung zu haben, was hinter mir los war, hörte ich ein Geräusch. Zuerst war es ganz leise und schien von der Treppe zu kommen. Es war ein merkwürdiges Geräusch, nicht so, als käme jemand die Treppe hoch, sondern – sicherlich wirst du lachen, wenn du diesen Brief mit der Morgenpost bekommst – als hüpfte irgend etwas die Treppe hoch, zum Beispiel ein sehr großer Vogel. Das Geräusch kam vom Treppenabsatz, und dann hörte es auf. Dafür hörte ich ein seltsames kratzendes Geräusch an einer der Schlafzimmertüren, wie es entsteht, wenn man mit dem Fingernagel über poliertes Holz fährt. Was immer es war – langsam kam es den Korridor entlang und kratzte dabei an allen Türen. Ich konnte es einfach nicht mehr ertragen! Alptraumbilder von abgeschlossenen Türen, die sich öffneten, spukten durch meine Gedanken. Ich griff nach der Uhr, wickelte sie in meinen Regenmantel und ließ sie aus dem Fenster auf ein Blumenbeet fallen. Dann gelang es mir, aus dem Fenster zu klettern, ich hielt mich am Fenstersims fest, und »der Gefahr eines über vier Meter tiefen Abgrunds nicht achtend«, wie die Journalisten dazu sagen würden, ließ ich mich fallen. Soviel über unseren vielgeschmähten Gymnastikunterricht an der St. Ursula's School. Ich riß den Regenmantel an mich, rannte um das Haus herum zur Haustür und schloß sie ab. Jetzt glaubte ich, wieder richtig atmen zu können, aber in Sicherheit fühlte ich mich doch erst, als ich jenseits des Tores in der Gartenmauer stand.

Dann fiel mir ein, daß das Schlafzimmerfenster offenstand. Was sollte ich tun? Nicht einmal wildgewordene Gäule hätten mich noch einmal ohne Begleitung in das Haus gebracht. Ich entschloß mich daher, zur nächsten Polizeiwache zu gehen und dort alles zu erzählen. Natürlich würde man mich dort auslachen, und vielleicht würde man mir auch die Geschichte von dem Auftrag der Mrs. Caleb nicht glauben. Ich ging bereits die schmale Gasse entlang in Richtung auf die Stadt, als ich mich traute, noch einen Blick auf das Haus zu werfen. Das Fenster, das ich offengelassen hatte, war geschlossen.

Nein, mein Schatz, ich sehe keine Gespenster oder ähnliche fürchterliche Sachen... und natürlich ist es gut möglich, daß es sich von selbst geschlossen hat. Es war ein ganz gewöhnliches Schiebefenster, und du weißt selbst, daß sie manchmal von selbst wieder herunterrutschen.

Und der Rest? Nun ja, mehr ist darüber eigentlich gar nicht zu erzählen. Ich habe sogar Mrs. Caleb nicht mehr gesehen. Kurz vor dem Mittagessen soll sie irgendeine Art von Schwächeanfall erlitten haben, wie meine Tante bei meiner Rückkehr berichtete, und mußte sich ins Bett legen. Und am nächsten Morgen reiste ich nach Cornwall weiter, um mich dort mit Mutter und den Kindern zu treffen. Ich glaubte schließlich, die ganze Geschichte längst vergessen zu haben; als Onkel Charles jedoch drei Jahre später den Vorschlag machte, mir zu meinem einundzwanzigsten Geburtstag einen Reisewecker zu schenken, war ich so töricht, mich für seinen zweiten Vorschlag zu entscheiden: eine Ausgabe der gesammelten Werke von Thomas Carlyle.

Peter Levisham

Ich habe gerade Sinclairs Buch über Peter Levisham zu Ende gelesen. Es ist eine vollständig zutreffende Monographie, vor allem vom legalen Gesichtspunkt aus geschrieben, und ein würdiger Zuwachs für die Reihe, in der sie erscheint. Es ist jedoch ein Jammer, daß mit keinem Wort jene drei Jahre erwähnt werden, die Levisham in den Staaten verbrachte, zumal angedeutet wurde, daß er sich dort seine Kenntnisse in Anatomie und Pharmakologie erworben hat. Und es gibt keinen klaren Beweis dafür, daß er mit dem auf Seite 280 zitierten Fall Dumbarton in Verbindung stand. Die Bibliographie am Schluß des Buches ist eine bewundernswerte Leistung; ich sehe, daß dort mindestens ein halbes Dutzend Bücher und Artikel genannt wird, das mir neu ist, und die Neugierde wird mich dazu bringen, daß ich sie bestimmt lese.

Wahrscheinlich ist es nur natürlich, daß ich mich für Levisham interessiere. Als junger Mann war ich einmal zu seinem Verteidiger bestellt, und bis zum heutigen Tag glaube ich, daß er jenes Verbrechens unschuldig war, dessen man ihn damals beschuldigte. Aber die eigentliche Ursache des Interesses, das ich an allem habe, was mit seinem Leben und seiner Karriere zusammenhängt, entspringt jener Geschichte, die Daniel Crockett mir erzählte. Crocketts Name wird allen Kennern des Prozesses natürlich bekannt sein; in Sinclairs Buch wird er als Zufallsbekanntschaft bezeichnet. Crockett selbst hätte diese Bezeichnung niemals gebraucht.

Vor seinem Auftreten im Zeugenstand hatte ich Crockett noch nie gesehen; wenig später lernte ich ihn dann kennen, als ich zum erstenmal an der Vorstandssitzung des Vereins › Crippled Children's Holiday Homes ‹ teilnahm, und dann wieder traf ich ihn, als er als Northcotes Gast an einem der vierteljährlich stattfindenden Essen im Addison Club teilnahm. Von jenem Abend datiere ich unsere Freundschaft.

Crockett war ein bemerkenswerter Mann. Sein Geschäft hing irgendwie mit unseren baltischen Handelsbeziehungen zusammen. Er war an mehr als nur einer Handelsgesellschaft in der City beteiligt – ein Mann von hoher Lauterkeit, zurückhaltend in seinem Auftreten und von steifer, altmodischer Höflichkeit. Mit einer kränklichen Schwester wohnte er in einem großen Haus in Dulwich, und es war nicht nur eines der friedlichsten Häuser, das ich jemals betreten habe, sondern entsprach auch vollkommen seinem Charakter. Wenn eine Fee die Absicht gehabt hätte, Daniel Crockett in einen Stuhl oder einen Tisch zu verwandeln, wäre es bestimmt einer jener Stühle oder Tische gewesen, wie man sie in Ventnor Place vorfand.

Warum aber war er bemerkenswert? Ich habe oft versucht, eine Antwort auf diese Frage zu finden. Das Leben dieses Mannes hatte drei verschiedene

Seiten: Mark Lane und die City, seine Bibliothek und den Johnson Club sowie schließlich die Taschenausgabe des Neuen Testaments in griechischer Sprache, die er immer bei sich trug, und der Eckplatz, den er im Versammlungshaus der Quäker einnahm. Trotz ihrer Verschiedenheit stimmten diese drei Seiten mit der dabei erforderlichen Tätigkeit dennoch überein.

Eines Abends saßen wir in der Bibliothek von Ventnor House, als das Gespräch auf Peter Levisham kam. Ich erzählte von meiner ersten Begegnung mit ihm, und ich erinnere mich, dabei bedauert zu haben, daß meine Verteidigung zu seinem Freispruch beigetragen hätte. Ein Schuldspruch hätte vielleicht viele unschuldige Menschenleben, vielleicht sogar seine Unschuld und sein Leben bewahrt. Crockett blieb einige Minuten stumm; ich merkte, daß er tief bewegt war.

»Ich möchte Ihnen gern die Geschichte meiner Beziehungen zu Levisham erzählen«, sagte er schließlich. »Meine Schwester kennt die Einzelheiten, und manchmal sprechen wir noch darüber. Sie ist jedoch der einzige Mensch, dem ich sie jemals anvertraut habe. Vor dreißig Jahren, am Abend des ersten Freitags im November, ging ich die Bishopsgate zu Fuß hinunter, und zwar nach einer Ausschußsitzung. Ich hatte die Möglichkeit, die Straße zu überqueren, und hatte schon fast den gegenüberliegenden Bürgersteig erreicht, als ich beinahe von einem sehr schnell heranrollenden Karren umgestoßen wurde. Ich hatte gerade noch Zeit, zur Seite zu springen und einen Mann festzuhalten, der dicht hinter mir hergekommen war.

›Wenn man nicht aufpaßt, wo man hingeht, kann man heutzutage sehr schnell ums Leben kommen!‹

Bevor ich begriffen hatte, was ich sagte, waren diese Worte meinen Lippen entschlüpft. Der Mann blickte mich verblüfft an, lachte, bedankte sich und war verschwunden. Es war ein höchst alltäglicher Vorfall, und dennoch beunruhigte er mich. Ich bin eigentlich, wie Sie wissen, nicht sehr schlagfertig, und obgleich ich hier Schnelligkeit und Beweglichkeit bewiesen hatte, war doch jeder Kommentar überflüssig gewesen. Die Bemerkung hatte irgendwie händelsüchtig geklungen. Sie war vielleicht nicht ungehörig, aber in jedem Fall unnötig gewesen, und ich hatte das Gefühl, daß ich sie zurückgewiesen hätte, wenn ich an Stelle des Fremden gewesen wäre.

Elf Jahre später, zwei Tage vor Weihnachten, fuhr ich in einem Einspänner auf einer einsamen Straße durch Yorkshire, und zwar durch eine Gegend, die ich aus meiner Jugend gut kannte. Die Nacht war ruhig und kalt, und der Mond, der am wolkenlosen Himmel stand, schien so hell, daß man jede Einzelheit der Landschaft erkennen konnte. Auf der Höhe einer sanften Steigung überholte ich einen Mann, der ein schweres Bündel auf der Schulter trug. Ich fragte, ob ich ihn mitnehmen könne. Er nahm mein Angebot an und stieg neben mir in den Wagen. Er sagte, er sei Amerikaner und hätte irgendwelche Verwandten besucht. Er wollte nach Driffield, wo er hoffte, mit einem Frühzug nach York weiterfahren zu können. Ich erwiderte, daß er dann noch einen weiten Weg vor sich habe, daß ich ihn aber gern fünf oder sechs Meilen mitnehmen wolle. Die Zeit verstrich schnell. Er war ein ausgezeichneter Unterhalter, ein gescheiter Beobachter der Menschen und Dinge. An der Kreuzung nach Driffield hielt ich und erklärte ihm, wie er seinen Weg abkürzen könne, wenn er einen Seitenweg einschlüge. Er bedankte sich und wünschte mir eine gute Nacht. Ich tippte mit der Peitsche leicht gegen die Flanke meines Pferdes und rief ihm zu guter Letzt noch zu: ›Und denken Sie dran, am Wald über den Zauntritt zu steigen, und lassen Sie – was auch sein mag – die Galgeneiche hinter sich.‹ Ich hatte dies kaum ausgesprochen, als ich erkannte, wie sinnlos meine Worte klingen mußten. Die Galgeneiche war mir von Jugend an vertraut – aber mit keinem Wort hatte ich sie vorher in den Anweisungen erwähnt, die ich dem Fremden gegeben hatte. Und weshalb hatte ich überhaupt so nachdrücklich gesprochen? Selbst wenn er die falsche Richtung einschlug, würde es doch nur bedeuten, daß er nach einiger Zeit wieder auf die Hauptverkehrsstraße stieß und kaum mehr als eine halbe Stunde verloren hatte. Ich war sowohl verärgert als auch verwirrt, vergaß dann jedoch den ganzen Vorfall wieder.

Ich komme jetzt zum Sommer 1881, als ich mit Freunden in Porlock war. Es war am letzten Sonnabend im September. Ich war ein großes Stück gewandert und hatte mich dann hingesetzt, um am Straßenrand meine Butterbrote zu essen; ganz in der Nähe zweigte ein Fußweg ab, der zu einer Lärchenschonung führte. Eine frisch gestrichene Tafel wies auf die Tatsache hin, daß der Wald Privatbesitz und das Betreten bei schwerster Strafe verboten sei. Ich lehnte mich mit dem Rücken an den Pfosten und sah daher den Mann, der den Weg vom Wald her entlangkam, erst in dem Augenblick, als er über den Zauntritt kletterte; er war mittelgroß, bärtig und vielleicht fünfzig Jahre alt. Seiner Kleidung nach kam ich zu dem Schluß, daß es zwar ein Geistlicher war, daß er aber nicht der Hochkirche angehörte. Er wünschte mir einen guten Tag, und als er die Tafel entdeckt und gelesen hatte, lachte er laut auf.

›Wie typisch britisch‹, sagte er. ›Jetzt bin ich eine ganze Stunde durch den Wald gelaufen, ohne daß jemand etwas dagegen hatte, und erst beim Erreichen der Landstraße stelle ich fest, daß der Weg Privateigentum ist und ich der ganzen Schwere des Gesetzes ausgeliefert bin! Warum hat man denn nicht an beiden Enden des Weges eine Tafel aufgestellt? Ist es denn unvorstellbar, daß man diesen Weg auch in entgegengesetzter Richtung geht? Auch diese Warnung ist – wie die meisten – zu spät gekommen.‹ Während er redete, schien ein merkwürdiges Angstgefühl mich zu überkommen. Mich fror. Meine Glieder begannen zu zittern.

›Fühlen Sie sich nicht wohl?‹ sagte er. ›Was ist mit Ihnen?‹

Noch während er sprach, wußte ich, daß es derselbe Mann war, dem ich bereits bei den beiden Gelegenheiten, die ich Ihnen vorhin schilderte, begegnet war. Ich erhob mich. Der Bullterrier, der mich auf meiner Wanderung begleitete, war damit beschäftigt gewesen, ein Kaninchenloch zu untersuchen; als er jetzt sah, daß ich mich bewegte, kam er herangetrottet. Und in der Straßenbiegung erschien ein hochbeladener Erntewagen.

›Ich kenne Ihren Namen nicht‹, sagte ich, ›aber ich bin Ihnen schon zweimal begegnet: einmal in der Bishopsgate, und einmal in einer Winternacht, als ich Sie an der Kreuzung nach Driffield absetzte und dabei mit Ihnen sprach. Ich bitte Sie dringend, diese Warnung zu beachten, solange es noch nicht zu spät ist, und sich vorzusehen.‹

Blitzschnell drehte er sich zu mir um, das Gesicht finster und verzerrt, und brach in einen Schwall gemeiner Beschimpfungen aus. Ich glaube, er hätte mich tätlich angegriffen, wenn der Hund nicht bei mir und der Erntewagen keine fünfzig Meter mehr von uns entfernt gewesen wäre. Dieser Erntewagen war es dann auch, in dessen Begleitung ich nach Porlock zurückkehrte. Der Fremde folgte uns in einer Entfernung von einigen hundert Metern und bog schließlich in einen Landweg, der nach Minehead führte. Ich erinnere mich heute noch, daß ich an jenem Abend zögerte, bis ich die Tür zu meinem Schlafzimmer dann doch unverschlossen ließ.

Das also waren die drei Gelegenheiten, bei denen ich Peter Levisham vor der Verhandlung begegnet bin. Der zwölfte November jenes Jahres war ein Sonnabend. Bei uns ist es Brauch, nach dem Frühstück ein Kapitel aus der Schrift zu lesen. Ich hatte das Buch zugeklappt, und wir saßen noch einige Minuten in stiller Meditation, als ich innerlich das starke Gefühl empfand, daß meine Anwesenheit in London erforderlich wäre. Dreimal oder vielleicht auch viermal in meinem Leben habe ich ähnliche Einflüsse gespürt. Ich habe dabei die Gegenwart einer treibenden Kraft gespürt, die mich veranlaßte, irgendwohin zu gehen, ohne daß ich genau wußte, was eigentlich das Ziel meines Aufbruchs war. Es ist ein fürchterliches Erlebnis, und meiner Ansicht nach auch ein sehr gefährliches – eines, das man niemals suchen und mit dem man im Gebet ringen sollte, um zu erfahren, ob es von Gott ist. Ich zog mich daher in meine Kammer zurück, sprach anschließend mit meiner Schwester und sagte alle Verabredungen für diesen Vormittag ab. Mit dem Zug fuhr ich anschließend nach London, und am Charing Cross-Bahnhof stieg ich aus. In der Strand blieb ich auf dem Bürgersteig stehen und beobachtete die ständig vorüberfahrenden Autobusse. Ich wußte nicht, welchen ich nehmen sollte. Während ich noch wartete, wurde meine Aufmerksamkeit auf einen Blinden gelenkt, der ganz allein und den Londoner Verkehr offenbar nicht gewohnt war. Ich fragte ihn, ob ich ihm irgendwie behilflich sein könnte, und er reichte mir einen Zettel, auf dem eine Adresse in der City stand. Ich sagte, daß ich ihn hinbringen würde, und zusammen stiegen wir in einen Bus. Nachdem ich ihn zu seinem Ziel begleitet hatte, ging ich die Straße noch ein Stückchen weiter, bis ich von einer Blumenfrau angesprochen wurde, die unmittelbar gegenüber einem großen Büroblock stand. Diese Frau war eine fröhliche, wenn auch aufdringliche Seele, und schließlich überredete sie mich, eine ihrer Rosen zu kaufen. Während ich mit dieser Frau sprach, fühlte ich zum erstenmal die feste Überzeugung, daß ich den Eingebungen der mich leitenden Kraft richtig gefolgt war. Ich betrat daher den Büroblock, studierte in der Halle die Liste der Namen, ließ den Fahrstuhl unbeachtet und stieg statt dessen die Treppen hoch. Bis in das oberste Stockwerk kam ich. Zu meiner Rechten befand sich eine Tür mit dem Schild ›Mivart, Dixon & Co.‹, zu meiner Linken eine Tür mit dem Schild ›P.W. Foster‹. Ich klopfte an die linke Tür, und dabei hörte ich, wie die Uhren elf schlugen. Mein Klopfen blieb ohne Antwort, und so wiederholte ich es. Nachdem ich noch einen Augenblick gewartet hatte, öffnete ich die Tür und ging hinein. Das Zimmer war leer.

Ich gestehe, daß ich überrascht war. Ich setzte mich auf einen der beiden Stühle, die in dem Büro standen, und blickte mich um. Der Raum war kärglich möbliert; er enthielt einen alten Rollschreibtisch, einen einfachen Tisch, einen Abreißkalender, zwei oder drei Adreßbücher, einen Safe und zwei große Stahlkästen, auf denen in weißen Buchstaben der Name ›P.W. Foster‹ stand. Über dem Kamin hing eine große gerahmte Photographie vom Internationalen Kongreß der Philatelisten, aufgenommen im Jahre 1889 in Bern.

Eine volle Stunde saß ich in diesem Zimmer, und niemand kam. Zweimal erhob ich mich, um zu gehen, aber jedesmal hinderte mich die starke Überzeugung, daß ich nicht das täte, was von mir verlangt wurde, und daß meine Anwesenheit hier erforderlich sei. Soweit es mir möglich war, vergeudete ich keine Zeit mit irgendwelchen Überlegungen, sondern versuchte, meine Gedanken ruhig zu halten und völlig passiv zu bleiben. Als die Glocken zwölf Uhr läuteten, schien sich die leuchtende Wolke, die mich den ganzen Vormittag hindurch begleitet hatte, aufzulösen, und ich verließ das Zimmer. Während ich die Treppen hinunterging, fiel mir ein, daß der Abreißkalender im Büro das richtige Datum – 12. November – gezeigt hatte und demnach anzunehmen war, daß der Inhaber dieses Büros morgens dort gewesen war. Die Blumenfrau stand noch immer gegenüber der Tür des Bürogebäudes. ›Nanu, Sir‹, sagte sie, ›jetzt haben Sie Ihre Rose liegenlassen. Aber glücklicherweise habe ich noch eine, eine wunderhübsche Rose, mein Herr. Es ist zwar gerade zwölf vorbei und Sie haben es sicher eilig, zum Essen nach Hause zu kommen – aber kaufen Sie noch eine für Ihre Frau!‹ Ich gab ihr einen Shilling, ließ ihr jedoch die Blume. Ich bin Blumen nicht gewöhnt, und das war vermutlich auch der Grund, daß ich die andere in Fosters Büro vergessen hatte.

Angesichts meines Verhaltens an jenem Vormittag würden die meisten Leute sagen, daß ich mich auf Grund merkwürdiger Impulse merkwürdig verhalten hätte. Lediglich einem Blinden und einer Blumenfrau hatte ich einen Gefallen erwiesen. Das war alles, was man jener Stunde entgegenhalten konnte, die ich nutzlos in einem leeren Zimmer verbracht hatte.

Wenn man zurückblickt, scheint es merkwürdig, daß ich bis zum Zeitpunkt des Prozesses nie auf den Gedanken gekommen bin, das, was ich an jenem Sonnabend tat, mit Peter Levisham in Verbindung zu bringen. In der Regel lese ich die Polizeiberichte der Zeitungen nicht, und deshalb wußte ich auch nichts von der Ermordung Mendelsohns, des Juden, in Bloomsbury, und ebenso nichts von der anschließenden Hetzjagd, die zu Levishams Verhaftung führte. Und selbst der Prozeß hatte bereits begonnen, ehe ich davon erfuhr. Ich sah ein Bild des Angeklagten und erkannte ihn sofort. Es blieb das schreckliche Problem, was ich nun tun sollte. Sie werden sich bestimmt noch der eindrücklichen Indizien erinnern, die darauf hinwiesen, daß das Verbrechen in der Zeit zwischen elf und zwölf Uhr begangen worden war. Ich las dann, daß Levishams Verteidigung aus einem Alibi bestand; er nannte sich damals Foster und erklärte, in der fraglichen Zeit in seinem Büro gewesen zu sein. Ich erfuhr, daß der Portier ihn gesehen hätte, als er zwischen zehn und elf Uhr das Gebäude betreten hätte, und daß der Portier bereit war zu beschwören, daß Levisham das Gebäude erst gegen halb eins wieder verlassen hätte, weil Levisham bei dieser Gelegenheit eine Bemerkung über ein Pferd gemacht hatte, auf das beide Männer für ein bestimmtes Rennen gesetzt hatten. Das alles ist Ihnen natürlich bekannt, und wohl auch die Tatsache, daß der Mann früher ein Meister in der Kunst der Verkleidung und der Maske gewesen war. Daneben gab es noch irgendeinen weiteren Beweis, der mir jedoch entfallen ist.«

Crockett fuhr sich mit der Hand müde über die Stirn. Ich erinnerte ihn an die Aussage eines Angestellten jener Firma, deren Büro dem Levishams genau gegenüberlag und der gesehen hatte, daß Levisham in der fraglichen Zeit hereingeschaut hatte, um sich eine Zeitschrift zu borgen.

»Ja, das stimmt«, sagte Crockett. »Alles und jedes schien das Alibi zu bestätigen. Die ganze Nacht lag ich wach, von Verwirrung hin und her gerissen. Am nächsten Morgen setzte ich mich mit dem Staatsanwalt in Verbindung und erzählte ihm, daß ich eine volle Stunde ganz allein in dem Büro auf den Inhaber gewartet hätte. Von den vorhergegangenen Begegnungen mit Levisham sagte ich nur sehr wenig. Der Staatsanwalt war, wie ich annehme, der Ansicht, daß Levisham ein flüchtiger Bekannter von mir war, dem ich erfolglos zu helfen versucht hatte und der meinem Rat nicht gefolgt war. Die Blumenfrau wurde ohne die geringste Schwierigkeit gefunden und bestätigte meine Aussage. Die Rose, die ich ihr abgekauft hatte, wurde ebenfalls gefunden; verwelkt lag sie auf dem Kaminsims.«

Ich fragte Crockett, ob er irgendwelche Zweifel an Levishams Schuld hätte.

»Nein«, sagte er. »Wenn ich sie gehabt hätte, glaube ich, daß ich geschwiegen hätte. Als ich ihm damals in der Nähe von Porlock ins Gesicht gesehen hatte, wußte ich Bescheid.«

Ich fragte ihn auch, ob er die Daten seiner Begegnungen mit Levisham jemals mit den Daten der Morde verglichen hätte, die Levisham schließlich eingestand.

Das habe er getan, sagte er. Einen Monat nach der

Begegnung in der Bishopsgate sei Mrs. Jones, die reiche Witwe, in Highbury vergiftet worden. Eine Woche nach der Begegnung an der Kreuzung nach Driffield habe man die Leiche McKenzies gefunden, erstochen in einem Nebengebäude von Purworth Hall, in der Nähe von Darlington. Und am gleichen Tage, an dem Levisham und Crockett sich in der Umgebung von Porlock begegnet waren, mußte Levisham nach Bath gefahren sein, wo er am folgenden Morgen die alte Mrs. Bengrove ermordete.

»In diesen drei Fällen«, sagte Crockett, »lag zwischen der Warnung und dem Begehen des Verbrechens ein jeweils immer kürzerer Zeitraum. Von Mal zu Mal fiel es ihm leichter, sein Mitgefühl abzutöten; von Mal zu Mal fiel es ihm leichter zu morden.«

Und Daniel Crockett, der seine Geschichte damit beendet hatte, neigte den Kopf zum Gebet.

Ja, ich nehme an, daß Sinclairs Buch in einem gewissen Sinne gescheit ist und den Tatsachen entspricht, und natürlich wird es sicherlich viele Leser finden. Keiner würde es jedoch wohl begreifen, wenn ich es als oberflächlich bezeichnete.

Miss Cornelius

Andrew Saxon war seit Jahren Lehrer für Naturwissenschaft an der Cornford School. Cornford ist eine moderne Schule, wenn ihre Gründung auch schon lange zurück liegt. Besonders Söhne der Intelligenz werden, wenn es ihren Vätern nicht allzu schwer fällt – was sehr häufig der Fall ist –, hierher geschickt, und zwar dann, wenn sie wissenschaftlich begabt zu sein scheinen. Viele Eltern fanden, daß Andrew Saxon eigentlich die Schule leiten sollte, aber er kannte seine Grenzen. Daß er Lehrer und nicht ein Mann der Verwaltung war, daß es ihm mehr lag, seine Schüler anzuregen als sie zu unterrichten – zu diesem Schluß kam man, wenn man das brillant-aufregende, Buch »Einführung in die Grundlagen der organischen Chemie« gelesen hatte, dessen Verfasser Saxon und ein gewisser Butler waren.

Die Jungen nannten ihn »Anglo-Saxon« oder »Old Alfred«, und sie waren ihm gegenüber von einem liebevollen Respekt, der noch dadurch bestärkt wurde, daß Saxon ein erstklassiger Gewehrschütze und bei einem Wettschießen in Bisley sogar Zweiter geworden war.

Für psychologische Untersuchungen hatte Saxon nie sehr viel Interesse gezeigt; als jedoch Clinton, einer seiner Freunde, den Vorschlag machte, Saxon solle sich an einer gemeinsamen Untersuchung der

Vorfälle in Meadowfield Terrace beteiligen, wollte er nicht ablehnen. Bewohnt wurde dieses Haus von Parke, einem Bankkassierer, dessen Ehefrau, den beiden Kindern, einer Köchin, die schon seit fünf Jahren bei Parkes war, einem etwas langsam denkenden Mädchen von sechzehn Jahren, das Kindermädchen und Stubenmädchen zugleich war, und von Miss Cornelius. Saxon kannte Miss Cornelius vom Sehen als jene ältliche Dame, die eigentlich in dem recht hübschen Häuschen unmittelbar neben dem Pfarramt wohnte. Von Clinton erfuhr er, daß dieses Häuschen gerade gründlich renoviert würde und Miss Cornelius den Vorschlag gemacht hätte, für die Zeit, in der Installateure und Maler das Häuschen bevölkerten, zu den Parkes überzusiedeln, die immer froh waren, wenn sie einen zahlenden Gast bei sich aufnehmen konnten.

Die merkwürdigen Vorkommnisse waren im Verlauf der letzten drei Wochen aufgetreten. Offenbar bestanden sie aus einem unerklärlichen Klopfen, aus Geräuschen, als würden schwere Gegenstände fallen gelassen, aus Bewegungen der Tische und anderer Möbelstücke, aus dem mysteriösen Öffnen und Schließen der Türen und – das war vielleicht das Merkwürdigste an allem – daraus, daß plötzlich die verschiedensten Dinge, von Schachfiguren und Grammophonnadeln bis zu Kohlestückchen und metallenen Kerzenleuchtern, durch die Luft flogen, ohne von Menschenhand berührt worden zu sein.

»Bei etwas Glück sieht es aus, als könnte es für mich ein interessanter Abend werden«, sagte Saxon zu seiner Frau. »Und wenn ich raten sollte, würde ich sagen, daß das Stubenmädchen irgendwie damit zu tun hat.«

Der Abend verlief tatsächlich interessant. Im Wohnzimmer des Hauses Meadowfield Terrace wurde Saxon von Clinton dem Ehepaar Parke und Miss Cornelius vorgestellt. Auf seinen Vorschlag hin rekapitulierte Parke noch einmal die Vorkommnisse der letzten drei Wochen, die von Mrs. Parke und Miss Cornelius gelegentlich ergänzt oder berichtigt wurden. Die nüchterne Art der Aufzählung imponierte Saxon, und auch sonst konnte er keine Spuren von Hysterie entdecken. Jeder war ganz offensichtlich von dem irritiert, was er persönlich erlebt und beobachtet hatte. Mrs. Parke machte außerdem einen abgespannten und verstörten Eindruck. Aber weder sie noch Miss Cornelius hatte ihren Sinn für Humor verloren.

»Bevor wir uns weiter mit dieser Angelegenheit beschäftigen«, sagte Saxon, »sollten wir uns über einen Punkt einig sein. Über das Auftreten von Poltergeistern weiß ich nur wenig, obgleich es mich natürlich interessiert. Wir sollten jedoch nicht glauben, eine abnorme – diese Bezeichnung ist mir lieber als das Wort ›übernatürlich‹ – Erklärung zu finden, bis wir nicht jede bewußte oder unbewußte Täuschung völlig ausgeschlossen haben. Und ganz abgesehen von der Frage, ob es sich hier um eine Täuschung handelt: Was bisher beobachtet wurde, läßt sich vielleicht doch mit menschlichem Eingreifen in Verbindung bringen. Wir müssen uns daher gegenseitig genau beobachten, müssen uns selbst gegenüber mißtrauisch sein. Ruhe und Frieden im Hause gehen diesmal vor. Habe ich recht, Mrs. Parke?«

Alle stimmten ihm zu.

»Was ist mit den beiden Mädchen?« fragte Clinton.

Dieser Punkt war leicht zu klären. Das Stubenmädchen hatte an diesem Abend Ausgang, und die Köchin hatte ebenfalls frei bekommen, um den Abend mit ihrem Freund verbringen zu können.

Miss Cornelius machte den Vorschlag, beide Haustüren abzuschließen, und dann sollten zwei der Anwesenden sämtliche Zimmer gründlich durchsuchen, um sicher zu sein, daß sich niemand im Hause versteckt hielt, um ihnen einen Streich zu spielen.

»Nehmen Sie lieber Mr. Clinton mit«, sagte Mrs. Parke und lachte nervös. »Für mich gibt es nichts Schrecklicheres als die Entdeckung, daß ein Mann unter meinem Bett liegt.«

Die übrigen blieben im Wohnzimmer, während Clinton und Miss Cornelius ihre Runde durch das Haus machten. Saxon schaute auf seine Uhr. »Es ist jetzt genau halb neun«, sagte er.

«Und das ist ungefähr die Zeit, zu der die Dinge lebendig werden«, sagte Parke. »Hören Sie! Das Klopfen hat bereits angefangen!«

Es bestand nicht der geringste Zweifel: Die Geräusche klangen leise und gedämpft, als schlüge jemand mit einem Hammer auf ein Gummikissen. Es war jedoch unmöglich festzustellen, woher sie eigentlich stammten, ob sie durch die Wand oder von der Decke kamen. Ganz deutlich waren sie von den Schritten von Clinton und Miss Cornelius zu unterscheiden, die in den oberen Zimmern hin und her gingen. Wenig später konnte man hören, wie die beiden wieder herunter kamen und sich dabei unterhielten. Dann ertönte draußen ein Krachen, und Miss Cornelius rief: »Was war das?« Parke und Saxon rannten in die Diele. Ein Holzpferd, das den Kindern gehörte und von dem Clinton behauptete, er hätte es gerade eben noch auf dem Korridor vor dem Kinderzimmer stehen gesehen, lag mit abgebrochenem Kopf am Fuß der Treppe. Die Abendvorstellung hatte begonnen.

Es war das vollständige und vielfältige Programm, und die Pausen zwischen den einzelnen Nummern waren nur kurz, erfüllt mit dem gespannten und fast erheiternden Gefühl der Erregung, was in aller Welt als nächstes passieren würde. Saxon und Clinton, die vorher übereingekommen waren, sich Notizen über das zu machen, was sie sahen, schrieben eifrig. Kurz vor halb zehn trat eine längere Pause ein.

»Gewöhnlich hört es jetzt auf«, sagte Parke mit einem etwas gezwungenen Lachen. »Wie wäre es mit einer Tasse Kaffee, Maisie?«

»Hätten Sie etwas dagegen, wenn Mr. Clinton und ich im Eßzimmer unsere Notizen verglichen?« fragte Saxon. »Ich nehme nicht an, daß es sehr lange dauern wird.«

Sie gingen in das Nebenzimmer, und Clinton stellte überrascht fest, daß sein Begleiter den Schlüssel in der Tür umdrehte.

»Und was sagen Sie dazu?« fragte der Bankdirektor. »Ich muß gestehen, daß die ganze Geschichte mir unverständlich ist.«

Saxon schwieg einen Augenblick, und dann brach er unwillig aus: »Mir wäre weiß Gott wohler, wenn Sie mich nicht hierher mitgenommen hätten, Clinton. Jetzt sitzen wir mitten in einem schönen Schlamassel, und deswegen müssen Sie und ich zu irgendeinem Entschluß kommen.«

»Ich fürchte, ich kann Ihnen nicht ganz folgen.«

»Dann will ich Sie etwas fragen. Haben Sie nach dem, was Sie heute abend gesehen haben, einen Verdacht auf irgend jemanden?«

Clinton sah verwirrt aus und schwieg.

»Vielleicht Parke?« fuhr Saxon fort. »Verdächtigen Sie ihn?«

»Nein – oh, nein!«

»Mrs. Parke?«

»Nein, bestimmt nicht.«

»Dann vielleicht Miss Cornelius?«

»Das glaube ich nicht – nein.«

»Sie glauben es also nicht. Aber ich! Ich weiß

selbst, daß ich dreiviertel dessen, was ich gesehen habe, im Augenblick nicht erklären kann – warum, zum Beispiel, der Schaukelstuhl plötzlich anfing, sich zu bewegen. Ich habe vergeblich nach einem schwarzen Faden und selbst nach einem Haar gesucht. Als andererseits das Kohlestück durch das Zimmer flog, war ich fast überzeugt, daß es aus der Hand von Miss Cornelius kam; kaum eine Minute vorher hatte sie neben dem Kohlenkasten gestanden. Vielleicht ist Ihnen auch aufgefallen, daß sie ständig mit irgendwelchen Dingen auf dem Tisch und dem Kaminsims herumspielte. Ihre Hände lagen nicht einen Moment still. Ich habe ferner genau gesehen – und ich bin bereit, es zu beschwören –, daß sie den Federhalter geworfen hat, der plötzlich in der Decke stak. Die ganze Geschichte war äußerst verdächtig. Zumindest dürfte es äußerst ungewöhnlich sein, daß ein Federhalter auf dem Kaminsims liegt. Wie Sie sehen, liegt in diesem Zimmer auch einer – meiner Ansicht nach von Miss Cornelius hierher gebracht, damit sie ihn im passenden Moment bei der Hand hat. In dem Fall, von dem ich spreche, hielt sie ihn in jener Hand, die sie hinter ihrem Rücken versteckte, und ließ ihn mit einer kleinen Bewegung des Daumens losschnellen. Ich glaube, daß es mir mit etwas Übung auch gelingen würde.«

Er nahm den Federhalter vom Kaminsims und wiederholte den Vorgang, den er eben geschildert hatte.

»Da!« rief er triumphierend. »Ich habe doch gesagt, daß es möglich ist. Zwar steckt er jetzt im Sofakissen und nicht in der Decke, wie ich eigentlich wollte; aber sie müssen zugeben, daß meine Hand nur den Bruchteil einer Sekunde hinter meinem Rücken verschwunden war. Warum haben Sie denn gezögert, als ich Miss Cornelius nannte, während Sie sofort und sehr nachdrücklich erklärten, daß Sie die beiden Parkes nicht verdächtigten?«

»Eine ganze Reihe der verschiedenen Dinge schienen tatsächlich aus ihrer Richtung gekommen zu sein«, sagte Clinton langsam, »und einmal – oder meinetwegen auch zweimal – fiel mir auf, daß sie uns etwas zu schnell darauf aufmerksam machte. Sie wissen sicher, was ich meine – ihre schnelle und überraschte Art zu rufen: ›Was war das?‹ Und sofort sahen wir alle in dieselbe Richtung, in die sie blickte. Mir kam das alles etwas merkwürdig vor – mehr aber auch nicht.«

»Vielleicht können wir einen Augenblick unsere Notizen vergleichen«, fuhr Saxon fort. »Heute abend traten die Vorkommnisse auf der Treppe, in diesem Zimmer und im Wohnzimmer auf, und zwar während wir alle zusammen saßen, aber auch dann, als ein Teil hier und die übrigen im Wohnzimmer waren. Sie werden jedoch sicher ebenfalls bemerkt haben, daß alle Geschehnisse mit Ausnahme der Geräusche und des Klopfens nur in Anwesenheit von Miss Cornelius auftraten.«

»Und damit wollen Sie sagen...«

»Daß die einzige und immer gleiche Voraussetzung wahrscheinlich auch der Grund war.«

»Aber was sollen wir denn jetzt tun?«

»Das einzige, was wir dabei tun können«, sagte Saxon, »und ich sage zwar ›wir‹, meine aber mich, weil ich nicht einsehe, warum Sie in diese Geschichte hineingezogen werden sollen –, das einzige also, was zu tun ist, wäre meiner Ansicht nach, jetzt gleich zu den anderen zu gehen und völlig offen mit ihnen zu reden. Diese Dinge müssen sofort aufhören. Abgesehen von der Belastung, der Mrs. Parke ausgesetzt ist, muß man schließlich auch an die Kinder denken. Es wird wahrscheinlich einen ziemlichen Krach und – wenigstens für einige von uns – ein paar schlaflose Nächte geben, aber ich finde, man muß den Stier bei den Hörnern packen. Kommen Sie, damit wir es hinter uns haben. Mir ist allerdings so, als müßte ich eine alte Frau schlagen.« Und dann sagte er noch: »Mein Gott, Clinton – wenn Sie mich bloß nie hierher gebracht hätten!«

»Und wie erklären Sie es sich also?« fragte Miss Cornelius lächelnd, als sich alle wieder im Wohnzimmer versammelt hatten. »Ich hoffe wirklich, daß Sie unsere Befürchtungen beseitigen können.«

Saxon blickte ihr offen in das Gesicht. Er sah deutlich die falschen Haare, die Runzeln und die dunklen herausfordernden Augen, in denen Grausamkeit lauerte.

»Mrs. Parke«, begann er dann, »es tut mir mehr leid, als ich sagen kann, und ich bedaure außerordentlich, es hier aussprechen zu müssen – aber ich glaube, daß Miss Cornelius mit dem, was wir heute abend selbst erlebt haben, in einem sehr engen Zusammenhang steht. Miss Cornelius, wollen Sie es nicht endlich offen zugeben? Was hier ausgesprochen wird, braucht nicht über diese vier Wände hinauszugehen.«

Alle sahen sie an. Ihr Gesicht hatte die Farbe alten Elfenbeins.

»Maisie«, sagte sie, »das ist eine Unverschämtheit! Welches Recht hat dieser Mensch, der sich heute abend mit mir unterhalten hat, als wäre er mein Freund, plötzlich seine Ansicht zu ändern und zu versuchen, mich bei Leuten, mit denen ich seit Jahren eng befreundet bin, anzuschwärzen? Ich begreife überhaupt nicht, was er eben gesagt hat. Irgendeinen Schwindel, irgendeine Gemeinheit habe ich genausowenig begangen wie die beiden unschuldigen kleinen Kinder, die oben in ihren Betten liegen und schlafen.«

»Verzeihung«, unterbrach Saxon sie, »aber vielleicht sollte ich Sie alle doch daran erinnern, daß wir vorhin beschlossen haben, diese Angelegenheit gründlich und ohne persönliche Rücksichtnahme zu untersuchen. Ich habe vorhin gesagt, daß ich jedem gegenüber mißtrauisch sein würde, und das bin ich auch gewesen.«

»Das stimmt«, sagte Parke zögernd. »Aber was haben Sie Miss Cornelius vorzuwerfen?«

»Ich werfe ihr gar nichts vor. Ich behaupte jedoch, daß ich gesehen habe, wie sie einen Federhalter warf; bei verschiedenen Gelegenheiten sah ich beinahe, daß irgendein Gegenstand von ihrer Hand geworfen wurde und daß die Ereignisse, die wir alle selbst miterlebt haben – vielleicht sollte ich vorher noch gestehen, daß ich nicht alle im Augenblick erklären kann –, daß aber diese Ereignisse sich immer nur in ihrer Gegenwart abspielten. Ein Wort von Ihnen, und der Fall ist für mich erledigt. Ich möchte jedoch bei allem, was ich sage und denke, nicht unbarmherzig sein. Ich behaupte also nicht, daß Miss Cornelius uns bewußt irregeführt hat. Ich glaube, daß sie vielleicht ganz unbewußt eine ungewöhnliche Kunstfertigkeit entwickelt hat und diese Fingerfertigkeit benutzte, um jenes ungewöhnliche, erregende Gefühl von Unruhe und Mißtrauen zu erzeugen, das wir alle heute abend hier erlebt haben. Und damit möchte ich mich verabschieden.«

»Und damit will er sich verabschieden!« sagte Miss Cornelius und sprach mit verhaltener Wut. »Erst bewirft er mich mit Dreck, und dann glaubt er, ungeschoren davonzukommen. Mr. Saxon, lassen Sie sich aber das eine sagen, lassen Sie eine alte Frau zu einem verhältnismäßig jungen Mann das eine sagen: Dieser Abend wird Ihnen noch leid tun. Sie werden es noch erleben, daß es Ihnen tausendmal lieber gewesen wäre, Ihre Zunge wäre verdorrt und hätte nicht das ausgesprochen, was heute abend hier gesagt worden ist.«

»Vielleicht bin ich etwas zu übereilt gewesen«, meinte Saxon, als er mit Clinton nach Hause ging. »Meine Frau sagt mir immer wieder, daß ich keinen Takt hätte; ich war aber überzeugt, daß ich schnell und tief hineinschneiden müsse, ohne erst unnötige Zeit mit der Betäubung zu vergeuden.«

»Der Fehler liegt bei mir«, erwiderte der andere, »denn ich habe Sie in diese Angelegenheit hineingezogen. Obgleich mir die Parkes leid tun, tun Sie mir noch viel mehr leid. Ich bin der Ansicht, daß Sie richtig gehandelt haben, und ich will Ihnen gern gestehen, daß es mehr war, als ich hätte tun können.«

Als Saxon nach Hause kam, wartete seine Frau noch auf ihn.

»War der Spuk denn wenigstens echt?« fragte sie. »Du mußt mir alles ganz genau erzählen.«

»Mir wäre es lieber, wenn wir es bis morgen aufschöben. Genaugenommen war es kein sehr erfreulicher Abend, und ich fürchte, daß ich mir für den Rest meines Lebens einen Feind gemacht habe – Miss Cornelius.«

Am folgenden Tag erzählte er ihr beim Frühstück alles.

»Ich weiß nicht, wen ich mehr bedauern soll«,

sagte sie, »dich oder die arme alte Dame. Ich habe sie immer für eines dieser stillen, harmlosen alten Wesen gehalten, die dafür verantwortlich sind, daß es in den Aufenthaltsräumen der Pensionen an der Südküste stets so gemütlich ist. Jedenfalls lasse ich niemals zu, daß du dir ihretwegen Gedanken machst. Warum machst du nicht ein verlängertes Wochenende, fährst nach Flinton und spielst Golf? In den Ferien warst du doch schon ein paar Tage dort – erinnerst du dich noch?«

Saxon wand sich und suchte mit halbem Herzen nach Ausflüchten; sie merkte jedoch genau, daß der Vorschlag ihm gefiel, und mittags brachte sie ihn zur Bahn.

Dann kam der Freitag nachmittag: In Flinton ging es ausgesprochen vergnügt zu. Im Dormy House hatte sich eine kleine, ungewöhnlich gut zusammenpassende Gruppe eingefunden. Mac Allister vom Trinity College war in Begleitung eines jungen Biochemikers vom King's College gekommen, mit dem er abends zum Zeitvertreib die Klingen kreuzte; hinzu kam, daß er auch noch gut in Form war. Und am Montag morgen traf ein langer Brief von seiner Frau ein.

»Dear Old Alfred, ich bin überzeugt, daß Du genau das Richtige tatest, als Du wegfuhrst. Die Wolken werden – bildlich gesagt – weggeweht. Du wirst mir kaum glauben, wenn ich Dir erzähle, was ich inzwischen getan habe. Ich bin dem Löwen um den Bart gegangen und habe den Stier bei den Hörnern gepackt. Anders ausgedrückt: Ich habe Miss Cornelius getroffen und mich mit ihr unterhalten. Sage bitte nicht, daß ich voreilig oder dumm gewesen sei, bevor Du weißt, was dabei herausgekommen ist. Irgendwie hatte ich heute morgen nicht die richtige Lust, in die Kirche zu gehen – der neue, noch etwas unausgegorene Pastor hielt die Predigt –, und so machte ich statt dessen einen Spaziergang zum Fluß hinunter. In einiger Entfernung sah ich Miss Cornelius, die auf einem Hocker saß und ziemlich einsam und verkümmert aussah. Der langen Rede kurzer Sinn: Ich ging zu ihr und sagte, wie leid mir es täte, daß alles so gekommen wäre. Zuerst merkte ich, daß sie sich nicht ganz klar war, was sie davon halten sollte, aber dann fing sie zwar nicht an aufzublühen, aber immerhin erschienen die ersten Knospen, und sie war wirklich sehr freundlich. Sie gab zu, unverzeihlich grob zu Dir gewesen zu sein, glaubte aber, daß Du inzwischen eingesehen hättest, wie groß die Provokation für sie gewesen wäre. Sie meinte, sie sei an allem vollständig unschuldig, und wenn sie den Federhalter wirklich geworfen hätte, wäre es unbewußt geschehen. Sie glaubt immer noch, daß die Ereignisse von irgendeinem Poltergeist herrührten – ich weiß nicht, ob es so richtig geschrieben ist –, und das Äußerste, was sie zugibt, ist, daß derartige Sachen etwas Ansteckendes an sich hätten und daß sie sich, ohne auch nur das geringste zu merken, vielleicht angesteckt haben könnte. Ferner erfuhr ich, daß die Parkes sehr nett gewesen sind, und da Miss Cornelius' Haus bis auf den Außenanstrich fertig ist, sind sie gegenseitig übereingekommen – ist gegenseitig hier richtig, Du alter Pedant? – daß Miss Cornelius wieder in ihr Haus zieht. Da wohnt sie jetzt also, und das war es, was ich Dir erzählen wollte.«

Der Brief hatte auch noch ein Postscriptum: »Komme mir nicht vor Mittwoch zurück. Statt dessen solltest Du lieber soviel Golf spielen und spazierengehen, wie Du kannst. In Wirklichkeit kannst Du nämlich gar nicht früher kommen, weil ich mich entschlossen habe, in Deinem Arbeitszimmer großes Frühjahrsreinemachen abzuhalten. An sich wäre es schon zu Ostern fällig gewesen. Auf Deine Papiere passe ich schon auf.«

›Die unübertreffliche Molly‹, überlegte Saxon voll zärtlichem Stolz. ›Sie räumt das Durcheinander im Zimmer ihres Mannes auf, ohne vorher um Erlaubnis zu fragen und ohne sich darüber aufzuregen.‹

Nachdem er seine Gnadenfrist bis zum letzten ausgekostet hatte, kehrte er am Mittwoch nach Hause zurück, und die Ereignisse der vorigen Woche wirkten merkwürdig fern. Es hatte tatsächlich den Anschein, als hätte seine Frau, ungeachtet seiner eigenen zukünftigen Beziehungen zu Miss Cornelius, aus seinem Zusammenstoß eine neue Bekanntschaft gewonnen.

»Ich bin dem Löwen nicht nur um den Bart gegangen, wie ich dir in meinem Brief schrieb«, sagte Molly, »sondern habe den Löwen seitdem auch in seiner Höhle aufgesucht – das heißt, eigentlich ist es doch eher eine Löwin. Und das Haus ist wirklich bezaubernd und sehr alt, Andrew. Ich hatte nicht die geringste Ahnung, daß Cornford so etwas besitzt. Irgendwo muß ich ein paar Aufnahmen haben, die Miss Cornelius mir gegeben hat. Wenn man sie betrachtet, wird man richtig neidisch und möchte es selbst haben.«

Die folgende Woche verlief ohne Zwischenfälle. Miss Cornelius kam eines Nachmittags vorbei, als er gerade nicht zu Hause war, und hatte ihre neue Stereokamera mitgebracht, um sie seiner Frau zu zeigen. Merkwürdigerweise war die alte Dame eine eifrige Fotografin – Saxon war es inzwischen gelungen, seine Frau von dem idyllischen Bild abzubringen, das sie sich bisher von Miss Cornelius gemacht hatte – und hatte sich erboten, einige Aufnahmen von dem Haus zu machen. Mrs. Saxon nahm den Vorschlag begeistert an. Es würde genau das sein, was sie ihrer Schwester in Neuseeland schicken könnte – und im Vordergrund immer die lebhafte Molly.

Die Abzüge wurden ausgezeichnet.

»Wenn du damals eine Schauspielerin geheiratet hättest, Old Alfred«, sagte sie, »könnten wir auf anständige Weise Geld verdienen, indem wir daraus einen bebilderten Artikel machen: ich im Garten – ja, ich bete Blumen an; ich im Arbeitszimmer – ich wüßte nicht, wie ich ohne Bücher leben sollte; ich in der Küche – meine Omeletts mache ich mir immer selbst; ich in meinem Boudoir – ja, diesen alten Spiegel habe ich in Spanien aufgestöbert.«

»Liebling«, sagte Saxon, »es ist einfach wunderbar, wieviel Unsinn du auf ein Mal von dir geben kannst.«

Miss Cornelius schickte auch einige Aufnahmen von der Einrichtung ihres eigenen Hauses. Keiner hätte sie für die Arbeit eines Amateurs gehalten, und wenn man sie durch ein Stereoskop betrachtete, war der Eindruck so, »als stünde man selbst in den Zimmern«, wie Mrs. Saxon es ausdrückte.

Als sich dann der August mit einer Woche drükkender Hitze und gewittriger Schwüle seinem Ende näherte, geschahen plötzlich Dinge – merkwürdige und sinnlose Dinge –, die eine Atmosphäre der Spannung in dem kleinen Haus verbreiteten, die ihm bisher völlig fremd war. Zuerst lachten sie, als sie den Toastständer oben an der Treppe fanden. Dann bewegten sich eines Abends Mollys Pantöffelchen quer durch das Zimmer und landeten, ordentlich nebeneinander, im leeren Kamin. Bei einer anderen Gelegenheit verschwand Saxons Pyjama unter dem Kissen, und nach langem Suchen wurde er, mehrmals zusammengeknotet, auf dem Kleiderschrank gefunden. Die Papiere in seinem Arbeitszimmer gerieten durcheinander. Und eines Abends lag ein Pullover, an dem Molly gerade eigenhändig gestrickt hatte, sauber aufgeräufelt im Kohlenkasten, während die Wolle zu einem Teil unentwirrbar um die Beine von Tischen und Stühlen gewickelt war. Erklären konnten sie es sich nicht.

»Es sieht fast so aus«, sagte Molly mit gezwungenem Auflachen, »als versuchten die Spukgeister, uns zu überzeugen, daß wir in unserem Urteil über Miss Cornelius zu voreilig waren.«

»Nun werde bitte nicht albern, Liebling«, erwiderte Saxon mürrisch. »Es ist sehr viel wahrscheinlicher, daß diese Frau sich hinter die Mädchen gesteckt hat. Mein Rat für den Augenblick ist, die Augen offen zu halten und gegenüber anderen nichts verlauten zu lassen.«

Er selbst war jedoch zutiefst verstört. Obgleich er versicherte, auch übernatürlichen Dingen gegenüber aufgeschlossen zu sein, war er doch kaum auf derartig kalte und höchst unerfreuliche Züge des Zweifels vorbereitet. Häufiger, als er einzugestehen bereit war, mußte er an Miss Cornelius und diesen giftigen Haßausbruch denken. Was, wenn sie...? Aber natürlich mußte es irgendeine natürliche Erklärung geben. Und so verging langsam die Woche.

Es war ein Sonntagmorgen. Sie hatten gefrühstückt, und Saxon, der vom Tisch aufgestanden war, blickte zum Fenster hinaus; als er sich plötzlich umdrehte, sah er, daß seine Frau mit dem Griff des

Brotmessers spielte. Im nächsten Augenblick sauste es funkelnd durch die Luft und stieß eine Vase vom Kaminsims.

»Andrew!« schrie sie. »Wo ist das hergekommen? Oh, ich kann es einfach nicht mehr ertragen! Andrew, merkst du denn nicht, daß es mich genausogut hätte treffen können? Nein – nicht!«

Er rannte zu ihr und legte seine Arme um sie. »Molly, Liebling – es ist doch alles in Ordnung. Du darfst dich nicht aufregen. Wir müssen uns zusammennehmen und alles tun, daß uns nicht die Nerven durchgehen. Komm, wir gehen in den Garten. Dort können wir besser miteinander sprechen.«

Er wußte kaum, was er sagte, denn sein Herz war von Mitleid zerrissen. Er hatte sich sehnlichst eine natürliche Erklärung gewünscht, aber dabei doch nie vermutet, daß sie so entsetzlich sein würde. Bestimmt hatte er seine Erlebnisse an jenem Abend bei den Parkes zu ausführlich geschildert. Offensichtlich hatte die Geschichte sie fasziniert, hatte diese anomale Miss Cornelius sie ebenfalls fasziniert, bis sie sich unbewußt an diesem gemeinen, wollüstigen Verlangen nach Taschenspielereien und Tricks angesteckt hatte und Dummheit zu Entsetzen geworden war. Das waren jene Überlegungen, die sich an der Schwelle des Bewußtseins drängten, während er versuchte, seine Frau zu beruhigen.

»Wir beide haben über diese Sache schon viel zu lange gegrübelt«, sagte er. »Mein Vorschlag ist, daß wir uns von den Gewohnheiten der letzten Woche völlig frei machen und einen ganz neuen Tagesplan aufstellen. Und mittags essen wir dann irgendwo eine Kleinigkeit.«

»Wenn Old Alfred so etwas vorschlägt, muß es ziemlich ernst aussehen«, sagte Molly mit verzerrtem Lächeln.

»Aber nicht, solange wir noch darüber lachen können. Wir werden jetzt so oft mittags ein kleines Picknick machen, wie du möchtest, setzen uns in einem kühlen Wald auf kühle Steine und essen Sardinenbrote. Und jeden Tag laden wir uns zum Tee oder zum Abendbrot ein paar Leute ein. Und ins Kino gehe ich auch mit dir.«

Molly küßte ihn. »Ich finde deine Vorschläge ganz vernünftig. Und jetzt kommen meine. Ich glaube, daß es falsch von uns war, zu niemandem über diese Geschichte zu sprechen. Es hat sich zu viel in uns angestaut. Ich finde, wir sollten irgend jemanden ins Vertrauen ziehen. Und weil du ein verschwiegener alter Wissenschaftler bist, möchte ich denjenigen aussuchen, dem du dann alles beichten kannst.«

»Hoffentlich weder Miss Cornelius noch irgendeinen Pastor.«

»O nein, ich meine Dr. Luttrell. Ich werde ihn für morgen zum Tee einladen. Du hast selbst gesagt, daß du ihn magst, und auch wenn wir ihn in letzter Zeit nicht oft gesehen haben, werde ich doch nie vergessen, wie reizend er vor zwei Jahren zu uns war.«

»Gut«, sagte Saxon nach einer Weile, »einverstanden. Und jetzt bist du an der Reihe. Wem könntest du dich anvertrauen? Der Pastor kommt nicht in Frage, und bestimmt auch nicht Mrs. Saunderson. Ich hab's! Es ist genau das Richtige, und außerdem schlagen wir dabei zwei Fliegen mit einer Klappe: deine Cousine Alice. Frage doch bei ihr an, ob sie nicht ein paar Tage zu uns kommen will. Sie hat doch selbst irgendwann einen Besuch vorgeschlagen.«

Mollys Gesicht strahlte.

»Ich glaube bestimmt, daß sie kommt«, sagte sie. »Ich weiß zwar, daß du dir aus Missionaren nichts machst, aber immerhin ist sie zugleich auch Ärztin, und meiner Ansicht nach kommt ihr sicher gut miteinander aus. Ich schreibe ihr noch heute.«

Während er ihr zuhörte, erkannte er in ihrer Stimme wieder den alten lebhaften Ton. Saxon überlegte, ob er sich nicht in dem, was er gesehen hatte, geirrt haben könnte. Wenn er nur überzeugt sein könnte, daß seine Sinne ihn betrogen hatten! Wenn er sich nur überzeugen könnte, daß mit seinen Augen irgend etwas nicht stimmte! Wenn Luttrell kam, würde er ihn bitten, auch seine Augen zu untersuchen.

Molly brachte noch am gleichen Nachmittag einen kurzen Brief zu dem Arzt. Luttrell erschien am nächsten Tag, wenn auch etwas später als erwartet. Saxon hatte in seinem Labor gearbeitet, und als er zum Haus zurückkehrte, saß Luttrell bereits im Wohnzimmer und unterhielt sich mit Molly. Als sie Tee getrunken hatten – später erinnerte er sich der gezwungenen Art, in der Molly sich mit den Männern unterhalten hatte –, schlug Andrew vor, sie sollten vielleicht lieber in sein Zimmer im wissenschaftlichen Block hinübergehen, wo sie ungestört wären.

»Ich komme dann in einer halben Stunde nach«, sagte Molly, »weil Dr. Luttrell nämlich versprochen hat, mir wegen des Steingartens einen Rat zu geben, bevor er geht.«

Andrew sprach in diesen dreißig Minuten sehr viel. Luttrell entpuppte sich als guter Zuhörer und unterbrach ihn nur hin und wieder mit einer Frage. Er untersuchte auch Andrews Augen.

»Und wenn Sie feststellen, daß mein Sehvermögen nachgelassen hat, wenn Sie meinen, daß ich meinen Augen nicht mehr ganz trauen kann – dann nehmen Sie mir weiß Gott einen Stein von der Seele, Doktor.«

»Ihr Sehvermögen«, sagte Luttrell nach der Untersuchung, »ist völlig normal.«

»Wie erklären Sie sich dann diese ganze verwünschte Geschichte? Ich habe Ihnen jetzt die nackten, ungeschminkten Tatsachen aufgezählt, und vergessen Sie dabei nicht, daß ich nicht allzu viel

Phantasie besitze und daher nicht übertrieben habe. Ich bin schließlich ein erfahrener wissenschaftlicher Beobachter.«

Luttrell strich sich mit dem Zeigefinger nachdenklich über die hagere Wange.

»Zwei Dinge schälen sich aus dem heraus, was Sie mir erzählt haben. Einmal: Was halte ich von allem? Diese Frage zu beantworten, bin ich augenblicklich noch nicht in der Lage; vielleicht sollte ich mir die Erscheinungen, die Sie eben schilderten, selbst einmal ansehen. Der zweite und wichtigere Punkt bezieht sich auf die unmittelbare Gegenwart und auf Mrs. Saxon. Sie machen sich mit Recht Sorgen um sie. Ich bin der Ansicht, daß jemand im Hause sein sollte, dem Sie vertrauen können. Keine Pflegerin – daran habe ich keinen Augenblick gedacht –, aber irgendein fröhlicher Mensch.«

Saxon berichtete ihm von der Einladung, die bereits an Miss Hordern, die Missionarin, Ärztin und Cousine seiner Frau, abgegangen war.

»Ausgezeichnet!« sagte Luttrell. »Sie ist eine bewundernswerte Person und bei diesem kritischen Stand der Dinge genau richtig. Wenn sie da ist, würde ich mich gern einmal mit ihr unterhalten.«

Ihr Gespräch wurde durch das Erscheinen von Mrs. Saxon beendet, die Luttrell daran erinnerte, daß er nicht weggehen dürfte, ohne vorher ihren Garten angeschaut zu haben.

»Und was ist mit dem Anbau meines Labors?«

sagte Andrew. »Wir können vielleicht den kleinen Umweg noch machen – es dauert nur ein paar Minuten.«

Es blieb jedoch nicht nur bei den paar Minuten, als Andrew die Vorzüge der neuen Geräte pries und in seiner Begeisterung fast die dunkle Wolke vergaß, die über ihm hing. Er war gerade damit beschäftigt, Luttrell einen ziemlich komplizierten Apparat zu erklären, als sie zusammenfuhren, weil irgend etwas hingefallen und Glas dabei in Scherben gegangen war.

»Es tut mir schrecklich leid, mein lieber Freund«, sagte Luttrell. »Es war fürchterlich ungeschickt von mir. Als ich mich umdrehte, habe ich es einfach vom Tisch gestoßen.«

»Richard!« rief Saxon, und seine Stimme hatte einen merkwürdig harten Klang, »laß alles stehen und liegen und fege hier die Scherben zusammen. Eine Flasche mit Schwefelsäure ist auf den Boden gefallen. Molly, Liebling – willst du nicht schon vorausgehen. Wir kommen sofort nach. Ich möchte nur sehen, daß der Junge es auch richtig macht.«

»Luttrell«, sagte er, als sie allein waren, »Sie haben wie ein Gentleman gelogen. Dabei war sie es, die das Vitriol geworfen hat. Sie konnten meine Frau von Ihrem Platz aus nicht sehen – aber ich. Die Flasche kam von dort.« Und er zeigte auf eine leere Stelle des Regals am jenseitigen Ende des Tisches, an dem sie standen. »Wir müssen sie hier herausbekommen, Luttrell. Sie müssen meine Frau wegbringen, oder ich werde selbst auch noch verrückt.«

»Die Sache ist doch ernster, als ich annahm«, sagte der Arzt. »Lebt ihre Mutter noch, zu der sie ein paar Tage fahren könnte?«

»Ja, aber sie wohnt in der Stadt. Meine Schwiegermutter ist eine zwar freundliche, aber ewig aufgeregte Frau, von der in einem Notfall nicht viel Hilfe zu erwarten ist.«

»Das spielt hier keine Rolle. Immerhin ist sie die Mutter. Ihre Frau muß noch heute abend weg. Ich gebe Ihnen mein feierliches Versprechen, daß alles wieder in Ordnung kommt, wenn sie nicht mehr hier ist. Erklären kann ich es jetzt noch nicht, aber ich bin fest davon überzeugt. Sie soll sofort ihren Koffer packen, und dann werde ich sie persönlich zum Bahnhof bringen, damit sie den Zug um 6.20 noch bekommt. Nein, nein – ich an Ihrer Stelle würde nicht mitkommen. Es könnte sie irritieren. Setzen Sie inzwischen ein Telegramm an Ihre Schwiegermutter auf, das ich nachher auf dem Rückweg aufgeben kann, denn ich komme noch einmal hierher zurück. Ich werde Ihnen dann auch ein kräftiges Schlafmittel mitbringen. Mehr, als Sie jetzt erlebt haben, kann kein Mensch aushalten. Überlassen Sie es mir, die Angelegenheit mit Mrs. Saxon zu regeln. Und denken Sie daran, daß Ihre Frau zurückkommt, sobald die Cousine hierher kommen kann und bei Ihnen bleibt.«

»Luttrell, Sie sind ein wahrer Freund«, sagte Saxon gerührt. »Ich weiß nicht, wie...«

»Unsinn! Sie, mein lieber Freund, würden dasselbe für mich tun, wenn ich an Ihrer Stelle wäre. Außerdem gehört so etwas nun einmal zu meinem Beruf. Überlassen Sie jetzt alles Mrs. Saxon und mir.«

Mit einem Gefühl der Erleichterung ging Saxon an diesem Abend zu Bett. Entscheidungen, und zwar weise Entscheidungen, waren ihm abgenommen worden, und dabei war er sich genau bewußt, daß einer die Dinge in die Hand genommen hatte, dem er unbedingt vertrauen konnte. Er nahm sein Schlafmittel und brauchte dann auch gar nicht mehr lange zu warten, bis die freundlichen Nebel des Vergessens die Erinnerungen an diesen ereignisreichen Tag auslöschten.

Mrs. Saxon blieb fast eine Woche bei ihrer Mutter. Sie schrieb fast täglich, lange und fröhliche Briefe, und es gelang Andrew nur schlecht, sie genauso zu beantworten. Tagsüber verbrachte er seine Zeit im Labor und versuchte, sich selbst über der Vervollständigung eines seit langem geplanten Versuchs zu vergessen. Abends dagegen fand er es einfach unmöglich, sich zu konzentrieren, wanderte stundenlang durch den Garten und hoffte, der müde Körper würde auch den müden Geist langsam zur Ruhe bringen. Mit Entsetzen blickte er auf jenen verhängnisvollen Abend zurück. Wäre er doch Miss Cornelius nie begegnet, hätte er doch ihren Weg nie gekreuzt! Seit jenem Abend bei den Parkes hatte er sie nicht wiedergesehen; aber eines Nachmittags, als er nicht zu Hause gewesen war, hatte sie einen Besuch machen wollen und ihre Visitenkarte hinterlassen. Die Vorstellung, daß zwischen ihr und Molly so etwas wie Vertrautheit herrschen könnte, erfüllte ihn mit Wut; da er es jedoch nicht zu einem offenen Bruch kommen lassen wollte, gab er sich damit zufrieden, ihr einen förmlichen Brief zu schreiben und ihr mitzuteilen, daß seine Frau verreist und das Datum ihrer Rückkehr noch unbestimmt wäre.

Nach sorgsamer Überlegung unternahm er jedoch während Mollys Abwesenheit noch einen Schritt: Er schrieb an Bestwick, den er in Oxford kennengelernt hatte und der stellvertretender Chefarzt des Raddlebarn Asylum, einer Nervenklinik, war. Ihn fragte er, ob Molly sich seiner Ansicht nach vielleicht einer Psychoanalyse unterziehen sollte. Die Antwort, die er darauf erhielt – und die er in einer Schublade seines Schreibtisches einschloß –, bat um weitere Einzelheiten und enthielt den Vorschlag, daß Bestwick mit ihrem Hausarzt in Verbindung gebracht werden wollte.

Molly kam am gleichen Tage zurück, an dem Alice Hordern eintraf. Sein erster Eindruck von Mollys Cousine war der einer etwa fünfzigjährigen

Frau mit traurigem Gesicht, jedoch mit einem reizenden Lächeln. Sie war ruhig und zurückhaltend, aber in ihrer Gegenwart verspürten beide wieder den Geist des Friedens, der sie so lange verlassen hatte.

Seit jenem Ereignis im Labor, das Luttrell selbst miterlebt hatte, war nichts mehr geschehen, was Grund zur Aufregung hätte sein können, und Saxon fing fast schon an zu hoffen, daß sie langsam aus dem gespenstischen Traum erwachten, als Miss Cornelius wieder auftauchte und mindestens eine volle Stunde mit Molly allein zusammen war.

»Ich habe sie nicht eingeladen, und ich wollte sie auch gar nicht sprechen«, meinte Molly, als Saxon sie danach fragte. »Aber das konnte ich ihr doch nicht sagen. Ich konnte doch nicht unhöflich zu ihr sein.«

»Deswegen braucht man eine Giftschlange noch lange nicht zu streicheln!« rief er aufgebracht. »An unseren ganzen Schwierigkeiten ist doch nur diese Frau schuld. Vielleicht ist es besser, wenn du ihr schreibst und mitteilst, ihr Besuch sei in Zukunft unerwünscht.«

»So etwas werde ich nie und nimmer tun, Andrew. Wie kannst du nur so etwas Dummes verlangen! Sie ist schließlich mehr zu bemitleiden als jeder andere. Aber um Himmels willen – wir wollen uns doch deswegen nicht streiten. Es lohnt sich doch gar nicht.«

Nein – sie waren zu müde, um zu streiten, und auch viel zu müde, um sich anschließend wieder zu versöhnen, was sie bestimmt nachholen würden. Saxon faßte jedoch einen Entschluß. Am folgenden Nachmittag suchte er, ohne Molly Bescheid zu sagen, Miss Cornelius auf.

»Ich habe fast damit gerechnet, daß Sie mich besuchen würden, Mr. Saxon«, sagte sie, als sie ihn in das Wohnzimmer führte. »Bitte, nehmen Sie Platz.«

»Ich fürchte...« begann er.

Miss Cornelius lachte. »Das merkt man! Ausgerechnet vor mir fürchten Sie sich entsetzlich! Aber ich habe Sie unterbrochen.«

»Der Grund meines Kommens«, fuhr Andrew fort, »ist...«

»Mich zu bitten, keine Besuche mehr zu machen und die Bekanntschaft mit Ihrer Frau fallenzulassen. Das war die Summe und das Wesentliche dessen, was Sie sagen wollten, nicht wahr? Aber darf ich fragen, wieso Ihr Verlangen für mich irgendeine Bedeutung haben sollte?«

Er zögerte einen Augenblick, weil er nicht wußte, was er darauf antworten sollte.

»Ihre Schwierigkeit«, fuhr sie fort, »und daneben auch ein Teil Ihrer Furcht ist, daß Sie nicht wissen, was Sie mit mir anfangen sollen. Vor vierzehn Tagen war ich eine arme alte Dame, wie man sie in Pensionen antrifft, mit großer Fingerfertigkeit und einer Leidenschaft für selbstgeschaffene interessante

Situationen. Heute sind Sie sich dessen nicht mehr ganz so sicher. Aber Kopf hoch, Mr. Saxon. Wir leben in einer rationalen Welt. Für Sie besteht nicht der geringste Anlaß zu der Annahme, ich sei eine Hexe. Das meiste läßt sich mit Telepathie erklären, und ich verstehe wirklich nicht, warum sich das, was Ihnen kürzlich Kummer machte, nicht auch damit erklären läßt. Ich begreife vollkommen, welche Erleichterung es bedeuten würde, wenn man Ihre Sorgen einfach wegerklären könnte. Aber wenn ich an Ihrer Stelle wäre, würde ich mich an einen Psychoanalytiker wenden und vorschlagen, er solle Ihre Frau behandeln. Ich glaube, im Raddlebarn Asylum gibt es einen, der derartige Fälle übernimmt.«

Mit entsetzt aufgerissenen Augen starrte Saxon sie an.

»Ja, für Sie muß das alles schrecklich verwirrend sein,« fuhr sie fort. »Ich weiß genau, wie Ihnen zumute ist, und das Dilemma ist wirklich fürchterlich. Entweder besitze ich die unheimliche Macht, Ihre Gedanken lesen zu können, und weiß, was in Ihrem Haus vor sich geht, oder Ihre liebe kleine Frau spielt falsch, hat die Schublade Ihres Schreibtisches aufgeschlossen, jenen Brief gelesen und seinen Inhalt ihrer Feindin verraten. Kein Wunder, daß Sie jetzt nicht mehr wissen, was Sie davon halten sollen.

Und dabei ist das Dilemma noch viel schlimmer, als ich bisher annahm«, fuhr sie fort, »denn vorausgesetzt, Sie haben den nötigen Mut, Mrs. Saxon zu fragen, ob sie die verschlossene Schublade aufgebrochen hat, und vorausgesetzt, sie erklärt empört, so etwas nicht getan zu haben, würden Sie nämlich angesichts dessen, was in den letzten vierzehn Tagen geschehen ist, nie überzeugt sein, daß sie die Wahrheit sagt.«

Miss Cornelius brach in lautes Lachen aus.

»Was zum Teufel wollen Sie damit sagen?« schrie er in einem Anfall von Wut.

Sie läutete.

»Chalmers«, sagte sie zu dem Mädchen, »bringen Sie Mr. Saxon hinaus, und sollte er noch einmal hierher kommen, vergessen Sie nicht, daß ich nicht zu Hause bin.«

Seiner Frau verriet Saxon nichts von diesem Besuch. Der müde Ausdruck in ihren Augen und die gezwungene Munterkeit ihres Lächelns quälten ihn. Für sie war das alles viel mehr, als sie ertragen konnte. Aber am folgenden Abend, als Molly zeitig zu Bett gegangen war, hatte er ein langes Gespräch mit Alice Hordern. Der Abend war kalt, und das Feuer, das im Arbeitszimmer brannte, wirkte vertrauenerweckend. Miss Hordern, die weder strickte noch irgendwelche Näharbeiten machte, erwiderte Saxons Einladung mit der Frage, ob er so etwas wie eine Zigarette hätte.

»Entschuldigung«, sagte er mit einem Lächeln, »ich fürchte, ich habe nicht daran gedacht, daß eine

Missionarin und Ärztin jemals etwas mit Tabak zu tun haben könnte.«

»Sie haben völlig recht, Andrew, aber ich bin in erster Linie eine Frau, in zweiter Linie Ärztin und in dritter Linie erst Missionarin. Und die Nummer drei hat augenblicklich Urlaub – vergessen Sie das nicht. Sie sehen bekümmert aus. Um Molly handelt es sich doch wohl nicht, oder? Ich glaube nämlich nicht, daß Sie einen unmittelbaren Anlaß dazu haben. Also erzählen Sie.«

Und so berichtete er ihr alles, während die Cousine seiner Frau ihn durch den blauen Zigarettenqualm hindurch mit klugen und freundlichen Augen beobachtete.

»Und sehen Sie – es hat keinen Sinn, wenn Sie sagen, ich solle mir keine Gedanken machen«, sagte er zum Schluß. »Blanker Haß, der einen durch jenen Menschen trifft, den man liebt, ist teuflisch. Und darüber muß man sich nun einmal Gedanken machen.«

»Vorausgesetzt allerdings, daß Miss Cornelius auch das ist, wofür Sie sie halten...«

»Ich wage gar nicht daran zu denken, was sie ist«, stöhnte er, aber Alice Hordern nahm die Unterbrechung nicht zur Kenntnis.

»Bestimmt machen Sie ihr Spiel mit, indem Sie diesen blanken Haß erwidern.«

»Wahrscheinlich hat eben die Missionarin gesprochen«, sagte er verbittert.

»Nein, sondern ich. Man kann einen Menschen nicht hassen, wenn man nicht andauernd an ihn denkt. In diesem Punkt sind Haß und Liebe sich gleich. Die Leute sprechen immer von Vergessen und Vergeben; dabei spannen sie allerdings den Wagen vor das Pferd. Bis man nicht vergeben hat, kann man nicht vergessen. Für Ihren Seelenfrieden ist es notwendig, daß Sie Miss Cornelius vergessen. Und deshalb müssen Sie ihr auch vergeben.«

»Das ist doch nur eine Wortspielerei. Wie kann ich das, wenn ich weiß, was sie getan hat und noch tut? Und welches Recht habe ich, ihr zu vergeben, wenn sie nicht so sehr mich als vielmehr Molly verletzt hat?«

»Dessen bin ich mir nicht so sicher«, sagte Miss Hordern. »Aber versuchen sollten Sie es. Und dann noch eins: Wenn Sie Molly fragen, ob sie die Schublade geöffnet und den Brief gelesen hat, und sie sagt nein, dann glauben Sie ihr. Nicht einmal Miss Cornelius kann Mollys Ehrlichkeit überwältigen. In diesem Punkt kann sie Ihnen nichts anhaben.«

Die Uhr schlug elf, als sie sich erhoben, um zu Bett zu gehen. Zusammen stiegen sie nach oben, aber auf dem Treppenabsatz blieb Saxon einen Augenblick stehen, um das Fenster zu schließen.

»Guter Gott!« rief er. »Sie ist draußen im Garten – im Schatten der Eibe steht sie und sieht hier herauf.«

Miss Hordern war sofort neben ihm.

»Wo?« fragte sie. »Ich sehe nichts.«

»Jetzt ist sie wieder verschwunden, aber gerade eben stand sie noch da. Ich habe deutlich ihr Gesicht gesehen.«

»Kommen Sie«, sagte Miss Hordern. »Wir gehen sofort in den Garten. Wenn Miss Cornelius wirklich unten ist, können wir die Sache der Polizei melden.«

Vergeblich durchsuchten sie den Garten.

»Wahrscheinlich fange ich schon an zu phantasieren«, sagte Saxon müde. »Diese verdammte Einbildung! Es sei denn«, fügte er nachdenklich hinzu, »daß es ein Beispiel dafür ist, wie mächtig der Haß sein kann.«

Noch einmal, und zwar ein einziges Mal, sollte er Miss Cornelius wiedersehen, bevor ihr tödlicher Autounfall ihn von einem Leben täglicher Qualen und nächtlicher Verzweiflung befreite.

Auf Saxons Verlangen hatte Dr. Luttrell an Bestwick geschrieben, der in seiner Antwort einen Termin für eine Besprechung mit Molly bestimmte. Luttrell selbst konnte die Saxons nicht begleiten, ließ sie jedoch mit seinem Wagen hinüberfahren, und Miss Hordern schloß sich ihnen allein wegen der Fahrt an. Er war ihr dankbar, daß sie sich bewußt neben den Fahrer gesetzt hatte, denn er merkte, daß Molly deprimiert und nicht in der Stimmung war, ihrem Gast die Gegend zu erklären. Er tat sein Möglichstes, um sie zu beruhigen, und meinte, ein offenes Gespräch mit Bestwick könnte ihnen beiden helfen, die Dinge in ihrem richtigen Verhältnis zu sehen;

und er versicherte ihr immer wieder, daß sie mit Bestwick ganz bestimmt gut auskommen werde.

Als sie sich ihrem Ziel näherten, sah er, daß sie weinte.

»Andrew«, sagte sie, »lieber Old Alfred, du vertraust mir doch, nicht wahr? Und du wirst nie glauben, daß ich mich jemals mit anderen gegen dich verschworen oder irgend etwas getan habe, um dich zu verletzen oder zu beleidigen, nicht wahr? Versprich mir das.«

»Selbstverständlich vertraue ich dir, Liebling. Ich vertraue dir bedingungslos und werde es auch immer tun.«

»Ich möchte gern, daß Alice mich begleitet, wenn ich zu Dr. Bestwick gehe. Du hast doch nichts dagegen, nicht wahr? Sie ist nämlich mein Beichtvater gewesen und weiß über alles Bescheid.«

»Ich halte diesen Vorschlag für ausgezeichnet«, sagte er. »Von deiner Cousine habe ich eine sehr hohe Meinung.«

Und so blieb Saxon, nachdem sie von Bestwick begrüßt worden waren, allein in einem ziemlich düsteren Wartezimmer zurück, während der Arzt mit den beiden Damen in seinem Zimmer zu einem vorbereitenden Gespräch verschwand. Nach zehn Minuten kehrte er allein zurück.

»Und jetzt«, sagte er, »möchte ich gern von Ihnen hören, wie sich die Geschichte in Ihren Augen dargestellt hat – und zwar von Anfang an. Lassen Sie sich Zeit. Überlegen Sie genau, aber erzählen Sie mir alles, mag es auch noch so belanglos scheinen.«

»Saxon«, sagte er, als Andrew seinen Bericht beendet hatte, »ich fürchte, daß das, was ich Ihnen jetzt sagen muß, für Sie ein großer Schock sein wird. In einem Punkt können Sie von vornherein vollkommen beruhigt sein, und ich glaube, daß dieser Punkt für Sie der wichtigste sein wird: Mit Ihrer Frau ist alles völlig in Ordnung. Sie zu untersuchen, ist nicht nötig.«

Die leichte Betonung, die er auf das erste Wort des letzten Satzes gelegt hatte, machte Saxon stutzig. »Was meinen Sie damit?« sagte er.

»Sie haben eine ganze Reihe höchst verwirrender Erlebnisse hinter sich, und das ausgerechnet am Ende eines sehr arbeitsreichen Schulabschnitts, der Sie völlig erschöpft hat. Ihre erste Begegnung mit Miss Cornelius und alles, was Sie anschließend erlebten, hat Sie vorübergehend aus dem Gleichgewicht gebracht. Ihre natürliche Besorgnis um die Sicherheit Ihrer Frau verschlimmerte die Angelegenheit noch.«

»Sie meinen – Sie meinen«, sagte Saxon langsam, »daß ich verrückt bin?«

»Dieses Wort bedeutet so viele Dinge. Aber Sie waren nicht mehr Sie selbst, als Sie das Brotmesser warfen oder als Luttrell Sie beobachtete, wie Sie die Flasche mit Vitriol hinwarfen. Sie waren auch nicht Ihr normales Ich, als Sie glaubten, vom Treppenfenster aus Miss Cornelius zu sehen. Und vergessen Sie bei allem eines nicht, Saxon: Ihre Freunde mögen Sie um Ihretwillen getäuscht haben – ich aber spreche absolut aufrichtig zu Ihnen. Ich sehe keinen Grund, daß Sie nicht wieder gesund werden; vielleicht dauert es sogar nur eine verhältnismäßig kurze Zeit. Aber bis dahin – und Sie sehen, daß ich mit Ihnen rede, als wären Sie Ihr altes Ich, und das sollte Ihre Hoffnung bestärken – bis dahin also müssen wir auch an die Sicherheit Ihrer Frau denken. Sie hat getan, was viele Frauen nie ertragen könnten: Sie hat Gefahren und Mißverständnisse auf sich genommen, und zwar mit Mut und Hingabe. Erst ich habe sie überredet, daß es für Sie beide am besten sei, jetzt nicht noch Abschied voneinander zu nehmen. Ich glaube jedoch, daß Sie Ihre Frau in einigen Wochen wiedersehen werden.«

»Aber Miss Cornelius!« sagte Saxon atemlos. »Miss Cornelius! Was ist mit ihr?«

»Miss Cornelius«, sagte der andere, »ist eine bösartige und grausame Frau. Ich bin der Ansicht, daß Sie mit Ihrem ursprünglichen Urteil recht hatten. Vermutlich hat sie sich intensiv mit spiritistischen Dingen beschäftigt, und zusammen mit ungewöhnlichen Kräften hat sie sehr wahrscheinlich eine Reihe unbewußter Tricks und Taschenspielereien entwickelt. Viele wahre Medien sind vollständig unzuverlässig. Miss Cornelius ist jedoch der Anlaß – und nicht die Ursache – Ihres Leidens.«

»Was hat sie denn hier zu suchen?« rief Saxon unvermittelt. Er war aufgesprungen und deutete wild gestikulierend aus dem Fenster. »Die Limousine da unten, die jetzt in die Straße einbiegt! Schnell! Sie dreht das Fenster herunter und winkt mir zu!«

Bestwick sah gerade noch einen Wagen und eine winkende Hand.

»Ob es Miss Cornelius war oder nicht, ist nicht wichtig«, sagte er. »Kommen Sie, ich möchte Sie auf Ihr Zimmer bringen.«

Der Mann, der Aspidistras haßte

Die frühesten Erinnerungen des Ferdinand Ashley Wilton waren grüne Erinnerungen – an Aspidistras, auch Schildblumen genannt.

Die Tante, mit der zusammen er in Cheltenham wohnte, hatte diese Pflanzen sehr gern. Wenn man die Diele der Villa Claremont betrat, befand sich gleich rechts ein aufrecht stehendes Stück Abflußrohr, grellgrün gestrichen und mit Lilienblüten bemalt. Hier wurden die Schirme von Miss Wilton sowie der Spazierstock ihres Vaters aufbewahrt. Linker Hand ragte ein kostbar gearbeitetes Mahagonimöbel in die Diele, das einen Spiegel, mehrere Garderobenhaken und zwei Regale aufwies. Auf dem oberen Regal stand eine Porzellanschale, die die Visitenkarten der Besucher aufnahm, auf dem unteren, in einem meergrünen Tontopf, befand sich in einer leicht unsicheren Lage die erste Aspidistra. Die zweite stand im Eßzimmer: während des Sommers im Kamin, während des Winters vor dem nach Süden blickenden Fenster. Im Wohnzimmer stand die dritte, auf einem geschnitzten Holzständer, hoch über dem Fußboden. Die vierte und letzte Aspidistra befand sich in Miss Wiltons Schlafzimmer auf dem runden Tisch neben der Couch. Abends wurde sie in den Korridor hinausgestellt, denn Miss Wilton, die sich erinnerte, daß ihr Arzt irgendwann irgend etwas über Krankenzimmer und Blumen gesagt hatte, hielt es insgesamt für das Klügste, allein zu schlafen.

Die Aspidistras beherrschten Ferdinands Leben. Sie liefen immer Gefahr, umgeworfen zu werden, und so war es ihm nicht erlaubt, durch die Diele oder das Eßzimmer zu rennen. Als er noch klein gewesen war, hatte er sich vorgestellt, daß sie Miss Wilton von den vielen Sachen berichteten, die er falsch gemacht hatte, und besonders mißtraute er der vierten, die nachts – eine nie schlafende Schildwache – auf dem Korridor dicht neben seiner Tür stand. Als er dann älter wurde, lernte er widerwillig, ihre Blätter mit Seifenlauge abzuwaschen. Sobald ein sanfter Regen einsetzte, pflegte er sie in den Garten hinauszutragen, damit sie das genießen konnten, was Miss Wilton als ›gründliche Bewässerung‹ bezeichnete. War jedoch Ben, der Pudel, ebenfalls im Garten, mußte Ferdinand ihn sofort hereinholen und gründlich abtrocknen. Die Gesetze, die die pflanzliche und die tierische Welt beherrschten, schienen nach Ferdinands Ansicht merkwürdig verschieden zu sein.

Bei sehr trockenem Wetter wurde die Badewanne zur Hälfte gefüllt, und teilweise untergetaucht standen dann die vier Aspidistras Stunde um Stunde dort in einer Reihe. Ferdinand war es untersagt, sein Schiff zwischen den trübsinnigen Inseln dieses Archipels hindurchfahren zu lassen; hatte er sich jedoch zufriedenstellend aufgeführt, durfte er vor dem Schlafengehen noch den Stöpsel herausziehen.

Ferdinand war immer noch ein kleiner Junge, als

er in das Internat geschickt wurde. Er kränkelte ständig, und selbst wenn er einmal gesund war, erhielt er weit mehr als den ihm zustehenden Anteil an Tritten und Schrammen. Im Zimmer der Hausmutter fühlte er sich wie zu Hause in Cheltenham, so sehr erinnerte ihn der Topf mit Aspidistras an seine Tante. An ihm ließ er den Haß auf seine Welt der Schule aus. Wurde die Hausmutter aus dem Zimmer gerufen, teilte er sowohl die pflanzlichen Abführmittel als auch das eisenhaltige Stärkungsmittel redlich mit den Aspidistras oder verlieh ihren Blättern einen unnatürlichen Glanz der Gesundheit, indem er sie mit einer Emulsion oder flüssigem Paraffin polierte. Ein senkrechter Schnitt durch den Topf hätte, als Beweis für Ferdinands Tätigkeit, einen Fingerhut, drei Haarnadeln, eine ganze Reihe Nähnadeln, das Etui eines Fieberthermometers sowie – etwa zwei Zentimeter unter der Oberfläche – ein fast vollständiges, bunt gewürfeltes Pflaster aus zuckerüberzogenen Dragees ans Tageslicht gebracht.

Als Ferdinand jedoch in einem unbesonnenen Augenblick den Inhalt einer Flasche mit Jodtinktur verwandte und anschließend feststellte, daß die schwarzen Stellen nicht zu beseitigen waren, lief das Faß über. Die Hausmutter beklagte sich zwar schriftlich, aber niemand gestand die Tat ein. Die zehn mehr oder weniger kränklichen Jungen, die an jenem verhängnisvollen Morgen das Zimmer betreten hatten, wurden unterschiedslos bestraft. Ihnen allen war jedoch bekannt, daß Ferdinand der Verbrecher war. Und ihnen entging er nicht. Wie die Aspidistra wurde er geknufft, mit Nadeln gestochen und bis in die Wurzeln erschüttert.

Die Kindheit verging. Auf der Universität hatte Ferdinand einen gewissen Erfolg. Er veröffentlichte einen Band Gedichte und war nicht nur der Gründer, sondern auch der Sekretär der Mid-Victorians. Während dieser ganzen Zeit stieß er nur auf zwei Aspidistras: die eine, deren Blätter er geistesabwesend mit einer Taschenschere stutzte, stand in der Pförtnerloge, die andere im Wartezimmer eines Zahnarztes.

Dann starb Miss Wilton. Ihrem Neffen hinterließ sie die Villa in Cheltenham und jährlich vierhundert Pfund Sterling. Ferdinand war dadurch in der Lage, sich ganz der Literatur widmen zu können, und in den kleinen Hotels von Bloomsbury verfaßte er seine ersten Serien von Antimakassar-Artikeln. In dieser Spanne seines Lebens stellte er jedoch fest, daß er wiederum unter dem Einfluß der Aspidistras stand. Er begann sie zu quälen, indem er sie als Aschenbecher, Federwischer und Ruhestätte für gebrauchte Rasierklingen benutzte. Und es endete damit, daß er sie mißhandelte. Die eine brachte er mit Hilfe eines Unkrautvertilgungsmittels langsam zu Tode; eine andere begoß er, dem Beispiel des barmherzigen Samariters folgend, mit Öl und Wein. Die dritte erdrosselte er mit einem Gummiband, während die vierte, die langsam einer Badesalzlösung erlag, sein Zimmer wochenlang mit einem leichten Lavendelduft erfüllte. Ein gartenbautechnisch versierter Kriminalist hätte natürlich die Verbrechen von Bloomsbury sehr schnell aufgeklärt; so aber fiel nicht der geringste Verdacht auf Ferdinand. Er war so harmlos, so feinsinnig und so geachtet, und auf seine Art war er selbst unauffällig dekorativ. Seine Ansprüche waren gering, und so bedurfte er kaum einer Aufwartung. Seine Wirtinnen bedauerten es immer sehr, wenn er sie wieder verließ. Die Aspidistras dagegen überlebten seinen Weggang nie.

Ferdinand hätte natürlich erkennen müssen, daß es gefährlich ist, sich dem Haß hinzugeben. Der Mensch, der freie Plätze haßt, kann zu fünfzig Prozent damit rechnen, daß er beim Überqueren eines Platzes getötet wird. Ferdinand wurde gewarnt. Eines feuchten Morgens fiel ein Aspidistra-Topf aus einem im dritten Stock gelegenen Fenster unmittelbar vor ihm auf das Pflaster. Bei einer anderern Gelegenheit – er fuhr mit der Bahn – fiel durch plötzliches Bremsen ein schweres und sperriges Paket aus dem Gepäcknetz, das für die Mitreisenden zweifellos eine ernstliche Gefahr bedeutete. Hätte Ferdinand nicht mit dem Rücken in Fahrtrichtung gesessen, wäre ihm die gewaltigste Aspidistra, die er jemals zu Gesicht bekam, bestimmt auf den Kopf gefallen.

In mißlicher Laune saß er eines Tages rauchend zu Hause, als zufällig sein Freund Basset Tankerville vorbeikam. Die Zeitschrift ›Blue Review‹ hatte sei-

nen neuesten Essay-Band nicht mit dem gewohnten Verständnis zur Kenntnis genommen. »Hör dir das an«, sagte Ferdinand zu Basset. »›Wir werden uns der Beschränktheit seines Gesichtspunktes, der Schlitze eines Fensterladens, bewußt. Er ist die Verkörperung der Aspidistra.‹ Und dann«, sagte Ferdinand, »besitzen sie die Unverschämtheit, Gertrude Stein in einer vollen halben Spalte zu besprechen.«

»Heiliger Bimbam!« sagte Basset. »Dann beweise denen doch das Gegenteil: Ferdinand Ashley Wilton mit seinen feurigen Aspidistras, die dahinwelken, wenn sie nicht mit der Asche schwarzen Tabaks gedüngt werden. ›Per Aspidistras ad astra.‹ Aber im Ernst: Du bringst mich damit auf die Pflanzen. Vor Neid wirst du langsam immer grüner, immer eingetopfter. Und hast du übrigens schon einmal daran gedacht, wie gut sich die von Paulus stammende Schilderung der Barmherzigkeit auch auf Aspidistras anwenden läßt? Das Exemplar, das ich jetzt vor mir sehe, leidet stumm und bleibt freundlich. Weder rühmt es sich, noch beträgt es sich unziemlich; weder trachtet es nach hohen Dingen, noch vergilt es Böses mit Bösem. Es erträgt alles, glaubt alles, hoffet alles und erduldet alles. Und dasselbe, Ferdinand, gilt in großem Maße auch von dir. Du und die Aspidistra – ihr beide seid eins.«

Diese von Basset Tankerville leichthin und im Scherz gesprochenen Worte kennzeichneten eine Epoche in Wiltons Leben. Sie rührten an die pflanzlichen Fasern seiner Existenz. Seine Haltung erschlaffte zusehends. Der Witz, der seine früheren Arbeiten belebt hatte, verschwand, und obgleich er gelegentlich wieder etwas schrieb, wirkte sein zwar geschliffener und ausgeprägter Stil trotzdem ermüdend. Er verließ London, um wieder nach Cheltenham zurückzukehren, führte dort jedoch nur das Leben eines Invaliden. Obgleich er seinen Brunnen regelmäßig nahm, nahm seine Haut einen unverkennbar grünlichen Ton an, der wegen des dunkelgrünen Mantels, den er immer trug, noch mehr auffiel. Seine Haushälterin hielt ihn für etwas merkwürdig und sehr altmodisch, aber im übrigen machte ihr Mr. Wilton fast gar keine Mühe. An sonnigen Tagen pflegte sie die Jalousien herunterzulassen und seinen Sessel vor das Fenster zu schieben, wo er ruhig Stunde um Stunde saß und seine langen, blattähnlichen Hände gelegentlich mit Seifenlauge abrieb. Am glücklichsten war er jedoch, wenn ein leichter, sanfter Regen fiel. Dann wurde der Mann, der Aspidistras haßte, in den Regen hinausgeschoben, um zu genießen, wie er gründlich bewässert wurde.

Sambo

Eines ist gewiß: Arthur hätte Janey niemals die Puppe schicken dürfen.

Dazu kam es folgendermaßen.

Er schrieb uns einen seiner albernen Briefe aus irgendeinem Ort in Afrika, wo er an der Niederschlagung eines Eingeborenenaufstandes beteiligt gewesen war. Illustriert hatte er diesen Brief, wie üblich, mit lebendigen Tintenzeichnungen von seinen schwarzen Soldaten (die übrigens eine auffallende Ähnlichkeit mit verkleideten Negersängern zu besitzen schienen), und ein Nachsatz enthielt die Mitteilung, daß er Janey eine schwarze Puppe schickte, die er in einer verlassenen Hütte gefunden habe.

Die Puppe traf vierzehn Tage später ein, eingewickelt in eine technische Beilage der ›Times‹, die schon ein Jahr alt war, und mit drei zusammengeknoteten Bindfäden verschnürt. Die Briefmarken bewahrte ich für meinen dreijährigen Neffen auf, bis dieser so alt wäre, daß er ihren Wert erkennte.

Janey war enttäuscht, und das wunderte mich nicht. Sie hatte mit besonderer Spannung auf das Eintreffen dieses neuen Mitglieds ihrer Familie gewartet, weil Cicely White unerträglich eingebildet gewesen war – und zwar über eine Puppe, die ihre Großmutter aus Paris geschickt hatte. Statt jedoch einen hübsch bemalten Körper mit eleganter Garderobe zu haben, schälte sich der kleine Afrikaner in einem Zustand vollständiger Nacktheit aus dem Verpackungspapier. Meiner Ansicht nach hätte Janey das Fehlen jeglicher Bekleidung noch verziehen, wenn er weniger häßlich gewesen wäre. Es bestand jedoch nicht der geringste Zweifel, daß er einfach scheußlich aussah. Seine Nase war ein formloser, vorstehender Klumpen; seine Lippen waren aufgeworfen, und sein Haar bestand aus einer Ansammlung von Knoten. Das einzig Anerkennenswerte an ihm war seine Größe; er maß genau fünfundsiebzig Zentimeter und konnte ganz allein stehen, als er einem Bad unterzogen wurde, das ein Desinfektionsmittel enthielt. Dagegen fand ich es falsch, daß Janey von meiner Schwester wegen ihrer Tränen bestraft wurde; der Gegensatz zwischen Sambo und Cicely Whites lustiger Pariserin war zu groß.

Drei volle Tage hindurch blieb Sambo unbemerkt und unbetreut in der technischen Beilage liegen. In dieser Zeit nahm Mary in ihrer freien Zeit einige Änderungen an einem purpurroten Unterrock vor, der ursprünglich für eine jugendliche Bewohnerin Ugandas bestimmt gewesen war.

In dieses Kleidungsstück gehüllt, wirkte Sambo noch scheußlicher als zuvor. Janey traute sich nicht einmal in seine Nähe. Sie haßte ihn. Er war keine hübsche Puppe. Sie bat Mary sogar, ihn wegzunehmen. Meine Schwester hat ihre Neffen und Nichten jedoch nicht ein einziges Mal verwöhnt. Sie gab vielmehr eine farbige, wenn auch ungenaue Schilderung von Arthurs Überraschung und Groll, wenn er erführe, wie sein Geschenk empfangen worden war.

Nicht ihre Argumentation, sondern ihre Autorität obsiegte. Nach heftigem, insgesamt jedoch unangebrachtem Weinen – unangebracht selbst bei einem so empfindsamen Kind wie Janey – wurden Sambos Rechte anerkannt.

Sambo war ein Name, für den Janey nicht verantwortlich war. Hätte man es ihr überlassen, würde sie die Puppe ›ES‹ und nicht anders genannt haben. Aber Mary gehört zu jenen Menschen, die der Ansicht sind, zumindest in England müßten alle Hunde ›Rover‹ und alle Kanarienvögel ›Dick‹ heißen. Als Sambo eintraf, stand daher der Name von vornherein bei ihr fest; mein schüchterner Vorschlag, ihn Lobengula zu nennen, stieß auf verächtliche Ablehnung, da dieses Geschöpf schließlich aus einem ganz anderen Teil Afrikas stammte.

Zum Zeitpunkt ihrer Adoption hatte die Puppe vierzehn Brüder und Schwestern verschiedener Nationalität. Dementsprechend war es nur natürlich, daß sie an letzter Stelle rangierte: sie wurde als letzte gewaschen, wurde als erste zu Bett gebracht, und wenn zur Teezeit Teller und Tassen ausgeteilt wurden, war sie diejenige, die sich gedulden mußte.

Sambo traf Anfang Oktober ein; Ende desselben Monats hatte sich plötzlich eine Veränderung vollzogen. Eines schönen Tages überraschte ich Janey beim Tee. Sambo saß auf dem vierzehnten Platz, den letzten Teller und die letzte Tasse vor sich, während Gulielma Maria, eine schlichte, jedoch gutartige Puppe, ohne Abendbrot zu Bett gehen mußte.

Es ist wohl unnötig zu betonen, daß ich meiner Nichte Ungerechtigkeit und Begünstigung vorwarf. Sie war sehr blaß, und Tränen standen in ihren Augen. Sie erwiderte, daß Guly ihr zwar leid täte, daß sie es jedoch nicht ändern könnte. Es wäre allein Sambos Schuld, und sie haßte ihn deswegen.

Meiner Ansicht nach war diese Erklärung reichlich lahm, und deshalb erbot ich mich, Guly zum Tee nach unten mitzunehmen; mein Vorschlag wurde sofort und freudig gebilligt.

Eine Woche später war Sambo auf den neunten Platz gerückt; Nelson, Tweedledum und Tweedledee, eine groteske Puppe, sowie Gulielma Maria waren in ihrem Rang unter ihm, und ferner befand sich auf seinem Teller eine doppelte Portion.

Vergeblich erhob ich Einwände. Anscheinend hatte Sambo darauf bestanden. Die anderen taten Janey zwar fürchterlich leid, aber ändern konnte sie es nicht.

Am 1. November war Sambo auf den vierten Platz vorgerückt. Zu seinem purpurroten Unterrock trug er jetzt Strümpfe, die eigentlich dem neben ihm sitzenden Mädchen von der Heilsarmee gehörten; die Füße dieses Mädchens schienen bereits unter der Blöße gelitten zu haben, die mit dem Fehlen ihrer üblichen Bekleidung zusammenhing. Ich fragte

Janey, ob es ihm die Strümpfe freiwillig angeboten hätte. Nein, dem Mädchen von der Heilsarmee wäre darüber vielmehr beinahe das Herz gebrochen. Es wäre Sambos Schuld. Er wollte sie haben, und Janey hatte sie Susan im Schlaf ausgezogen.

Am Abend des Guy-Fawkes-Tages hatte ich mit Mary meinen üblichen Streit über die Durchführbarkeit eines kleinen Freudenfeuers. Nacheinander widerlegte ich die gleichen alten Einwände: die Feuergefahr für das Haus, die Vergeudung kostbaren Brennmaterials, während allein in London Millionen Menschen wohnten, die sich nicht an einem Feuer wärmen könnten, die Verewigung religiöser Feindseligkeiten sowie schließlich die Gefahr, sich eine Kopfgrippe zuzuziehen. Ich ging zu Bett – erschöpft, aber als Sieger. Am nächsten Morgen legte ich beim Frühstück meine Pläne vor, und Mary erteilte Janey sowie vier Puppen die offizielle Genehmigung, der Veranstaltung vom Badezimmerfenster aus zuzuschauen. Der größte Teil des Tages verstrich bei meiner Nichte damit, die Forderungen der rivalisierenden Puppen beizulegen.

Meine Überraschung war groß, als ich im roten Schimmer des Freudenfeuers, unmittelbar hinter der Glasscheibe des Badezimmerfensters, die ausdruckslosen Puppengesichter von Rose, Eric – den ich nicht ausstehen konnte, weil er in seinem Eton-Jacket wie die personifizierte Einbildung aussah –, Alathea und Sambo erkannte.

Als ich das Stadium der grünen bengalischen Lichter erreichte, stellte ich fest, daß er mit einem japanischen Kimono bekleidet war, den er mit Sicherheit bisher nicht besessen hatte; außerdem trug er einen Federhut, der meiner gewitzten und mißtrauischen Erinnerung nach bisher Nelson gehört hatte.

Die folgenden vierzehn Tage brachten einen erbitterten Krieg zwischen Sambo und Eric. Unmittelbarer Anlaß war der Besitz des Eton-Jackets, dahinter stand jedoch das Vorrecht, zwischen Rose und Alathea sitzen zu dürfen und den Rest der Familie zu beherrschen.

Janeys Sympathien lagen vollständig auf Erics Seite, der für sie die Verkörperung englischer Männlichkeit war; meine dagegen lagen auf der Seite seines Gegners, der die Auseinandersetzung – wie üblich – siegreich bestand.

Ohne sein Jackett, also in Hemdsärmeln, war Eric der Strenge unseres englischen Winters ausgesetzt.

Nachdem alle männlichen Rivalen besiegt waren, rechnete ich damit, daß Sambos Ehrgeiz gestillt sei.

Aber das war nicht der Fall. In einer fast unritterlichen Weise begann er, mit Rose – Janeys ältester und schönster Puppe, die als einzige die hochgepriesene Fähigkeit besaß, in einen trancegleichen Schlaf zu fallen, sobald man sie hinlegte – Krieg zu führen.

Als Weihnachten nahte, war Sambo der erste, der zu essen bekam und angezogen wurde, jedoch der letzte, der zu Bett gebracht wurde.

Und Janey haßte ihn.

Während der folgenden drei Monate geschah im Hinblick auf Janey und die Puppen nichts Aufzeichnenswertes. Einen großen Teil der Zeit war ich außer Hause und sah daher meine Nichte kaum.

Bei meiner Rückkehr lenkte Mary meine Aufmerksamkeit auf eine neue Entwicklung.

»Ich glaube wirklich, daß Janey langsam den Kinderschuhen entwächst«, sagte sie. »Einige ihrer Puppen hat sie bereits weggelegt; es wäre bestimmt gut, wenn sie sich mit einigen wenigen begnügte.«

Sechs Wochen später war ihre Zahl bis auf eine zusammengeschmolzen.

Als einziger übriggeblieben war Sambo.

Obgleich Janey die Veränderung aus eigenem Antrieb vorgenommen hatte, war sie niedergeschlagen, und ich habe nicht die geringsten Zweifel, daß sie im geheimen viele Tränen vergoß. Mit diesen Dingen hatte ich gerechnet. Was mich jedoch überraschte, war die Tatsache, daß nicht das geringste darauf hinwies, daß sie ihre Zuneigung nun dem einzig verbliebenen Mitglied ihrer Familie zugewandt hätte.

Es stimmte zwar, daß Sambo sowohl im Hause als auch draußen ständig bei ihr war. Bei den Mahlzeiten saß er neben ihr, und nachts schlief er am Fußende ihres Bettes. Der Grund lag jedoch nicht darin, daß sie sich so viel aus ihm machte; vielmehr kam mir langsam der Gedanke, daß Angst sie dazu trieb.

Eines Nachmittags wollte ich irgend etwas von

Janey, aber weder im Kinderzimmer noch im Garten war sie zu finden. Vergebens durchsuchte ich das ganze Haus und war nahe daran, mein Vorhaben aufzugeben, als ich mich des Dachbodens erinnerte. Der Dachboden war ihr verboten, weil er nur über eine Treppe ohne Geländer zu erreichen war; trotzdem hatte ich Erfolg.

In einer Ecke, die durch Koffer und Truhen abgeteilt war, saß Janey, umgeben von ihren Puppen.

Sie lächelte verzückt. Auf ihrem Schoß saß Eric, zu ihren Füßen lag Rose in ihrem bekannten Trancezustand.

»Damit also verbringst du deine Nachmittage!« sagte ich. »Was wohl deine Tante dazu sagen würde, wenn sie es erführe?«

»Ach bitte, Onkel, sage es ihr nicht!« erwiderte Janey. »Und vor allem: Sag Sambo nichts!«

Bis sie Sambo erwähnte, war mir gar nicht aufgefallen, daß er fehlte. Auf Grund meiner Nachfrage schien es, als wäre Sambo, fest schlafend, im Garten zurückgelassen worden. Ich reckte mich zu der verstaubten Dachluke hoch und blickte hinaus. Ja – da unten saß er aufrecht auf der Gartenbank und blickte mit Augen zu uns herauf, die weitaufgerissen zu sein schienen.

»Ich fürchte, er weiß, wo wir sind!« sagte Janey. »Er ist so schrecklich klug.«

Selbstverständlich verriet ich Mary nichts von dem, was sich oben abgespielt hatte. Dazu bestand auch wenig Veranlassung, da Janey sehr bald aufhörte, ihre verbannte Familie zu besuchen. Ich war der Überzeugung, daß Sambo dafür gesorgt hatte. Über das, was sich hinter den Himbeerranken abgespielt hatte, spreche ich auch nur sehr selten. Mary habe ich es nie erzählt, da sie völlig phantasielos ist und daher bestimmt geglaubt hätte, daß entweder ich lüge oder Janey verrückt geworden sei.

Der Nachmittag war gespannter als üblich verlaufen. Mary war verdrossen, Janey war gleichgültig und ich schläfrig. Wie üblich hatte ich mich in der schattigen Ecke des Gemüsegartens niedergelassen, wo das Mädchen nie hinkam, wenn es Besucher anmeldete, und wo ich nicht gerade selten Schulkinder dabei ertappte, wie sie die Nester unserer Amseln ausnahmen. Geweckt wurde ich aus meinem Schlummer von den gewohnten Geräuschen, die ein Mensch verursacht, der zwischen Himbeerranken hindurchkriecht.

Zwischen den braunen Trieben hindurch erblickte ich flüchtig ein weißes Kleid. Ich duckte mich und folgte ihm. Janey war etwa fünfzehn Meter vor mir. Mit den Armen preßte sie eine Puppe an sich. Sie schluchzte bitterlich.

Ich folgte ihr durch die Himbeerranken – einen schmalen Trampelpfad entlang, der vor vierzehn Tagen noch nicht existierte, dann über eine kleine freie Fläche, auf der im Herbst der Sellerie eingemietet wurde, und an dem verlassenen Friedhof vorbei, auf dem Generationen von Katzen und Hunden zur Ruhe gebettet waren, bis ans äußerste Ende des langgestreckten Gartens.

Es war ein trostloser Winkel, von Unkraut überwuchert, mit den Scherben zerbrochener Blumentöpfe, Stapeln von Erbsenreisig und gelben Haufen verfaulenden Grases bedeckt, das aus dem vergangenen Sommer stammte. Ich versteckte mich hinter einem Torfstapel und beobachtete.

Auf einem Stuhl, den Janey vor drei Jahren von Arthur zum Geburtstag bekommen hatte, saß Sambo, auf dem Gesicht den üblichen Ausdruck vollständiger Leere. Etwa einen Meter vor ihm befand sich ein Haufen aus Stroh und dürren Zweigen; dicht daneben lag die silberne Streichholzschachtel, nach der ich während der letzten zwei Tage verzweifelt und natürlich ergebnislos gesucht hatte. Ferner erkannte ich eine kleine Säge aus meinem Werkzeugkasten.

Ich knirschte mit den Zähnen, als ich das verrostete Sägeblatt sah. Janey legte ihre Puppe auf die Erde, hockte weinend davor und schenkte ihr einen Kuß. Und bevor mir überhaupt klar wurde, was sie tat, hatte sie Arme und Beine der Puppe abgesägt und den amputierten Puppenkörper auf den Scheiterhaufen gelegt. Vom Tennisplatz klang Marys Stimme herüber, die laut »Janey! Janey!« rief.

Es ist nicht leicht, an einer alten silbernen Streichholzschachtel, deren Anreißfläche schon seit langem

völlig glatt ist, ein Streichholz zu entzünden. Schließlich gelang es ihr, und im nächsten Augenblick schoß eine Flamme hoch. Das dürre Holz knackte in der Hitze. Dann erklang noch einmal Marys Stimme, lauter und befehlender als vorher, und Janey war verschwunden.

Ich steckte mir eine Zigarette an und sah zu, wie das Feuer langsam abbrannte; und nur mit Mühe widerstand ich dem Verlangen, ihm neue Nahrung in der Gestalt Sambos zu geben. Bevor ich den Winkel verließ, entdeckte ich die verkohlten Überreste von acht Puppen. Meiner Ansicht nach befanden sich auch die Überreste Erics darunter, die einfach nicht anzusehen waren: Der Kopf wies keine Züge mehr auf, und aus dem Wachsklumpen ragte nur ein einziges Glasauge hervor.

So unauffällig ich konnte, schlich ich zum Hause zurück. Unter meinem Mantel hatte ich Sambo.

Am gleichen Abend mußte ich aus geschäftlichen Gründen in die Stadt, und so verpackte ich die Puppe zu einem Paket – denn meine Aktentasche war bereits voll –, weil ich die Absicht hatte, einen am Britischen Museum tätigen Freund über ihre Art und Herkunft zu befragen.

Mary war mit Janey anscheinend weggegangen, um die Frau des Pastors zu besuchen. Jedenfalls waren sie bei meiner Abfahrt noch nicht zurück.

Ich führte meinen Plan jedoch nicht durch, und als ich am folgenden Tag die Paternoster Row entlangging, das Paket unter dem Arm, wurde Sambo gestohlen.

Ich war vor einem Schreibwarengeschäft stehengeblieben, in dessen Schaufenster, von Bibeln eingerahmt, eine große Karte von Afrika ausgestellt war. Ich überlegte, wieso eigentlich ein derart riesiges Gebiet nicht wie üblich rot, sondern schwarz eingezeichnet war, und kam zu dem Schluß, daß es sich wahrscheinlich um unausgebeutete Kohlevorkommen handle – als ich plötzlich einen Stoß in den Rükken erhielt. Nachdem ich mich bei dem Geistlichen entschuldigt hatte, mit dem ich irgendwie in heftige Berührung gekommen war, merkte ich erst, daß mein Paket verschwunden war. Von dem Dieb war weit und breit keine Spur zu sehen. Einige Meter von mir entfernt sah ich statt dessen die imposante dunkelblaue Masse eines Polizisten. Ich ging zwei Schritte auf ihn zu, mit der Absicht, ihm meinen Verlust mitzuteilen. Dann bog ich jedoch um und ging in die entgegengesetzte Richtung. Schließlich war Sambo kein guter Freund von uns gewesen.

Zehn Monate später ging ich mit Mary in die Agricultural Hall, um die Ausstellung ›Der Orient in London‹ anzusehen. Nach meinem Besuch hatte sie versprochen, einen ganzen Tag mit mir in der französisch-britischen Ausstellung zu verbringen – ein Handel, der meiner Ansicht nach nie vollständig erfüllt wurde, da sie die Freiplätze in der Geisterbahn auf keinen Fall ausnutzen wollte.

Ich war jedenfalls froh, hingegangen zu sein, da ich auf diese Weise zwei Bekannte wiedersah, die ich sonst nicht getroffen hätte: Captain Carter aus meinem alten Regiment, der Geistlicher geworden war und als Missionar nach China gehen wollte, sowie Sambo. Letztgenannter schien die Oberaufsicht über ein afrikanisches Dorf zu führen und sich äußerst wohl dabei zu fühlen.

An seinem Arm war eine Tafel mit folgender Aufschrift befestigt: »Diese unbestreitbar echte afrikanische Götzenfigur wurde in einem Abteil der Untergrundbahn gefunden. Über die Umstände, unter denen sie dorthin gelangte, ist nichts bekannt; wahrscheinlich wurde sie aus irgendeinem Museum gestohlen. Diese Götzenfigur ist ein interessantes Beispiel für die Götter, die in der Kindheitsepoche unserer Gattung angebetet wurden.«

Als ich dabei an Janey dachte, fand ich, daß »Kindheitsepoche unserer Gattung« eine besonders treffende Formulierung sei.

Der Stern

Die Nacht draußen war klar und kalt; nicht eine Wolke am Himmel. Während des ganzen Jahres hatte es vielleicht fünf solcher Nächte gegeben, und die Gelegenheit war zu günstig, um sie ungenutzt verstreichen zu lassen.

Mit mehr als nur der üblichen Zärtlichkeit legte Jackson seiner Frau den Mantel um die Schulter.

Er gab sogar zu, daß es skandalös wäre, in der Fastenzeit nicht ein einziges Mal in die Kirche gegangen zu sein, schob jedoch seine Erkältung als Entschuldigung vor.

Er half ihr in den Wagen und ging dann barhäuptig, in seinen Abendschuhen, zum Observatorium hinüber.

Er wollte einige Angaben über jenen Stern nachprüfen, über den Mortimer in der ›Review‹ berichtet hatte. Eine großartige Sache würde es sein, wenn er eine weitere Theorie seines Rivalen platzen lassen könnte; und leise lachte er vor sich hin, als er sich des Komets vom letzten Juni erinnerte.

›Eine merkwürdige Geschichte‹, sagte sich Jackson, als er auf den Lichtfleck im Okular des Teleskops starrte. ›Ich wette hundert zu eins, daß Mortimer in diesem Augenblick den Stern ebenfalls beobachtet, und tausend zu eins, daß wir die beiden einzigen sind, die sich überhaupt für ihn interessieren. Wenn ich nur an die gräßliche Visage dieses

Kerls denke! Ich sehe sie genau vor mir.‹

Er konnte diesen Burschen einfach nicht ausstehen. Seine Stimme, seine ganze Art, und auch wie er sich anzog – alles widerte ihn an.

Und Mrs. Mortimer! Welch ein Weib!

Ihm wäre es sehr viel lieber gewesen, wenn sie und Eliza nicht ganz so vertraut miteinander gewesen wären.

Und dann dieser alberne Vortrag, den der Mann gestern abend vor der Gesellschaft gehalten hatte; gestützt war er natürlich auf wilde Hypothesen, aber Linton und ein paar andere hatten trotzdem anscheinend angenommen, daß irgend etwas dahinter steckte.

Wieder blickte Jackson durch das Teleskop auf den Stern. Es fiel ihm jedoch schwer, seine Aufmerksamkeit zu konzentrieren. Die ganze Zeit dachte er daran, wie lächerlich Mortimer jetzt aussah, nachdem er sich den Bart abrasiert hatte. Eliza gegenüber hatte er schon immer behauptet, er hätte ein fliehendes Kinn.

Er erinnerte sich, irgendwo gehört zu haben, daß der Mann sich um eine Professur in Australien beworben habe. Hoffentlich bekam er sie, denn dann würden ein paar tausend Kilometer zwischen ihnen liegen – obgleich die Leute da draußen es sich bestimmt nicht gefallen lassen würden, für längere Zeit hinters Licht geführt zu werden.

Jackson erhob sich und reckte sich. Es war eine

großartige Nacht, aber trotzdem spürte er eine seltsame Abneigung gegenüber jeglicher Arbeit.

›Ich werde lieber an die ›Review‹ schreiben‹, sagte er sich. ›In Mortimers Aufsatz sind ein paar Widersprüche, die nicht länger unbeantwortet bleiben sollten.‹

Als Mrs. Jackson eine Stunde später nach Hause kam, fand sie ihren Mann in der Bibliothek, die Füße auf den Kaminsims gelegt, in den ältesten Morgenmantel gehüllt und seine stinkendste Pfeife rauchend. Er war sich bewußt, daß dieser Aufzug seine Frau wahrscheinlich ärgerte.

»Wenn du nicht möchtest, daß das Personal dich in dieser lächerlichen Stellung sieht, würde ich an deiner Stelle lieber die Füße herunternehmen«, sagte sie. »Ich werde nämlich jetzt nach einem Glas heißer Milch läuten. Ein Jammer, George, daß du die Predigt nicht gehört hast. Ich bin überzeugt, daß sie dir gefallen hätte, obgleich ich mir wirklich wünsche, die Kirchenvorsteher oder sonst jemand würde sich endlich darum kümmern, daß es in der Kirche nicht immer so schrecklich stickig ist. Der arme Father Trewhit sah ganz blaß aus, als er den Segen sprach.«

»Father Pewet* hat also wieder einmal gepredigt«, fing Jackson an.

»Father Pewet! Ich habe dir schon einmal ge-

* Pewet, auch lapwing = Kiebitz.

sagt, daß ich diese geistlose Namensverdrehung überhaupt nicht komisch finde. Der Mann stammt aus einer der ältesten Familien von Cornish. Wie ein Sklave arbeitet er für die Armen in East London, und seit fünf Jahren hat er keinen freien Tag gehabt – mit Ausnahme jedes zweiten Dienstags, an dem er mit dem Pastor in Mudbury Golf spielt.«

»Schon gut, Eliza – das glaube ich alles. Um dir entgegenzukommen, werde ich ihn also in Zukunft Father Lapwing nennen.«

Mrs. Jackson zermalmte einen Reformkeks zwischen ihren Zähnen, spülte ihn mit einem halben Becher verdünnter Milch hinunter und fuhr in ihrem Bericht fort.

»Es hat keinen Sinn, George. Ich weiß ganz genau, was du damit beabsichtigst. Du versuchst, mich aus der Fassung zu bringen. Aber das wird dir nicht gelingen! Es ist zu schade, daß du immer versuchst, das Gute, das der Gottesdienst jedem bringt, mit deinen kindischen Angriffen auf den Glauben zu zerstören.«

»Meine liebe Elizabeth«, erwiderte ihr Mann, »ich habe das Wort ›Glauben‹ heute abend noch nicht ein einziges Mal erwähnt. Weil ich deinen geistlichen Lehrmeister mit dem Namen eines hübschen harmlosen Vogels benenne, der in einer wirklich lächerlichen Haltung herumstolziert und nur einen einzigen Ton von sich gibt, den er ständig und überall wiederholt, besteht doch noch lange kein Grund zu der Annahme, die Grundlagen des Christentums wären gefährdet. Aber lassen wir das! Wovon handelte die Predigt?«

Mrs. Jackson hatte sich den zweiten Reformkeks vorgenommen. »Es war die vierte Fastenpredigt über das Thema ›Zeugnis der Natur‹.«

»Ein unzuverlässiger Zeuge«, sagte Jackson, »aber weiter.«

»Heute abend predigte er über ›Das Zeugnis der Sterne‹. Als Text hatte er das Bibelwort ›Wir haben seinen Stern gesehen‹ genommen; ich glaube, es steht irgendwo im Markus-Evangelium, aber ganz sicher bin ich mir nicht. Es war eine Predigt, die dir bestimmt gefallen hätte, George, bei deiner wissenschaftlichen Begabung und so.«

George merkte genau, daß seine Frau mit seiner wissenschaftlichen Begabung und so seine Vorliebe für eine sonntägliche Runde Golf, sein allgemeines Mißtrauen gegenüber Missionaren und seine nachdrückliche Weigerung meinte, eine Spende für den Chor von St. Jude zu geben, der in der Weihnachtszeit regelmäßig immer eine Sammlung veranstaltete.

»Er begann«, fuhr Mrs. Jackson fort, »mit der Schilderung jener Gefühle, die der erste Mensch hatte, der jemals einen Stern sah: wie sehr er sich fürchtete und mit welcher Verwunderung er nach oben blickte. Anschließend erzählte er von einer ihm bekannten Frau, die immer eine Kerze in das

Fenster stellte, damit ihr Sohn nachts auch heimfände; und er sagte, die Sterne wären Lichter in den Fenstern des Himmels.«

»Wie froh muß der gute Mann gewesen sein, als er sich diese Erklärung ausdachte! Wahrscheinlich wird er seine Predigten irgendwann drucken lassen. Kamen noch mehr Anekdoten vor?«

»Du weißt genau, George, daß er nie Anekdoten erzählt! Er berichtete jedoch von einem Jungen, dessen verkrüppelte Schwester bei ihrem Tod gesagt hatte, wenn er einen besonderen Stern betrachtete, sollte er immer an sie denken und Gutes tun. Und sobald der kleine Junge irgendeinen Kummer hatte (»Versuchung oder Verwirrung muß es hier richtig heißen«, unterbrach ihr Mann sie), lag er stundenlang wach und sah durch einen Spalt, der sich direkt über seinem Bett im Dach befand, den Stern an.«

»Du lieber Himmel, Eliza! Das reicht für heute. Erstens bewegt der Stern sich weiter, so daß er ihn nicht stundenlang durch einen Spalt hindurch beobachten kann. Zweitens wird ein gesunder englischer Junge, der nie dem verweichlichenden Einfluß einer Sonntagsschule ausgesetzt war und feststellt, daß sich über seinem Kopf ein Loch im Dach befindet, dieses Loch irgendwie zustopfen, damit es nicht mehr durchregnet. Drittens: Was war mit dem Jungen, wenn er von seinen kleinen Versuchungen und Verwirrungen in einer bewölkten Nacht heimgesucht wurde? Und viertens schließlich: Warum war seine Schwester verkrüppelt? Das alles ist doch nichts anderes als ein charakterloser Appell an das weibliche Gefühl!«

»Ich wußte, daß du darüber spotten würdest, George. Für den Glauben hast du immer nur Spott übrig. Gott sei gedankt, daß Roger seit Stunden schon im Bett ist und schläft.«

»Nach dem Lärm, der unmittelbar über mir ertönt, möchte ich eigentlich eher annehmen, daß er sich zur Zeit gerade ein heißes Bad gönnt. Aber bitte: Erzähle weiter von der Predigt.«

»Mit Vergnügen – wenn du versprichst, mich ernstzunehmen. Übrigens muß ich der Köchin morgen sagen, daß sie die Kekse erst in den Ofen schieben soll, bevor sie sie heraufschickt. Father Trewhit beendete dann seine Predigt damit, daß er die Empfindungen eines Menschen schilderte, der einen Millionen Kilometer entfernten Stern betrachtet – einen namenlosen funkelnden Splitter der Ewigkeit, wie er es nannte. Er schilderte, wie der Mensch jegliches Selbstbewußtsein verliert, wie er alle kleinen, alltäglichen und unbedeutenden Zänkereien und Eifersüchteleien abstreift und jeden Gedanken an Zeit und Raum aufgibt, wenn er die Grenzen neuer Welten, neuer Universen sieht, bis er seine Augen mit der Hand bedeckt und mit dem Psalmisten ausruft: Was ist der Mensch?«

Hier verstummte Mrs. Jackson, ohne das Zitat

zu beenden. George saß in seinem Sessel und krümmte sich vor Lachen.

Sie erhob sich würdevoll und verließ in ihrer kühlsten Art wortlos den Raum.

»Knall um Himmels willen die Tür nicht hinter dir zu!« sagte ihr Mann und fing wieder an zu lachen.

Nacht über dem Moor

Es traf wirklich alles sehr unglücklich zusammen. Peggy hatte Fieber, fast achtunddreißig, und Schmerzen in der Seite. Mrs. Workington Bancroft wußte, daß es Blinddarmentzündung war, aber sie hatte niemand, den sie zum Arzt schicken konnte.

James war mit dem Einspänner unterwegs zu ihrem Mann, dem es endlich gelungen war, sich von seinen Pflichten frei zu machen und für eine Woche auf die Jagd zu gehen.

Adolf hatte sie erst vor einer halben Stunde mit einer Nachricht für Lady Eva zu den Evershams geschickt.

Die Köchin war nicht zu entbehren, selbst wenn das Abendessen ohne sie serviert werden konnte.

Kate war, wie gewöhnlich, zu nichts zu gebrauchen.

Blieb nur noch Miss Craig.

»Sie müssen mir glauben, Peggy ist wirklich krank«, sagte sie, als die Erzieherin, die sie hatte rufen lassen, ins Zimmer trat. »Unglücklicherweise ist aber sonst niemand da, den ich zum Arzt schikken kann.« Mrs. Workington Bancroft machte eine Pause; sie war stets bereit, ihren Angestellten die Möglichkeit zu lassen, von sich aus die Dienste anzubieten, die sie rechtlicherweise von ihnen verlangen konnte.

»Und deshalb dachte ich, Miss Craig«, fuhr sie

fort, »daß es Ihnen sicher nichts ausmachen würde, zum Gutshaus der Tebbits hinüberzugehen. Wie ich gehört habe, wohnt dort gerade ein Arzt aus Liverpool. Ich kenne ihn zwar nicht, aber dieses Risiko müssen wir eben in Kauf nehmen, und er wird wohl ganz froh sein, auch in seinen Ferien etwas verdienen zu können. Ich weiß, es sind fast vier Meilen, aber ich hätte nicht im Traum daran gedacht, Sie zu bitten, wenn ich nicht so eine schreckliche Angst vor Blinddarmentzündung hätte.«

»Na schön«, sagte Miss Craig, »dann muß ich wohl gehen; aber ich kenne den Weg nicht.«

»Oh, Sie können ihn gar nicht verfehlen«, sagte Mrs. Workington Bancroft und verzieh in ihrer Besorgnis die offensichtlich nur unwillig gegebene Zustimmung.

»Sie folgen der Straße durch das Moor ungefähr zwei Meilen weit, bis Sie zur ›Redman-Kreuzung‹ kommen. Dann halten Sie sich links und nehmen den Fußweg durch die Lärchenschonung, und Tebbits Gut liegt gerade unter Ihnen im Tal.«

»Und nehmen Sie Pontiff mit«, fügte sie hinzu, als das Mädchen sich zum Gehen wandte. »Sie brauchen natürlich nichts zu fürchten, aber Sie werden sich bestimmt wohler fühlen, wenn Sie den Hund dabeihaben.«

»Selbstverständlich muß sie es am besten wissen, Miss«, sagte die Köchin, als Miss Craig in die Küche kam, um ihre Schnürstiefel zu holen, die am Feuer trockneten; »aber ich glaube nicht, daß es recht von der Herrin ist, Sie nach allem, was geschehen ist, noch so spät am Abend über das Moor zu schicken. Als ob der Doktor überhaupt etwas für Miss Margaret tun könnte, wenn Sie ihn tatsächlich mitbringen! Jedes Kind hat das einmal. Er wird nur sagen, daß sie ins Bett gehört, und da ist sie ohnehin schon.«

»Ich verstehe nicht, wovor ich Angst haben sollte, Köchin«, sagte Miss Craig, während sie ihre Schuhe zuschnürte, »es sei denn, ich glaubte an Gespenster.«

»Ich würde da nicht so selbstsicher sein. Jedenfalls schlafe ich nicht gern in einem Bett, wo die Decke zu kurz ist, um sie über den Kopf zu ziehen. Aber lassen Sie sich nicht ins Bockshorn jagen, Miss. Ich glaube, Hunde, die bellen, beißen nicht.«

Aber obwohl Miss Craig noch einige Minuten danach über die Vorstellung bellender Gespenster lächeln mußte (die so grundverschieden von der allgemeinen Auffassung war, daß Gespenster zu heulen pflegen), fühlte sie sich doch nicht ganz wohl dabei.

Sie war von Natur aus nervös, und aus Erzählungen der Dienstboten, mit denen sie zusammen im Gesindehaus wohnte, erinnerte sie sich dunkel an einzelne Stellen »wahrer Begebenheiten«, die im herrschaftlichen Wohnzimmer nur als Auswüchse der Phantasie kursierten.

Schon der Name ›Redman-Kreuzung‹ ließ sie erschauern; dort mußte es gewesen sein, wo jener entsetzliche Mord begangen worden war. Die Einzelheiten hatte sie vergessen, aber sie erinnerte sich an den Namen.

Ihr erstes Mißgeschick kam bald genug.

Pontiff, von Natur aus etwas begriffsstutzig, brauchte über fünf Minuten, um herauszufinden, daß es nur die Erzieherin war, die er begleitete; kaum hatte er jedoch diese Entdeckung gemacht, als er auch schon auf der Stelle kehrtmachte, ohne sich im geringsten um Miss Craigs schwaches Pfeifen zu kümmern. Ihr Unbehagen verstärkte sich noch, als es zu regnen begann – nicht in schweren Tropfen, sondern in Schwaden feinen Sprühregens, die der Wind vor sich hertrieb und die auch die wenigen noch im Moor vorhandenen Wegzeichen auslöschten.

Auf Tebbits Gut wurde sie sehr freundlich aufgenommen. Der Arzt war am Tage vorher nach Liverpool zurückgefahren, aber Mrs. Tebbit gab ihr ein Glas heiße Milch und Kuchen. Dann schickte sie ihren widerstrebenden Sohn mit, um Miss Craig einen kürzeren Weg über das Moor zu zeigen, der nicht durch den Lärchenwald führte.

Der Junge war recht einsilbig, aber schon seine Gegenwart ermutigte. Als er sie am letzten Weidezaun verließ, fühlte sie die Schwärze der Nacht mit doppelter Eindringlichkeit.

Müde schleppte sie sich weiter. Ihre Gedanken waren bereits wieder bei dem fast erschöpften Thema der bellenden Gespenster angelangt, als sie auf dem Weg hinter sich Schritte hörte, die sie in die Wirklichkeit zurückriefen. Im nächsten Augenblick tauchte die Gestalt eines Mannes auf. Miss Craig war erleichtert, als sie sah, daß der Fremde ein Geistlicher war. Er zog seinen Hut. »Ich nehme an, daß wir beide den gleichen Weg haben«, sagte er. »Ich würde mich freuen, wenn ich Sie begleiten dürfte.« Sie dankte ihm. »Nachts ist es hier recht unheimlich«, fuhr sie dann fort, »und die vielen Gespenster- und Spukgeschichten, die man von der Landbevölkerung hört, haben mich schon ganz ängstlich gemacht.«

»Ich kann Ihre Nervosität gut verstehen«, antwortete er, »besonders in einer Nacht wie heute. Einstmals ging es mir genauso, denn meine Arbeit hieß mich oft einsame Wege über das Moor zu abgelegenen Gehöften gehen, auf Pfaden, die selbst bei Tageslicht schwer genug zu finden waren.«

»Und Sie sahen nie etwas, das Sie erschreckte – ich meine, nichts Übernatürliches?«

»Das kann ich eigentlich nicht sagen, aber vor elf Jahren hatte ich ein Erlebnis, das für mich den Wendepunkt in meinem Leben bedeutete, und da Sie sich zur Zeit in etwa der gleichen seelischen Verfassung zu befinden scheinen, wie ich damals, möchte ich es Ihnen erzählen.

Es war spät im September. Ich war drüben in Westondale gewesen, um eine alte Frau zu besuchen, die im Sterben lag. Gerade wollte ich mich wieder auf meinen Heimweg begeben, als mich die Nachricht erreichte, daß ein anderes Mitglied meiner Gemeinde an jenem Morgen plötzlich erkrankt war. Es war schon sieben, als ich endlich aufbrechen konnte. Ein Bauer wies mir den Weg und begleitete mich noch bis an die Straße durchs Moor.

Der Sonnenuntergang des vorhergegangenen Tages war einer der schönsten, die ich je gesehen hatte. Das ganze mächtige Himmelsgewölbe war mit kleinen weißen, rosig angehauchten Wölkchen wie mit verstreuten Blättern einer voll erblühten Rose übersät gewesen.

Aber an jenem Abend war alles anders. Der Himmel zeigte eine eintönige schiefergraue Farbe, und nur in einem Zipfel im Westen verriet ein dünner, schwefelgelber Streifen die Stelle eines düster verhangenen Sonnenunterganges. Während ich so dahinschritt, fröstelnd und mit müden Füßen, sank mein Mut. Es muß wohl der scharfe Gegensatz zwischen den beiden Abenden gewesen sein, der eine so lieblich und hoffnungsvoll – die Garben standen noch auf den Feldern –, der andere so finster und schwermütig unter dem ganzen Gewicht des Herbstes, der Ankündigung des nahen Winters. Und zu diesem niederdrückenden Gefühl gesellte sich eine andere Empfindung, die ich überrascht als Furcht erkannte.

Ich wußte jedoch nicht, warum ich mich fürchtete.

Links und rechts von mir lag das Moor. Nur eine unregelmäßige Reihe zum Trocknen aufgehäufter Torfschollen, in Steinwurfsweite von der Straße entfernt, unterbrach die ebene Fläche.

Der einzige Laut, den ich innerhalb der letzten halben Stunde gehört hatte, war der Schrei der aufgescheuchten Birkhühner – ›kehr um, kehr um, kehr um‹, schienen sie zu rufen. Und das Gefühl der Furcht ließ mich nicht los und legte sich wie eine Klammer um mein Gehirn.

Ich zog meinen Mantel enger und versuchte meine Gedanken abzulenken, indem ich mich auf meine nächste Sonntagspredigt konzentrierte.

Ich wollte über Hiob reden. Vieles in der altertümlichen Darstellungsweise dieses Buches, wenn man von den Spitzfindigkeiten scharfer Kritik absieht, spricht die Landbevölkerung an; der Verlust der Herden und der Ernte, die Vernichtung der Familie. Ich hätte nicht gewagt, darüber zu predigen, wäre ich nicht selbst auch Bauer gewesen; mein eigenes Stück Land war drei Wochen vorher überschwemmt worden, und ich hatte nicht weniger zu verlieren als jeder andere in meiner Gemeinde. Als ich nun so die Straße entlang ging und im Geiste das erste Kapitel des Buches wiederholte, verweilte ich bei dem zwölften Vers:

›*Und der Herr sprach zu dem Satan: Siehe, alles, was er hat, sei in deiner Hand…*‹

Der Gedanke an die schlechte Ernte – und das ist ein schrecklicher Gedanke in diesen Tälern – schwand. Mein Blick schien in ein Meer unendlicher Dunkelheit zu tauchen.

Oft hatte ich mit der Geläufigkeit des abgespannten Pfarrers, der an manchem Sonntag drei Predigten zu halten hat, das alte Gleichnis von dem Schachbrett gebracht. Gott und der Teufel waren die Gegner und wir Menschen die Figuren in ihrem Spiel.

Doch bis zu jener Nacht hatte ich nie an die Möglichkeit gedacht, daß ich selbst nur ein Bauer in diesem Spiel sein könnte, den Gott opfern mochte, um es zu gewinnen.

Als ich die Stelle erreicht hatte, an der wir uns jetzt befinden – ich erinnere mich noch genau an jene steinerne Abflußrinne –, sprang plötzlich ein Mann vom Straßenrand auf. Er hatte auf einem Haufen Schottersteine gesessen.

›Wo wollen Sie hin, Herr?‹ fragte er.

An seiner Aussprache merkte ich, daß er fremd in dieser Gegend war. Viele seiner Art kommen um diese Jahreszeit von Süden heraufgewandert, immer dem reifenden Korn nach. Ich nannte ihm mein Ziel.

›Dann können wir ja zusammen gehen‹, antwortete er.

Es war zu dunkel, um viel von dem Gesicht des Mannes zu erkennen, aber das wenige, was ich sah, war roh und brutal.

Er begann mit jenem halb drohenden, halb bettelnden Gewinsel, das ich so gut kenne – er wäre schon viele Meilen an diesem Tag gelaufen, hätte seit dem Frühstück noch nichts zu essen gehabt, und da auch nur eine Brotrinde.

›Gebt mir etwas Geld‹, sagte er, ›nur für ein Nachtquartier.‹ Dabei schnitzte er mit einem großen Klappmesser an einem Eschenknüttel, den er aus einer Hecke geschnitten hatte.«

Der Geistliche unterbrach seine Erzählung.

»Sind das die Lichter Ihres Hauses?« fragte er. »Wir sind näher, als ich dachte, aber ich werde wohl noch Zeit haben, meine Geschichte zu beenden. Es ist auch besser, wenn ich es tue; denn Sie können in wenigen Minuten zu Hause sein, und ich möchte nicht, daß Sie sich fürchten, wenn Sie wieder einmal allein über das Moor gehen müssen.

So, wie der Mann sprach, schien er dem Hintergrund meiner Gedanken entsprungen zu sein, er und seine trostlose Geschichte mit den traurigen Lügen, die eine weitaus traurigere Wahrheit bemäntelten.

Er fragte mich nach der Uhrzeit.

Es war fünf Minuten vor neun. Als ich meine Uhr einsteckte, warf ich einen Blick auf sein Gesicht. Er hatte die Zähne zusammengebissen, und irgend etwas im Glitzern seiner Augen verriet mir sofort seine Absicht.

Haben Sie jemals empfunden, wie lang eine Sekunde ist?

Den dritten Teil einer Sekunde stand ich da und sah ihn an, erfüllt von einem überwältigenden Mitleid mit mir selbst und mit ihm; und dann, ohne ein Wort der Warnung, fiel er über mich her. Ich spürte nichts. Wie ein Blitzschlag fuhr es mir durch das Rückgrat, ich hörte den dumpfen Schlag des Eschenknüttels und dann ein sanftes Plätschern, wie das Geräusch eines weit entfernten Baches. Etwa eine Minute lag ich so in vollkommener Glückseligkeit und sah, wie die Lichter des Hauses immer zahlreicher wurden, bis schließlich der ganze Himmel voller glitzernder Lichter funkelte und auf mich herabschien.

Ich hätte keinen schmerzloseren Tod haben können.«

Miß Craig blickte auf. Der Mann war verschwunden, sie war allein im Moor.

Sie rannte zum Hause hin, rannte zu dem vertrauten Schatten, der hinter dem Vorhang des Küchenfensters geschäftig auf und ab ging; ihre Zähne klapperten.

Als sie in die Diele stürzte, schlug die Uhr über der Treppe die volle Stunde.

Es war neun Uhr.

Der Begleiter

»Man sagt, es geschehen keine Wunder mehr, und unsre Philosophen sind dazu da, die übernatürlichen und unergründlichen Dinge alltäglich und trivial zu machen. Daher kommt es, daß wir mit Schrecknissen Scherz treiben und uns hinter unsre angebliche Wissenschaft verschanzen, wo wir uns vor einer unbekannten Gewalt fürchten sollten.«

Endlich hatte Lyn Stanton die Stelle gefunden, die er in »Ende gut, alles gut« gesucht und mit deren Auffindung er den größeren Teil einer vollen Stunde verbracht hatte. Er zog seinen Sessel näher an das Feuer heran und stopfte seine Pfeife. Wenn er jetzt noch die Idee für die Geschichte fände – irgend etwas Unheimliches, irgend etwas Unheilvolles. Es war ein Vormittag im April und noch nicht einmal zehn Uhr; trotzdem befand er sich in der Stimmung, sich einer unbekannten Gewalt zu überlassen. Die Geschichte war in ihm oder um ihn herum, lag also in der Luft. Er wußte genau, welche Wirkung er mit ihr erreichen wollte – aber wie sah die Geschichte selbst aus? Warum nahm sie nicht Gestalt an, kam sie nicht aus der Verborgenheit heraus, so daß er zumindest ihre verschwommenen Umrisse, ihr Gerippe erkennen konnte, das er dann nach seinen Vorstellungen ausfüllen würde?

Was, so fragte er sich, verursacht dieses teilweise angenehme Gefühl prickelnder Furcht? Er hatte eine gestörte Nacht hinter sich, richtig, denn gegen zwei Uhr war er aus einem bösen Traum aufgewacht, und dann hatte er eine ganze Stunde wachgelegen und durch das unverhängte Fenster auf jenes Licht gestarrt, das – jenseits des Tales, einen knappen Kilometer entfernt – im alten Pfarrhaus von Winton Parbeloe brannte. Kanonikus Rathbone, ein Gelehrter auf dem Gebiet der Orientalistik, wohnte dort, so hatte er gehört, in Gesellschaft eines Dr. Curtius, seines deutschen Freundes. Das Licht, das nicht verlöschen wollte, hatte ihn nicht wieder einschlafen lassen. Kanonikus Rathbone und Dr. Curtius hatten ihn nicht einschlafen lassen, obgleich sie – über das Tal hinweg – fast einen Kilometer von ihm entfernt waren.

»Unsere Gelehrten sind dazu da, die Dinge alltäglich und trivial zu machen.« Kaum hatte er diesen Teil des Satzes wiederholt, als er verstummte. Das Thema seiner Geschichte tauchte langsam auf. Plötzlich erkannte er ihren undeutlichen, noch verschwommenen Umriß. Das Gerippe wurde sichtbar.

Nachdem erneut eine halbe Stunde vergangen war, griff Stanton nach einem neuen Heft, das auf seinem Tisch lag, und schrieb auf die Innenseite – neben das Datum – »Der Begleiter«. Dann begann er, langsam und ohne jede Ausstreichungen, den Inhalt zu entwerfen.

»Ein alter Gelehrter, der in den Klöstern Kleinasiens nach Manuskripten sucht, stößt auf einige

Palimpseste ungewöhnlicher Art. Vom Sammelfieber gepackt, das üblicherweise die sanftesten und ehrbarsten Menschen überfällt, erwirbt er mit Hilfe eines Mönches die Dokumente auf eine Art und Weise, die andere sicherlich als zweifelhaft bezeichnen würden. Der Mönch überredet den Gelehrten, ihn nach England mitzunehmen, da seine Hilfe bei der Entzifferung der Manuskripte von unschätzbarem Wert sein wird. Sie wohnen gemeinsam in einem abgelegenen Dorf auf dem Lande. Trotz ungewöhnlicher Schwierigkeiten entdecken sie die Bedeutung der Palimpseste, die anscheinend nicht Teile irgendeines verlorengegangenen Evangeliums, sondern etwas völlig anderes sind. Der Mönch, der in der Gegend als Doktor der Theologie gilt, ist der ständige Begleiter des Gelehrten.«

Stanton war sehr mit sich zufrieden. Die Idee war gut. Vielleicht ließ sich daraus sogar eine lange Geschichte machen, aber alles in allem hatte er doch das Gefühl, sie lieber kurz zu lassen, dreitausend oder viertausend Wörter insgesamt. Wie sie enden würde, wußte er noch nicht, aber darüber machte er sich jetzt noch keine Gedanken. Sehr wahrscheinlich würde es sich ganz von selbst ergeben. Die Hauptsache war, daß die Atmosphäre stimmte: die angebliche Wissenschaft und die unbekannte Gewalt.

Den Anstoß zu dieser Idee hatten natürlich Kanonikus Rathbone und Dr. Curtius gegeben. Wäre er nicht nachts um zwei aufgewacht und hätte er nicht das Licht gesehen, das im alten Pfarrhaus, einen knappen Kilometer jenseits des Tales, brannte, würde es keine Geschichte gegeben haben. ›Und außerdem Shakespeare‹, sagte er sich. ›Wenn ich diese Passage nicht gefunden hätte, wäre ich nicht in die richtige Stimmung gekommen.‹

An den Mittagstisch setzte Lyn Stanton sich mit dem Gefühl, den Vormittag in Muße, jedoch keineswegs unbefriedigend hinter sich gebracht zu haben. Nachmittags wollte er tüchtig im Garten umgraben, und zwischen Tee und Abendbrot wollte er dann ein paar Stunden an seinem Roman arbeiten. Die Kurzgeschichte konnte ausgären. Nach einigen Tagen wollte er den Entwurf noch einmal durchlesen und sehen, wie es dann weiterging.

Seine Ausgeglichenheit wurde jedoch von seiner Schwester erschüttert, die verkündete, daß Mrs. Bramley und Miss Newton zum Tee kämen. Gegen die sehr offene Frau des Pastors hatte er eigentlich nichts Besonderes; sie paßte genau nach Winton Parbeloe. Miss Newton dagegen ging ihm immer auf die Nerven. Es war wirklich Pech, eine freiberufliche Journalistin mit einer boshaften Feder zur Nachbarin zu haben. Ihr literarisches Geschwätz widerte ihn an, hauptsächlich weil sie – wie er wußte – irgendeine zufällige Bemerkung von ihm ohne die geringsten Skrupel zu einem Absatz irgendeiner Buchbesprechung verarbeiten würde. Wahrscheinlich wollte sie ihn über seinen neuen Roman ausquetschen: eine gefährliche Frau, die man bei Laune halten mußte.

Deshalb griff Stanton nach dem Spaten und ließ seinen Groll an dem steinigen Gartenstück aus, das er in Hemdsärmeln zweimal umgrub. Er sah, wie die Gäste kurz nach halb vier eintrafen, ließ ihnen eine Viertelstunde Zeit, um die erste flüchtige Ernte an blödsinnigen Skandalen in die Scheune einzubringen, und begab sich dann mit entsprechend verhehltem Widerwillen ebenfalls in das Wohnzimmer. Schließlich war Mrs. Bramley eine beachtliche Autorität auf dem Gebiet der Rosenzucht. Der Tee war gerade serviert worden, und Stanton versuchte eben, Miss Newton eine nichtssagende Antwort auf die Frage nach der Bedeutung eines modernen Dichters zu geben, dessen Werk er besonders verabscheute, als er hörte, wie die Gartentür klappte, und sah, daß zwei Gestalten den Kiesweg entlangkamen.

Die erste war ein alter Geistlicher, glattrasiert und ziemlich schäbig gekleidet, der einen schnellen, trotzdem jedoch schlurfenden Gang hatte. Ihm folgte ein hochgewachsener Mann mit einem langen schwarzen Bart, der einen altmodischen Gehrock trug.

Die Klingel läutete, und eine Minute später meldete das Dienstmädchen den Kanonikus Rathbone sowie Dr. Curtius

»Ich fürchte, Miss Stanton«, sagte der Kanonikus, als die Vorstellungen vorüber waren, »daß unser

Besuch etwas aus dem Rahmen fällt. Wir sind Fremde in Ihrem reizenden Dorf, und ich habe so viel Zeit meines Lebens in entlegenen Gegenden verbracht, daß ich die normalen Vorschriften der Etikette nur allzu leicht außer acht lasse. Im alten Pfarrhaus sind wir beide sehr viel allein, und ich fürchte fast, daß wir unsere Besucher völlig unbewußt abschrecken. Dabei haben wir den Wunsch, gute Nachbarschaft zu halten – ich versichere Ihnen, daß wir wirklich gute Nachbarschaft halten wollen.«

Der alte Herr war offensichtlich nervös; Miss Stanton besaß jedoch die Gabe, auf alle Menschen einen beruhigenden Einfluß auszuüben, und vollständig Fremde waren in Winton Parbeloe nicht allzu häufig.

Mrs. Bramley dagegen mußte ihren Unmut äußern.

»Es tut mir leid, Kanonikus Rathbone«, sagte sie, »daß wir noch nie das Vergnügen hatten, Sie in der Kirche zu begrüßen.«

Der alte Mann blickte sie erschrocken an, während es Dr. Curtius war, der das Wort ergriff. »Asthma«, sagte er, »das Asthma.«

»Ja – richtig«, fiel Kanonikus Rathbone sofort ein. »Es ist wirklich eine merkwürdige Sache, ein richtiges Mißgeschick, aber ich stelle immer wieder fest – stelle fest, daß die Verwendung von Weihrauch zwangsläufig einen Anfall auslöst. Ich muß mich sehr vorsehen.«

»Und Dr. Curtius?« fragte die unerschrockene Mrs. Bramley. »Leidet er auch an Asthma?«

»Dr. Curtius«, erwiderte Kanonikus Rathbone, »gehört nicht der Kirche von England an.«

An diesem Punkt wechselte Hilda Newton das Thema. »Ich fände es nett«, sagte sie, »wenn Sie uns etwas über Ihre Entdeckungen erzählen würden, Kanonikus Rathbone. Bestimmt haben Sie im Osten die aufregendsten Abenteuer erlebt. Wir hier in Winton Parbeloe führen ein völlig eintöniges Leben – Füchse sind das einzige, was wir jagen –, und deswegen können wir uns kaum vorstellen, welche Aufregung es bedeutet, irgendein unbezahlbares altes Manuskript aufzuspüren.«

Kanonikus Rathbone stellte seine Tasse ab. »Sie haben völlig recht, meine liebe junge Dame«, sagte er. »Die Faszination ist einmalig, äußerst bemerkenswert ist die Faszination.« Und zu Stantons Überraschung fing er an zu erzählen. Er war jetzt nicht mehr irgendein kleiner aufgeregter Geistlicher, sondern ein Schwärmer, der von seinem Thema mitgerissen wurde. Er sprach von den Klöstern in Griechenland, Kleinasien und Sinai, von Bibliotheken, die von Gelehrten immer wieder durchstöbert würden, von Papierstapeln, zwischen denen selbst heute noch Dokumente von unschätzbarem Wert entdeckt werden könnten, und von Mönchen, die einen schlichten und ungebildeten Eindruck machten, häufig jedoch gelehrt und schlau wären, und die genau wüßten, welche Werte sie in ihren Verstecken hüteten. »Dr. Curtius könnte Ihnen mehr darüber erzählen«, sagte er. »Seine unmittelbaren Erfahrungen sind erheblich größer als die meinigen, aber unglücklicherweise beherrscht er unsere Sprache nicht.«

»Stimmt«, sagte Dr. Curtius und brach sein Schweigen zum zweitenmal. »Griechisch – ja, Lateinisch – ja, Armenisch – ja, Syrisch und Aramäisch auch, aber Englisch kaum.«

»Die Geheimsprachen toter Mysterien«, sagte Miss Newton, »mit Wörtern für Dinge und Erlebnisse, die uns armen langweiligen Sterblichen nichts bedeuten. Wie ich Sie beneide!«

»Wieso? Wieso?« fragte Kanonikus Rathbone aufgeregt. »Wie ich bereits sagte, ist die Entzifferung dieser Palimpseste außerordentlich schwierig. Sie dürfen nicht vergessen, daß...«

Stanton hatte seinen Blick auf Dr. Curtius geheftet. Dr. Curtius hatte nichts gegessen, und jetzt rührte er bedächtig in seiner Tasse. Wie kam es wohl, daß die Bewegung so unbeholfen wirkte? Weil er von links nach rechts rührte, natürlich, und weil er die vogelähnliche kleine Gestalt seines auf dem Sofa sitzenden Freundes die ganze Zeit beobachtete, als wäre er eine große schwarze Katze. Was hat der Mann für einen entsetzlich gewaltigen Bart, dachte Stanton, und er ertappte sich bei dem Versuch, irgendwie herauszubekommen, ob Dr.

Curtius vielleicht eine Tonsur hätte; aber dann wandte er seinen Blick schnell ab, als Dr. Curtius ihn plötzlich mit einem rätselhaften Lächeln anschaute.

Kanonikus Rathbone redete immer noch.

»... sie waren natürlich schwer zu beschaffen, äußerst schwer zu beschaffen, und um ehrlich zu sein: Wir hatten beträchtliche Mühe, sie aus dem Lande heraus zu bekommen. Die Entzifferung selbst ist äußerst mühsam. Bis Mitternacht brennt bei uns Licht, Miss Stanton, bis Mitternacht, und mein Augenlicht ist unglücklicherweise nicht mehr so gut wie früher, aber Dr. Curtius ist immer bereit, mir meine Brille zu ersetzen.«

»Das alles klingt schrecklich aufregend«, sagte Miss Newton. »Und wann werden die Ergebnisse veröffentlicht?«

»Ich fürchte«, sagte Kanonikus Rathbone, »ich fürchte, daß es ziemlich schwierig sein wird, einen Verleger zu finden.«

»Und die Geschichte, Kanonikus? Es ist eine Schande, daß kein Mensch sie erfahren sollte. Vielleicht könnte Mr. Stanton sie für Sie schreiben!« Dr. Curtius und Kanonikus Rathbone blickten gleichzeitig auf. Sie sahen sich flüchtig an, und Stanton hatte den Eindruck, daß Curtius leise nickte.

»Habe ich recht verstanden«, sagte Kanonikus Rathbone, »daß Mr. Stanton Schriftsteller ist? Das war mir bisher, wie ich gestehen muß, nicht bekannt. Und ich fürchte, daß ich etwas indiskret gewesen bin, etwas voreilig. Sie werden natürlich alles, was ich gesagt habe, streng vertraulich behandeln, nicht wahr, Mr. Stanton? Ich meine – ich meine...«

»Wir verstehen genau, was Sie meinen«, sagte Miss Newton mit einem Auflachen. »Sie möchten nicht, daß Tatsachen in eine ergötzliche Dichtung verwandelt werden.«

»Ich bin überzeugt, daß Mr. Stanton weiß, was ich meine. Ich selbst, Miss Stanton, halte mich gern für einen Philosophen, der jene Dinge alltäglich und trivial macht, die... die sonst ziemlich schwierig zu verstehen sind. Ich fürchte, ich mißtraue – Sie werden mir gewiß verzeihen, Mr. Stanton, und es ist sehr gut möglich, daß ich mich dabei irre –, aber ich mißtraue der Phantasie der Romanschriftsteller. Eine gefährliche Begabung scheint sie meiner Ansicht nach zu sein, irritierend gefährlich. Dr. Curtius, wir müssen jetzt gehen. Es war ein sehr reizender Besuch, Miss Stanton, mein – mein Asthma, Mrs. Bramley, macht es mir fast unmöglich, zum Gottesdienst zu kommen. Aber Sie alle müssen uns bald im alten Pfarrhaus besuchen! Es war wirklich reizend bei Ihnen, ein wirklich genußreicher Nachmittag. Machen Sie sich nicht die Mühe, uns noch hinauszubringen, Mr. Stanton. Ich versichere Ihnen, daß wir auch allein hinausfinden.«

»Auf Wiedersehen«, sagte Miss Stanton. »Ich

fürchte jedoch, daß wir uns um Dr. Curtius etwas zu wenig gekümmert haben.«

»Ich bin glücklich«, sagte dieser, als er sich tief über ihre Hand neigte, »daß ich der – wie sagen Sie? Jünger? Nein – der Begleiter von Kanonikus Rathbone bin.«

Stanton brachte seine Gäste zur Tür. Für einen Augenblick legte er seine Hand in die heiße feuchte Hand des Kanonikus Rathbone und in die kalte trockene des Dr. Curtius. Ohne jedes Lächeln verabschiedete er sich und sah den beiden nach, die den schmalen Kiesweg entlang gingen: voran der alte Mann mit jenem merkwürdigen schlurfenden Gang, der trotzdem fast ein Laufen war, und unmittelbar hinter ihm – mit langem unerbittlichem Schritt – der andere, schwarzbärtig und schwarzgekleidet.

Er hatte kein Verlangen, sich das Geschwätz im Wohnzimmer anzuhören. Irgend etwas Seltsames war geschehen, und er wußte nicht, was es war. Selbstverständlich konnte er die Geschichte jetzt nicht mehr schreiben. Selbst wenn Hilda Newton nicht dabei gewesen wäre, hätte er sie nicht mehr schreiben können. Aber das war auch nicht wichtig. So oder so wäre es doch nur eine Belanglosigkeit geworden.

Aber warum hatten sie seine Kanonen vernagelt? Woher wußten sie eigentlich, daß es bei ihm Kanonen gab, die zu vernageln waren? Warum hatte man ihn so unmißverständlich gewarnt? Es sei denn – es sei denn, er wäre der Wahrheit zu nahe gekommen. Was aber war die Wahrheit?

Mit einem Gefühl, das beinahe Erleichterung war, öffnete er die Tür zum Wohnzimmer. Zumindest wirkte das Geplauder beruhigend. Er hatte Angst, sich vor einer unbekannten Gewalt zu fürchten.

Augusthitze

Penistone Road, Clapham,
20. August 190–

Ich glaube, daß ich den bemerkenswertesten Tag in meinem Leben hinter mir habe; ich möchte daher die Ereignisse so deutlich wie möglich zu Papier bringen, solange sie mir noch frisch im Gedächtnis haften.

Zu Beginn möchte ich mich vorstellen: mein Name ist James Clarence Withencroft.

Ich bin vierzig Jahre alt, völlig gesund und nie einen Tag krank gewesen.

Von Beruf bin ich Künstler; nicht sehr erfolgreich, aber ich verdiene genug Geld mit meinen Zeichnungen, um meine notwendigen Bedürfnisse zu befriedigen.

Meine einzige nahe Verwandte, eine Schwester, starb vor fünf Jahren, so daß ich jetzt niemandem verpflichtet bin.

Heute morgen habe ich um neun Uhr gefrühstückt, und nachdem ich einen Blick in die Morgenzeitung geworfen hatte, zündete ich meine Pfeife an und ließ meine Gedanken schweifen, in der Hoffnung, vielleicht auf ein Thema für meinen Zeichenstift zu stoßen.

Obwohl Tür und Fenster offen standen, lastete im Zimmer drückende Hitze, und ich war gerade zu der Erkenntnis gekommen, daß der angenehmste

Ort in der Nachbarschaft das Schwimmbecken der öffentlichen Badeanstalt sei, als der Einfall kam.

Ich begann zu zeichnen. So sehr war ich bei der Sache, daß ich mein Mittagessen nicht anrührte und erst zu arbeiten aufhörte, als die Uhr von St. Jude vier schlug.

Für eine eilige Skizze war das Resultat, dessen glaubte ich mich sicher, das beste, was ich je geleistet hatte.

Die Zeichnung zeigte einen Verbrecher in der Anklagebank, unmittelbar nachdem der Richter die Strafe verkündet hatte. Der Mann war fett – enorm fett. Das Fleisch hing in Rollen um sein Kinn und in Falten um seinen mächtigen, kurzen Hals. Er war bartlos (vielleicht sollte ich sagen, daß er sich zuletzt vor ein paar Tagen rasiert haben mußte) und fast kahlköpfig. Er stand in der Anklagebank und blickte starr vor sich hin, während seine kurzen Finger schwerfällig das Geländer umklammerten. Das Gefühl, das sein Gesichtsausdruck vermittelte, war nicht so sehr Entsetzen als vielmehr völliger, gänzlicher Zusammenbruch.

Nicht die geringste Kraft schien in dem Manne zu stecken, um diesen Fleischberg aufrecht zu halten.

Ich rollte die Skizze auf und steckte sie in die Tasche, ohne richtig zu wissen, warum. Dann verließ ich das Haus mit dem seltenen Glücksgefühl, welches das Wissen um eine gut geleistete Arbeit verleiht.

Ich glaube, daß ich mich mit der Absicht auf den

Weg machte, bei Trenton vorzusprechen; denn ich erinnere mich, daß ich die Lytton Street entlang und dann rechts in die Gilchrist Road gegangen bin, bis zum Fuß des Hügels, wo die Männer an der neuen Straßenbahnlinie arbeiten.

Von diesem Augenblick an erinnere ich mich nur sehr verschwommen daran, welche Richtung ich einschlug. Nur eines war mir stets voll bewußt: die furchtbare Hitze, die in fast greifbaren Wogen von dem staubigen Asphalt aufstieg. Ich sehnte mich nach dem Gewitter, das die gewaltigen, tief über dem westlichen Horizont hängenden kupferfarbenen Wolkenbänke verhießen.

Ich muß wohl über neun Kilometer weit gegangen sein, als ein Junge mich mit der Frage nach der Uhrzeit aus meiner Versunkenheit aufstörte.

Es war zwanzig Minuten vor sieben.

Als der Junge mich verließ, begann ich meine Umgebung zu mustern. Ich befand mich vor einer Pforte, die in den Hof einer Werkstatt führte, der von einem Streifen durstiger Erde mit Blumen – purpurnen Levkojen und scharlachroten Geranien – umgeben war. Über dem Eingang hing eine Tafel mit der Inschrift:

CHS. ATKINSON, STEINMETZ
GEDENKSTEINE
AUSFÜHRUNG IN ENGLISCHEM UND
ITALIENISCHEM MARMOR

Aus dem Hof ertönten ein fröhliches Pfeifen, der Schall von Hammerschlägen und der kalte Klang von Stahl gegen Stein.

Ein plötzlicher Impuls ließ mich eintreten.

Ein Mann saß dort mit dem Rücken zu mir gekehrt und arbeitete eifrig an einer Platte sonderbar geäderten Marmors. Als er mich eintreten hörte, wandte er sich um, und ich blieb überrascht stehen.

Es war der Mann, den ich gezeichnet hatte und dessen Porträt in meiner Tasche steckte.

Er saß da, groß und massig, und der Schweiß lief ihm vom Kopfe; er wischte ihn sich mit einem rotseidenen Taschentuch ab. Aber obwohl sein Gesicht völlig der Zeichnung glich, war der Ausdruck gänzlich anders.

Lächelnd, als seien wir alte Freunde, grüßte er mich und schüttelte mir die Hand.

Ich entschuldigte mich wegen meines Eindringens.

»Draußen ist es so heiß und grell«, sagte ich. »Das hier ist wie eine Oase in der Wüste.«

»Ich weiß nicht, was eine Oase ist«, antwortete er; »aber heiß ist es gewiß, höllisch heiß. Setzen Sie sich, Sir!«

Er deutete auf das Ende des Grabsteins, an dem er gerade arbeitete, und ich setzte mich.

»Ein herrliches Stück Marmor, das Sie da bearbeiten«, sagte ich.

Er schüttelte den Kopf. »Zum Teil haben Sie

schon recht«, antwortete er; »die Oberfläche hier ist so schön, wie man es sich nur wünschen kann, aber die Rückseite ist ziemlich rissig. Allerdings glaube ich kaum, daß Sie es bemerken würden. Eine wirklich gute Arbeit könnte ich mit so einem Stück Marmor jedoch nie abliefern. Ein Sommer wie die-

ser schadet ihm nicht; die Hitze macht ihm nichts aus. Aber warten Sie nur, bis der Winter kommt! Nichts ist so geeignet wie Frost, um die schwachen Stellen in einem Stein herauszufinden.«

»Wozu bearbeiten Sie ihn denn?« fragte ich.

Der Mann wollte sich ausschütten vor Lachen.

»Sie werden's mir kaum glauben, wenn ich Ihnen erzähle, daß er für eine Ausstellung bestimmt ist; aber es ist die Wahrheit. Künstler haben ihre Ausstellungen: also machen es auch die Krämer und Fleischer, und wir tun es ihnen nach. Die letzten kleinen Neuheiten in Grabsteinen, wissen Sie.«

Er erzählte weiter von Marmor: welche Sorten am besten Wind und Regen widerständen, und welche am leichtesten zu bearbeiten seien; dann plauderte er über seinen Garten und eine neue Nelkenart, die er gekauft hatte. Alle zwei Minuten legte er sein Werkzeug hin, wischte sich den glänzenden Schädel und verfluchte die Hitze.

Ich sprach wenig, denn ich war unruhig. Irgendwie war das Zusammentreffen mit diesem Manne unnatürlich, unheimlich.

Zuert versuchte ich mich zu überreden, daß ich ihn schon früher gesehen hätte und sein Gesicht in irgendeinem entlegenen Winkel meines Gedächtnisses unbewußt haften geblieben sei; aber gleichzeitig war ich mir darüber klar, daß ich wenig mehr als eine plausible Selbsttäuschung probierte.

Mr. Atkinson beendete sein Werk, spuckte auf den Boden und stand mit einem Seufzer der Erleichterung auf.

»Da! Was halten Sie davon?« fragte er mit sichtlich stolzer Miene.

Die Inschrift, die ich jetzt zum erstenmal las, lautete:

GEWEIHT DEM ANDENKEN
VON
JAMES CLARENCE WITHENCROFT
GEBOREN AM 18. JANUAR 1860
ER STARB GÄNZLICH UNERWARTET
AM 20. AUGUST 1900
In der Blüte des Lebens tritt der Tod uns an

Eine Zeitlang saß ich schweigend. Dann rann ein kalter Schauder meinen Rücken hinunter. Ich fragte ihn, wo er den Namen gelesen habe.

»Oh, ich habe ihn nirgends gesehen«, erwiderte Mr. Atkinson. »Ich brauchte irgendeinen Namen und schnitt den ersten ein, der mir in den Sinn kam. Warum wollen Sie das wissen?«

»Es ist ein seltsames Zusammentreffen, denn zufällig ist das mein Name.«

Er stieß einen langen, leisen Pfiff aus.

»Und die Daten?«

»Ich kann nur für das eine bürgen, und das ist richtig.«

»Eine verrückte Geschichte!« sagte er.

Aber er hatte ja noch keine Kenntnis von dem, was ich wußte. Ich erzählte ihm von meiner Arbeit, die ich am Morgen gemacht hatte. Ich holte die Zeichnung aus meiner Tasche und zeigte sie ihm. Während er sie anschaute, änderte sich der Ausdruck seines Gesichts, bis es mehr und mehr jenem des Mannes ähnelte, den ich gezeichnet hatte.

»Und erst vorgestern habe ich zu Maria gesagt«, erzählte er, »daß es so etwas wie Gespenster nicht gibt!«

Keiner von uns beiden hatte ein Gespenst gesehen, aber ich wußte, was er meinte.

»Wahrscheinlich haben Sie meinen Namen mal gehört«, sagte ich.

»Und Sie müssen mich irgendwo gesehen und dann vergessen haben! Waren Sie letztes Jahr im Juli in Clacton-on-Sea?«

Ich war nie in meinem Leben in Clacton gewesen. Eine Zeitlang standen wir schweigend. Beide blickten wir auf dasselbe: die beiden Daten auf dem Grabstein und eines davon war richtig.

»Kommen Sie herein und essen Sie etwas Abendbrot«, sagte Mr. Atkinson.

Er hatte eine fröhliche kleine Frau mit rauhen, roten Wangen, wie sie die auf dem Lande Großgewordenen haben. Ihr Mann stellte mich ihr als einen Freund und Künstler vor. Das Resultat war unglücklich, denn nachdem sie die Sardinen und die Brunnenkresse fortgeräumt hatte, holte sie eine Doré-

Bibel hervor, und ich mußte fast eine halbe Stunde bei ihr sitzen und meine Bewunderung ausdrücken.

Danach ging ich hinaus und fand Atkinson auf dem Grabstein sitzend und rauchend.

Wir nahmen die Unterhaltung an der Stelle wieder auf, wo wir sie abgebrochen hatten.

»Sie müssen meine Frage entschuldigen«, sagte ich, »aber können Sie sich an irgendeine Tat erinnern, für die man Sie vor Gericht stellen könnte?«

Er schüttelte den Kopf.

»Ich bin kein Schuldenmacher, das Geschäft geht gut genug. Vor drei Jahren habe ich einem Armenpfleger zu Weihnachten ein paar Truthähne gegeben, aber das ist auch alles, woran ich mich erinnern kann. Und außerdem waren es nur kleine«, fügte er, wie in einem nachträglichen Einfall, hinzu.

Er stand auf, holte eine Kanne von der Veranda und begann die Blumen zu gießen. »Regelmäßig zweimal täglich in der trockenen Zeit«, sagte er, »und trotzdem macht die Hitze die zarteren Pflanzen manchmal noch zuschanden. Und die Farne, guter Gott! die halten es nie aus. Wo wohnen Sie?«

Ich nannte ihm meine Adresse. Wenn ich flott zuging, konnte ich in einer Stunde zu Hause sein.

»Wir wollen der Sache mal ins Gesicht sehen«, sagte er. »Es ist doch so: wenn Sie heute abend nach Hause gehen, kann Ihnen leicht ein Unfall zustoßen. Ein Wagen kann Sie überfahren, und irgendwo liegt immer eine Bananen- oder Orangenschale – von umstürzenden Leitern wollen wir gar nicht erst reden.«

Er sprach über das Unwahrscheinliche mit so eindringlichem Ernst, daß es mir noch vor sechs Stunden lächerlich erschienen wäre. Aber ich lachte nicht.

»Das beste, was wir tun können«, sagte er, »ist, daß Sie bis Mitternacht hierbleiben. Wir wollen hinaufgehen und rauchen; vielleicht ist es drinnen kühler.«

Zu meiner Überraschung willigte ich ein.

Wir sitzen jetzt in einer langgestreckten, niedrigen Kammer unter dem vorspringenden Dach. Atkinson hat seine Frau zu Bett geschickt. Er ist damit beschäftigt, einige Werkzeuge an einem kleinen Ölstein zu schärfen, während er eine meiner Zigarren raucht.

Die Luft scheint von Gewitter geladen zu sein. Ich schreibe diese Zeilen an einem wackeligen Tisch vor dem offenen Fenster. Ein Bein ist gesprungen, und Atkinson, der anscheinend sehr geschickt mit seinen Werkzeugen umzugehen versteht, wird es reparieren, sobald er seinen Meißel geschärft hat.

Es ist jetzt kurz nach elf Uhr. In weniger als einer Stunde werde ich nicht mehr sein.

Die Hitze ist zum Ersticken.

Es reicht, um einen Mann zum Wahnsinn zu treiben.

Sarah Bennets Vergangenheit

Risingham, der Bauernhof, lag auf einem der großen, einem Walrücken gleichenden Höhenzüge in Berkshire und hob sich deutlich gegen den Himmel ab. Das einstmals rote Ziegeldach, das inzwischen vom Regen verwaschen und von Flechten überwachsen war, schien mit dem Braun und Grau des kurzen, von Schafen abgeweideten Grases genau übereinzustimmen.

Einen knappen Kilometer weiter stand, unmittelbar an der alten Römerstraße, Risingham Castle, von dem der Hof seinen Namen hatte: inmitten eines großen viereckigen Landstückes, von Gräben und Wällen umgeben, und der Blick über Hügel und Täler, Ackerland und Weideland reichte beinahe achtzig Kilometer weit.

Kennenlernen tat ich den Hof in erster Linie, weil er die Heimat von Frank Dicey war. Hier fuhr er hin, um einen achttägigen oder zweiwöchigen Urlaub zu verleben, den er erhielt, bevor sein Schiff wieder auslief und die andere Seite der Welt ansteuerte; und hier auf dem Hof hatte er, vor erst zwei Jahren, die jüngste der drei Prinzessinnen geheiratet.

Die drei Prinzessinnen waren seine Cousinen. Er war es, der ihnen ihre Namen gegeben hatte, und zwar schon in jener Zeit, als die Gebrüder Grimm noch nicht mit den letzten Schulbüchern in der

Rumpelkammer verschwunden waren, die ganz hinten in der Scheune lag. In Übereinstimmung mit den ungeschriebenen Gesetzen des Märchenlandes waren sie, in der Reihenfolge ihres Alters, als die Böse, die Häßliche und die Schöne bekannt.

Wie Frank waren auch sie Waisen; und da ihre Eltern schon so früh gestorben waren, daß sich die Kinder kaum mehr an sie erinnern konnten, waren sie von ihrer Großtante, Mrs. Bennet (entsprechend der schlichten Art der Quäker pflegte sie sich Sarah Bennet zu nennen) nach Risingham gebracht worden, und seitdem war Sarah Bennet die gute Fee ihrer Nichten und ihres Neffen gewesen.

Am deutlichsten erinnere ich mich der alten Dame, als ich sie zum erstenmal sah: in einem zarten, lilafarbenen Seidenkleid aus vergangenen Zeiten, mit einem großen Quäkerhut, der ihr Gesicht wie ein purpurner Heiligenschein umgab.

Ihre zarten Hände, deren Adern so deutlich hervortraten, wirkten unsagbar zerbrechlich; sie war jedoch eine Frau von unerwarteter Kraft und nie nachlassender Energie, mit einer klaren und deutlichen Stimme, die zu einem wohlklingenden Sopran wurde, wenn sie auf Versammlungen sprach.

Diese Frau, die in wahrer Gemeinschaft mit denen früherer Zeiten eine Heilige war, bildete in der Tat den Mittelpunkt einer Reihe ungewöhnlicher Ereignisse, die mit ihr in einem sehr engen Zusammenhang standen und sich über einen Zeitraum von fünf Jahren erstreckten; soviel mir bekannt ist, besteht allerdings auch die Möglichkeit, daß dieser Zeitraum sehr viel größer war. Jedes für sich schienen die Ereignisse zusammenhanglos und vielleicht sogar unwichtig zu sein; zusammengenommen bilden sie aber eine Tragödie.

Es war ein später Septemberabend, dunkel, denn der Erntemond war noch nicht hinter dem Höhenzug aufgegangen, und in der Luft hing der leichte Duft der Kornfelder. Nachmittags hatte ich mich mit Frank Dicey in Southampton getroffen, und jetzt, gegen neun Uhr, erklommen wir den letzten Hügel, der uns von den Lichtern des Hofes trennte.

Auf der Kuppe blieben wir stehen, und während wir uns ausruhten, spürten wir etwas von dem wunderbaren Frieden, der sich über den Höhenzügen ausbreitete, wo der Himmel weiter und die Erde ferner zu sein scheinen als in den Bergen und auf den Ebenen.

Als ich mich umblickte, sah ich plötzlich, daß einen knappen Kilometer von uns entfernt eine Lampe aufleuchtete, und zwar rechts von uns, unmittelbar neben dem kleinen Tümpel.

Als Frank noch ein Junge war, hatten er und die jüngste Prinzessin einen ganzen Sommer lang ihr Taschengeld gespart, um sich eine kleine Morselampe zu kaufen, und als es Herbst wurde, gingen sie abends hinaus und morsten ihre manchmal ungenau buchstabierten Mitteilungen von Hügel zu Hügel.

»Wahrscheinlich will sie dir irgend etwas mitteilen«, sagte ich. »Auf mich brauchst du dabei keine Rücksicht zu nehmen; es ist eine Sprache, die ich nicht verstehe.«

»Schreibe die Buchstaben so auf, wie ich sie dir nenne«, erwiderte er.

Es war allerdings eine völlig unerwartete Mitteilung; zu einem Teil war sie nicht zu entziffern, aber was Frank aus den Morsezeichen herauslesen konnte, war etwa folgendes (die vorangegangenen Flüche lasse ich dabei weg): »Hiermit ... versuche, Verbindung zu bekommen. Warum zum Teufel antwortest du nicht? Ich möchte nur sagen...«

Der Lichtpunkt gab keine Zeichen mehr, sondern war etwa eine Minute lang ununterbrochen sichtbar und erlosch dann.

Neugierig sah ich Frank an.

»Vielleicht irgendein Spaß«, meinte ich.

»Das nehme ich auch an«, antwortete er. Es war jedoch offenbar ein Spaß, der ihm nicht behagte. Erst als wir begrüßt und bewirtet worden waren, kam Frank auf die Angelegenheit zurück.

»Wer von euch hat eigentlich vor einer Stunde unten am Tümpel gemorst?« fragte er.

Keiner hatte gemorst. Alle hatten in der Küche zu tun gehabt, ausgenommen Tante Sarah, die mit der Laterne draußen gewesen und nachgesehen hatte, ob das Koppelgatter auch geschlossen war.

Frank sagte, dann müsse er sich geirrt haben.

»Aber verdammt will ich sein, wenn das mit rechten Dingen zugeht«, sagte er, als die anderen uns alleingelassen hatten.

Im September des folgenden Jahres war ich wieder in Risingham. Es war ein Sonntag; die anderen waren zu einer Versammlung gegangen, und ihre Abwesenheit verschaffte mir den Vorteil, mich dem Genuß einer Pfeife hingeben zu können. Mrs. Bennet war, wie ich fürchte, fest überzeugt, daß ich nie rauchte. Von meinem Platz am steilen Abhang aus konnte ich genau beobachten, wie sie wieder aus dem Bethaus herauskamen: voran die alte Dame, rechts und links von der bösen und der häßlichen Prinzessin flankiert, und als Nachhut Frank mit der schönen Prinzessin.

Die Versammlung war sehr ruhig verlaufen, wie Frank berichtete; mit Ausnahme Tante Sarahs hatte niemand gesprochen. Sie hatte über den Himmel gepredigt und ihn tatsächlich ganz allgemein geschildert. Demnach war es genau der richtige Ort für einen von Franks Freunden, einen Juwelier in der Londoner Bond Street, dessen Haus in seinen Grundzügen eine gewisse Ähnlichkeit mit dem Himmel hatte.

Ich bat um Erlaubnis, sie zur Abendversammlung begleiten zu dürfen.

»Beim zweiten Auftritt ist Tante Sarah gewöhnlich ganz groß in Form«, sagte Frank, wurde dann jedoch wegen Leichtfertigkeit gerügt.

Es gibt Zeiten, in denen nichts so eindrucksvoll ist wie eine Quäkerversammlung. Und dieser Septemberabend gehörte unbestritten dazu.

Die Lampen waren nicht angezündet – es war noch nicht nötig. Nichts unterbrach die Stille. Hin und wieder flatterte eine Fledermaus vor der offenstehenden Tür vorüber, denn der Tag war warm gewesen.

Sarah Bennet saß allein auf der Bank der Prediger; der Umriß ihres Hutes verlor sich beinahe vor der dunklen Eichentäfelung.

Nach Ablauf einer halben Stunde, als Frank gerade Papier und Bleistift hervorgeholt hatte und das Profil seiner Cousine skizzieren wollte, fing sie an zu sprechen. Als Text nahm sie die fürchterlichen Worte des Evangeliums: »Und über das alles ist zwischen uns und euch eine große Kluft befestigt, daß die da wollten von hinnen hinabfahren zu euch, könnten nicht, und auch nicht von dannen zu uns herüberfahren.«

Sie schilderte uns ein Schlachtfeld, aber nicht eines unter dem englischen Himmel, sondern ein Schlachtfeld, das von einer tropischen Sonne verbrannt und versengt ist. Sie malte die Todeskämpfe der Verwundeten aus, ihren ungestillten Durst, die Demaskierung der Bestie bei jenen, die gesiegt hatten, und das Entsetzen der Besiegten. Und sie erzählte, wie gleichzeitig in dem blauen Gewölbe des Himmels, das sich über diesem Gemetzel erhob, die Vögel sängen, ohne sich um dies alles zu kümmern.

Und angesichts dieses Bildes sprach sie von der Hölle, von ihrer grauenhaften Wirklichkeit, bis es mich schauderte.

Trotz allem hatte ihre Stimme von Anfang bis Ende den hellen monotonen Sopran, der sich nicht ein einziges Mal änderte. Nicht ein Mal hob sie ihren Blick von dem Geländer, an das sie sich lehnte und das ihre blaugeäderten Hände angespannt umklammerten.

Als wir wieder ins Freie traten, stieg die rote Scheibe des Mondes gerade über die Baumwipfel. Weder Frank noch ich sagte ein Wort, bis wir den Hof vor uns sahen. Dann meinte er: »Ich erinnere mich, daß ich einmal mit einem Kollegen über diese Bergwerksunglücke sprach. Er war ein unscheinbarer kleiner Kerl mit Brille, und stottern tat er auch; aber erzählen konnte er. Hinterher sagte ich, er hätte eine krankhafte Phantasie. ›Wieso – die habe ich bestimmt nicht‹, erwiderte er. ›Ich bin nur einmal vier Tage lang im Stollen eingeschlossen gewesen. Ich erzähle also nur, was ich selbst gesehen habe.‹ Und genau dasselbe Gefühl hatte ich vorhin, als ich Tante Sarah zuhörte.« Nach einigen Augenblicken fügte er dann hinzu: »Weißt du – es ist doch merkwürdig. Wenn man das berücksichtigt, dann müßte ihre Beschreibung des Himmels doch eigentlich auch genau stimmen.«

Die Nacht war dunkel und stürmisch – es war eine Nacht, durch die das kleine Zimmer mit dem großen Kaminfeuer noch gemütlicher wurde als sonst.

Die Läden waren nicht geschlossen, denn im Gegensatz zu den meisten Damen hatte Sarah Bennet nichts dagegen, die schattenhaften Zweige der Lorbeerbäume, die gegen die Scheiben schlugen, zu beobachten; und bei den Nachbarn war sie besonders deswegen beliebt, weil der Schein der Lampe, die vor dem Fenster auf dem Tisch stand, jenen als Richtungsweiser diente, die nachts unterwegs waren und sonst vielleicht geglaubt hätten, sie wären weit und breit allein auf dem Buckel der Höhenzüge.

Wir hatten uns um das Feuer gesetzt und erzählten: Frank und die jüngste Prinzessin in jenem Winkel, in dem die Schatten am längsten waren, während ich einen Strang weicher grauer Wolle hielt, die die alte Dame aufwickelte.

Die böse Schwester war es dann, die ihr Buch ausgelesen hatte und vorschlug, wir sollten ein Spiel veranstalten. Was es war, habe ich vergessen; ich weiß aber noch, daß Frank nicht gewann. Ich glaube, er war damit beschäftigt, die schöne Prinzessin zu zeichnen. Für die Ähnlichkeit zeigte sie allerdings keine große Bewunderung, obgleich Frank mit dem Zeichenstift sehr gut umzugehen wußte.

»Das könnte ich sogar mit geschlossenen Augen noch besser«, sagte sie.

»Also schön«, erwiderte er. »Wollen wir doch mal sehen, wer von einem der Anwesenden das beste Porträt zeichnen kann, ohne dabei hinzusehen.«

»Dreht die Lampe aus«, sagte Margaret, »und dann fangen wir an.«

Der flackernde Schein des Feuers war mittlerweile langsam erloschen; die Flammen unter dem riesigen Holzblock waren viel zu beschäftigt, irgendwo einen Halt zu finden, um sich bemerkbar zu machen. Nur gelegentlich sprühten plötzlich Funken auf.

Leicht von uns abgewandt, saß Mrs. Bennet in ihrem hochlehnigen Stuhl und blickte in den Garten hinaus. Bleistift und Papier lagen auf ihrem Schoß, ihre Hände waren jedoch gefaltet.

»Muß es eigentlich unbedingt jemand sein, der hier im Zimmer ist?« fragte die jüngste Prinzessin. »Dann scheidet Frank nämlich aus, weil er ein Nichts ist. Ich finde außerdem, daß es ruhig ein bißchen heller sein könnte.«

Während der folgenden drei Minuten sprach niemand.

»Schluß!« sagte Frank. »Macht die Lampe an, damit wir uns die Resultate ansehen können. Gebt mir die Bögen, und dann wollen wir raten, wer es ist. Du hast also auch gezeichnet, Tante?« fragte er, als er ihren Bogen an sich nahm. »Ich dachte schon, du seist eingeschlafen.«

Das erste Porträt, das wir zu sehen bekamen, stammte von Frank – die sehr lebendige Skizze einer Gans. »Wißt ihr«, sagte er, »wenn mich jemand beleidigt, indem er mich als Nichts bezeichnet, muß ich mich eben rächen.«

Dann folgten die übrigen: lustige Karikaturen, die zum größten Teil nicht zu erkennen waren.

Plötzlich richtete Frank sich auf.

»Wer um Himmels willen ist denn das?« sagte er.

In der Hand hielt er jenen Bogen, der auf Mrs. Bennets Schoß gelegen hatte. Es war eine der gekonntesten Zeichnungen, die ich jemals gesehen habe, und sie stellte einen Mann – einen jungen Mann – in einer Offiziersuniform dar, wie man sie vor etwa fünfzig Jahren trug. Mit gefalteten Händen kniete er in flehender Haltung. Seine Gesichtszüge waren zwar grob und ungehobelt, hatten jedoch einen Ausdruck, der um Mitleid zu bitten schien. Es war eigentlich keine Schwarzweiß-Zeichnung, denn an der Seite seines Uniformrocks befand sich ein kleiner roter Fleck, der mit farbiger Kreide gezeichnet war. Und auf dem Boden, auf dem er kniete, befand sich eine kleine rote Lache.

Frank war verblüfft. »Ich habe nie geahnt, daß du so gut zeichnen kannst, Tante. Aber es sollte doch jemand sein, der hier im Zimmer ist!«

Mrs. Bennet starrte noch immer in die Nacht hinaus.

»Was habt ihr eben eigentlich gespielt, Kinder?«

sagte sie. »Und was hast du denn da in der Hand, Francis? Rückt doch die Lampe ein bißchen näher heran.«

Wir standen herum und beobachteten sie voller Ungeduld. Sie hatte sich die Brille auf die Nase gesetzt und den Bogen in die Hand genommen, und plötzlich erblaßte ihr Gesicht. Mit einem Aufschrei ließ sie die Zeichnung fallen.

»Henry!« sagte sie, und ihre Stimme klang so tief, daß wir sie kaum wiedererkannten, und dann noch einmal: »Henry!« Zitternd erhob sie sich, ging zum Kamin und warf das Blatt in das Feuer.

Dann wandte sie sich um.

»Francis«, sagte sie, »ich möchte dich bitten, diesen Mann nie wieder zu zeichnen.«

Ein Jahr danach saßen wir wieder in dem kleinen Wohnzimmer. Die Mädchen hatten gesungen, und dann hatte Frank sich mit dem Selbstvertrauen eines Seemannes an das Klavier gesetzt und fing sofort an zu spielen; den Titel des Stückes hätte er vergessen, sagte er, aber soviel ich weiß, stammte es aus irgendeiner Oper. Mrs. Bennet fühlte sich zu Frank besonders stark hingezogen. Seine Cousinen hatte sie, als sie sangen, kaum beachtet; sobald ihr Junge jedoch zu klimpern anfing, ließ sie ihre Arbeit im Stich und stellte sich neben ihn vor das Klavier, während ihr Fuß den Takt zu der Musik schlug.

Genaugenommen sollte ich sagen: während sie

versuchte, den Takt zu der Musik zu schlagen, denn weder für Rhythmus noch für Harmonie hatte sie ein gutes Gehör.

Ich merkte, daß Frank zwar weiterspielte, aber völlig verwirrt zu sein schien, und außerdem spielte er bei weitem nicht so gut wie sonst. Unvermittelt brach er schließlich ab. »Komm bloß raus«, sagte er. »Hier erstickt man förmlich.«

»Kennst du zufällig den Morsekode?« fragte er. »Wenn du ihn kennst, wirst du wahrscheinlich noch erheblich überraschter sein, als du es jetzt schon bist. Ich möchte bloß wissen, wie lange sie dazu gebraucht hat.«

»Wovon redest du eigentlich?« fragte ich.

»Ich bin mir nicht restlos sicher«, sagte Frank, »aber als du glaubtest, Tante Sarah schlüge den Takt zu der Musik, wollte sie es vielleicht; gleichzeitig übermittelte sie jedoch irgend jemandem eine Nachricht, und zwar im Morsekode.«

»Und worum ging es?« fragte ich.

»Ach, es war irgendein Unsinn«, erwiderte er. »›Legt an! Feuer! Nein, verdammt nochmal. Warum willst du mich nicht anhören? Ich bin fertig, wenn du nicht...‹ Womit es endete, weiß ich nicht, denn ich konnte einfach nicht mehr weiterspielen.«

Wir gingen wieder hinein. Mrs. Bennet saß in ihrem hochlehnigen Stuhl vor dem Kaminfeuer und las die Bibel.

»Hoffentlich hast du dich nicht erkältet, Frank«,

sagte sie. »Ich gehe gleich in die Küche und brühe dir eine Tasse Kamillentee auf.«

Das letzte Glied in dieser Kette seltsamer Ereignisse erhielt ich im folgenden September, dem Jahr von Franks Hochzeit.

Wir saßen beim Frühstück, und ich hatte gerade einen sinnlosen Traum erzählt, in dem ich die Insel Korsika in einem Flugzeug ständig umkreist hatte.

»Dein Traum scheint sehr merkwürdig gewesen zu sein«, sagte Mrs. Bennet, »aber ich habe in der letzten Nacht einen gehabt, der meiner Ansicht nach vielleicht noch merkwürdiger ist. In meinem Traum war ich auf einem großen Ball – ich glaube wenigstens, daß es so etwas gewesen ist, obgleich ich in meinem ganzen Leben keinen Ball besucht habe. Alle trugen wunderschöne weiße Kleider, und es gab Suppe in großen Porzellantassen. Ich wollte gerade meine Suppe trinken, als irgend jemand mich von hinten kräftig anstieß – mit dem Ergebnis, daß der ganze Inhalt der Tasse sich über mein Kleid ergoß, und ich bin überzeugt, daß es völlig verdorben war. Gleichzeitig hörte ich, wie eine komische Stimme hinter mir sagte: ›Ja, Sarah, das war ich, und seit fünfzig Jahren versuche ich jetzt, mich zu entschuldigen.‹ Ich drehte mich um, weil ich sehen wollte, wer auf so ungewöhnliche Art mit mir spräche, und ihr könnt euch vielleicht meine Überraschung vorstellen, als ich einen Affen erblicke, wenigstens muß es meiner Ansicht nach ein Affe gewesen sein, der in Männerkleidern steckte und direkt neben mir stand. In seinem gefühlvollen Ausdruck lag etwas so Menschliches, daß ich laut zu lachen anfing. Das arme Tier sah ziemlich beleidigt aus und schlich zu den Büfetts, wo die Kellner die Suppe servierten. Einmal drehte es sich noch um,

und mit einem Knurren, bei dem es alle Zähne zeigte, murmelte es: ›Zu spät!‹ Dann war es verschwunden.« Und Mrs. Bennet lachte herzlich. Die alte Dame hatte sehr viel Humor.

Jedes der Ereignisse, über die ich eben berichtet habe, beeindruckte mich zu seiner Zeit mehr oder weniger nachdrücklich; wahrscheinlich hätte ich sie jedoch bald wieder vergessen gehabt, hätte ich nicht jene Geschichte gehört, die alle Ereignisse meiner Meinung nach sehr deutlich miteinander verkettet.

Als Mädchen hatte Sarah Bennet einen Hauptmann der Pioniere geliebt und auch geheiratet.

Er war gescheit, hatte – sehr ungewöhnlich für einen Angehörigen seines Berufs – eine Liebe zu Poesie und Literatur, aber in seinem Wesen war er ungezügelt und liederlich. Grausam war er daneben auch. Erst gestern hörte ich eine Geschichte, die man sich von ihm erzählt und bei der es sich um die Plünderung eines burmesischen Dorfes handelte; übrigens war es nur der Teil einer Geschichte, denn ein hitziger indischer Oberst unterbrach den Erzähler noch in der ersten Hälfte seines Berichts.

Dieser Hauptmann hatte, wie ich erfuhr, seine Frau einer Wette wegen geheiratet. Aus reiner Neugierde war er mit einem Freund zu einer Versammlung der Quäker gegangen, und dort hatten sie Sarah Cruikshank gesehen. Wahrscheinlich war der Unterschied zwischen dem schlicht gekleideten

Quäkermädchen und dem verrufenen Taugenichts an seiner Seite so unbeschreiblich gewesen für den Mann, der die Wette vorschlug, daß er seine Guineen rücksichtslos einsetzte. Aber er verlor seine Wette, und der Hauptmann heiratete seine Braut gegen den Wunsch ihrer Eltern und nahm sie aus ihrem stillen ländlichen Elternhaus weg in ein Leben des Schmutzes und des Elends in einer Garnisonstadt. Nach sechs Monaten wurde das Regiment verlegt; er aber nannte ihr einen falschen Bestimmungsort. So erwachte sie eines Morgens, um festzustellen, daß ihr Mann sie verlassen hatte und mit seiner Kompanie nach Indien gefahren war, während sie nicht nur kaum einen Shilling hatte, um die nächste Mahlzeit zu bezahlen, sondern auch seine Schulden aufgebürdet bekam. Dank der Freundlichkeit, die die Mitglieder ihrer Gesellschaft bewiesen, war Sarah Bennet in der Lage, in ihr Elternhaus zurückzukehren, und dort lebte sie zusammen mit ihren Eltern und versuchte zu vergessen, daß sie jemals fortgewesen war.

Von ihrem Mann erhielt sie nie eine Nachricht. Sie hatte ihn längst für tot gehalten, als sie in der Zeitung eine kurze Notiz über jenes Unternehmen las, bei dem er ums Leben kam. Und im Laufe der Zeit geriet die Tragödie ihrer Vergangenheit über anderen in Vergessenheit; selbst für sie verlor die Vergangenheit ihren Stachel.

Das Böse, das uns überkommt, wird häufig vergessen; schwieriger ist es, jenes Böse zu vergessen, das wir tun.

Als das Wenige, das von Hauptmann Bennet übriggeblieben und nicht sterblich war, in das große Unbekannte einging, erkannte er – im Gegensatz zu seiner Frau – das Ausmaß des Bösen, das er getan hatte. Mit allem, was in seiner Macht stand, versuchte er, ihr seinen Kummer mitzuteilen, versuchte es vielleicht mit einiger Aussicht auf Erfolg, weil seine Seele von der Erde doch gar nicht weit entfernt war. Aber wie ehedem war eine große Kluft befestigt, klaffte ein unüberbrückbarer Abgrund zwischen Gut und Böse. Darin lag die eigentliche Tragödie, und seine Reue war zu spät gekommen.

Manchmal glaube ich, daß es ihm vielleicht gelungen wäre, ihr seine Reue erkenntlich zu machen, wenn sie nicht ganz so fromm gewesen wäre; aber so, wie es nun einmal war, waren seine größten Bemühungen nicht mehr als spaßhafte Traumbilder.

In der Vergangenheit hatte er in ihren Erinnerungen kaum etwas zu suchen; in der Gegenwart existierte aber kein Weg mehr, gab es nichts, was zwischen ihr und ihm noch bestand.

Und so ist Mrs. Bennet, die über ihren Traum lacht, ein Symbol für die Grausamkeit einer vollkommenen Gerechtigkeit.

Das Kirchengestühl der Ankardynes

Der folgende Bericht über jene Ereignisse, die sich im Februar 1890 in Ankardyne House abspielten, setzt sich in der Hauptsache aus Briefen zusammen, die mein Freund, der Reverend Thomas Prendergast, an seine Frau schrieb, und zwar unmittelbar vor ihrer Übersiedelung in das Pfarrhaus, sowie aus Teilen jenes Tagebuches, das ich damals führte. Sämtliche Namen sind natürlich erfunden.

9. Februar: Es tut mir leid, daß ich gestern keine Gelegenheit hatte, ins Pfarrhaus hinüberzukommen, so daß deine Fragen – ich habe die Aufstellung nicht verloren – unbeantwortet bleiben müssen. Es liegt fast eine viertel Meile von der Kirche entfernt, im Dorf. Die Kirche befindet sich nämlich unglücklicherweise auf dem Gelände des Parks, und dort führt ein mit Steinplatten ausgelegter Gang, kalt und fürchterlich zügig, vom Ankardyne House zu jenem abgetrennten Teil des Kirchenschiffs, in dem das Kirchengestühl der Ankardynes steht. Die Gutsherrschaft konnte in früherer Zeit zu spät kommen und vorzeitig wieder gehen oder gar einfach wegbleiben, ohne daß es jemand bemerkte. Die ganze Lage der Kirche ist keineswegs schön und doch typisch englisch: Der Gutsherr hatte das Haus Gottes vereinnahmt. Warum hatte er das Recht auf einen gesonderten, geheimen Zugang? Ich habe noch keine Zeit gehabt, mir das Innere der Kirche genau anzusehen – frühes achtzehntes Jahrhundert, würde ich sagen –, aber als wir gestern abend in der Dämmerung vorfuhren, erinnerte mich die hohe düstere Fassade von Ankardyne House mit der daneben liegenden zierlichen kleinen Kirche – ähnlich dem Nest eines Zaunkönigs – an einen unangenehmen Onkel, der mit einem der Kinder zu einem Spaziergang in den Wald aufbricht. Wenn du alles selbst siehst, wirst du mir beipflichten, daß dieses Bild wirklich ziemlich genau zutrifft. Zu einem Teil kommt es von der Höhe der beiden Gebäude, zu einem Teil aber auch von der Form der Fenster: einmal sind sie viereckig, tief in die Mauer eingelassen und grimmig, das andere Mal rund – wie die hochgezogenen Augenbrauen erstaunter Unschuld.

Über Miss Ankardyne waren wir vollständig im Irrtum. Sie ist eine bezaubernde kleine Dame, alles andere als eine Lady Catherine de Bourgh, und freut sich ehrlich darauf, dich zu ihrer unmittelbaren Nachbarin zu bekommen. Morgen werde ich mehr über sie berichten, denn die Stalluhr hat bereits elf geschlagen, und meine Kerze ist schon ziemlich heruntergebrannt.

10. Februar: Ich habe, deinem Wunsch entsprechend, die Zimmer ausgemessen. Sie sind natürlich größer als unsere in Garvington, und unsere Möbel und Teppiche werden sich ziemlich verloren vorkommen. Aber das Pfarrhaus wird dir gefallen. Zumindest ist es ein fröhliches Haus; nach Süden gelegen und nicht, wie unser Haus, dicht von Bäumen umgeben. Ich nehme an, daß die Gewöhnung an den freien Himmel und den weiten Horizont der Heide an dem Gefühl der Eingeschlossenheit schuld ist, das man hier empfindet. Aber noch nie habe ich derartige Zedern gesehen!

Und nun zur Beschreibung von Miss Ankardyne. Sie ist etwa fünfundsiebzig, *petite* und einem Vogel ähnlich, mit der graziösen, wachsam gespannten Haltung eines Vogels. Man könnte sagen, daß Sehvermögen und Gehör ungewöhnlich scharf sind und dazu beigetragen haben, ihre Jugendlichkeit zu erhalten. Sie ist eine gute Erzählerin, sehr belesen und vielseitig interessiert, jedoch eine noch bessere Zuhörerin. Typisch für einen Pastor! wirst du jetzt sicherlich sagen, denn wenn wir nur zu zweit sind und sie zuhört, muß ich also derjenige sein, der redet. Aber ich meine genau, was ich sage. Es stimmt alles, was der Archidiakon uns erzählt hat; in ihrer Gegenwart ist man sich eines lebendigen Geistes des Friedens bewußt. Beiläufig bemerkt ist sie ein interessantes Beispiel für deine Theorie, daß es Menschen gibt, denen gegenüber Tiere eine instinktive Abneigung empfinden – bei weitem das beste Beispiel, dem ich bisher begegnet bin. Denn Miss Ankardyne erzählte mir selbst, daß sie zwar von Kindheit an eine besondere Zuneigung für alle lebenden Geschöpfe, besonders für Vögel, empfunden habe, daß diese Zuneigung jedoch im ersten Moment nie erwidert würde. Nach fleißigem und ständigem Bemühen gelingt es ihr zwar, Zuneigung zu gewinnen, denn ihr Spaniel, ihr Papagei und Karkar, die dreifarbige Katze, hängen offensichtlich sehr an ihr; aber fremde Hunde knurren, wenn sie sie streicheln will. Und sie sagte selbst, daß die Hühner eines Bauernhofes sogar von den frisch ausgestreuten Körnern wegrennen, wenn sie spüren, daß Miss Ankardyne kommt. Von Kühen habe ich schon gehört, daß sie einzelnen Menschen gegenüber ihre Abneigung deutlich zeigen – aber noch nie von Vögeln. Übrigens existiert hier eine ausgezeichnete Bibliothek, die dringend katalogisiert werden müßte. Soviel ich weiß, hatte der alte Pastor gerade damit angefangen, als er den tödlichen Anfall erlitt.

In der Kirche bin ich auch gewesen. Man kann sich nichts vorstellen, was unserem lieben alten Garvington gegensätzlicher sein könnte. Architektonisch hat sie ihre Vorzüge, aber die Geschlossenheit des Ganzen, von der doch alles abhängig ist, wird von dem Kirchengestühl der Ankardynes durchbrochen. Seine Heimlichkeit ist ein Greuel. Selbst von der Kanzel aus ist es unmöglich hineinzusehen, und ich kann mir die Geschichten von den würfelnden Gutsherren und ihrem sonntäglichen Spiel sehr gut vorstellen. Miss Ankardyne weigert sich, das Gestühl zu benutzen. Die Glasfenster sind plump und uninteressant; dafür gibt es hier einen ungewöhnlichen Altarschrein, eine spanische Arbeit, die irgendwie zu dem Ganzen zu passen scheint. Mir wäre es lieber, sie täte es nicht.

Die alten vertrauten Grabmäler werden uns fehlen. Hier gibt es keinen stumpfnasigen Kreuzfahrer, keinen würdigen elisabethanischen Ritter wie unseren Sir John Parkington, der in Demut niederkniet, rechts und links von genau der gleichen Anzahl Familienmitglieder eingerahmt. Die Gruften gehören fast alle den Ankardynes: Urnen, schluchzende Nächstenliebe, untröstliche Witwen und sämtliche kalten christlichen Tugenden. Du weißt, was ich meine. Die zehn Gebote sind auf Eichentafeln gemalt und hängen zu beiden Seiten des Altars. Ich bezweifle, daß man sie vom Kirchengestühl der Ankardynes aus sehen kann.

11. Februar: Du fragst nach meiner Neuritis. Sie hat sich gebessert, trotz der Tatsache, daß ich schlecht geschlafen habe. Morgens, manchmal auch mitten in der Nacht, wache ich mit brennenden Kopfschmerzen und einem merkwürdigen stechenden Gefühl in der Zunge auf, das ich mir nur mit einer Magenverstimmung erklären kann. Ich versuche, ihr dadurch beizukommen, daß ich vor dem Einschlafen ein Glas heißes Wasser trinke. Wenn wir in das Pfarrhaus übersiedeln, wird uns wenigstens die Aufmerksamkeit der Eulen erspart bleiben, die die Nächte zu einem Alptraum machen. Das Haus ist von Bäumen allzu dicht umstanden, und ich nehme an, daß die unbenützten Bauwerke ihnen ebenfalls Schutz gewähren. Katzen sind schon schlimm genug – aber trotzdem sind mir die Laute nächtlicher Wanderer lieber als die nächtlicher Flieger. Es wird nun nicht mehr lange dauern, bis wir uns wiedersehen. Die Arbeiten im Pfarrhaus kommen sehr gut voran. Die Maler sind bereits eingezogen; der neue Küchenherd ist ebenfalls da und wartet nur darauf, daß die Klempner ihn anschließen. Miss Ankardyne fährt in wenigen Tagen weg, um Freunde zu besuchen. Allem Anschein nach verreist sie immer um diese Jahreszeit – wie klug von ihr! Nächste Woche werde ich also allein sein. Sie meinte, Dr. Hulse würde mich gern bei sich aufnehmen, wenn die Einsamkeit für mich zu bedrückend sei, aber ich will ihn nicht stören. Der alte Butler wird dir sicherlich gefallen. Er heißt Mason, und seine Frau – eine Schottin – ist als Haushälterin tätig. Die drei Mädchen sind Geschwister. Sie sind seit dreißig Jahren bei Miss Ankardyne und genau das, was man sich unter einem Dienstmädchen vorstellt. Sie sind ferner Angehörige einer Sekte, und ich kann zufrieden sein, daß sie nicht orthodox sind. Wenn ich sicher sein könnte, daß Dr. Hulse genausogut versorgt ist...

13. Februar: Vergangene Nacht hatte ich ein Erlebnis, das mich seltsam berührte. Ich weiß kaum, was ich daraus machen soll. Um halb elf ging ich, nach einem ruhigen Abend mit Miss Ankardyne, zu Bett. Ich war der Ansicht, daß sie ziemlich bedrückt war, und versuchte, sie dadurch aufzumuntern, daß ich ihr vorlas. Sie hatte ein Kapitel aus dem ›Vicar of Wakefield‹ ausgesucht. Kurz nach eins wachte ich mit einem unerträglichen Gefühl der Beklemmung auf, das fast schon Angst war. Ich war mir ferner eines brennenden, stechenden und schneidenden Schmerzes in der Zunge bewußt – in gewisser Weise hing damit auch mein Aufwachen zusammen. Ich stand also auf und war gerade dabei, mir ein Glas Wasser einzugießen, als ich hörte, daß irgend jemand sprach. Die Stimme klang gedämpft und redete ohne jede Unterbrechung, und anscheinend kam sie aus dem Nebenzimmer. Ich schlüpfte in meinen Morgenmantel und trat, die Kerze in der Hand, auf den Korridor hinaus. Einen Augenblick blieb ich stehen. Offen gestanden hatte ich Angst. Die Stimme drang aus einem Zimmer, das zwei Türen von meinem entfernt war. Während ich noch lauschte, erkannte ich, daß es Miss Ankardynes Stimme war. Sie wiederholte ständig den Segen.

In dem Triumphgesang der drei vor dem Feuertod bewahrten Jünglinge lagen derartige Tiefen der Traurigkeit, so viel von der Müdigkeit der Unterlegenheit, daß ich das Gefühl hatte, sie nicht alleinlassen zu können. Vielleicht hätte ich sie anrufen sollen, bevor ich klopfte, denn ich konnte fast spüren, wie die Angst ihr den Atem nahm. »Oh, nein!«

sagte sie. »Nein! Nicht jetzt!« Und dann, als raffte sie sich zu einer gewaltigen Anstrengung zusammen: »Wer ist da?«

Ich nannte meinen Namen, und sie forderte mich auf einzutreten. Die arme kleine Frau hatte sich von ihren Knien erhoben und bebte vom Kopf bis zu den Füßen. Etwa eine Stunde blieb ich bei ihr, und als ich sie verließ, schlief sie friedlich. Ich wollte nicht das ganze Haus wecken, aber es gelang mir, das Zimmer der Masons zu finden und Mrs. Mason aufzutragen, sich in das Zimmer der alten Dame zu begeben.

Was in dieser Stunde geschah, die wir gemeinsam in Gespräch und Gebet verbrachten, weiß ich nicht mehr genau. Irgend etwas Fürchterliches liegt über diesem Haus, dessen sich Miss Ankardyne dunkel bewußt ist – irgend etwas, das mit Schmerz und Feuer und einem Vogel zu tun hat, und dazu etwas, das menschlich war. Bis in die Tiefen meines Wesens hinein war ich erschüttert. Ich glaube, daß ich die Notwendigkeit des Gebets und die Macht des Gebets noch nie so stark empfunden habe wie gestern abend. Die Stalluhr hat gerade fünf geschlagen.

14. Februar: Ich habe alles arrangiert, daß Miss Ankardyne morgen fahren kann. Sie ist sehr wohl in der Lage zu reisen, aber keineswegs in der Lage, hier zu bleiben. Heute morgen hatte ich mit ihr ein langes Gespräch. Ich glaube, sie ist die tapferste Frau, die ich kenne. Ihr ganzes Leben lang hat sie das Gefühl gehabt, daß es in diesem Hause umgeht, und ihr ganzes Leben lang hat sie mit dem, das in diesem Haus umgeht, Mitleid gehabt. Sie sagt, sie sei überzeugt, daß sie es überwinden könnte, daß es mit dem Haus schon besser geworden sei, daß es jedoch zu dieser Jahreszeit fast zuviel für sie werde. Sie möchte gern, daß ich zu Dr. Hulse ziehe. Ich habe aber das Gefühl, daß ich den Dingen hier auf den Grund kommen muß. Sie schlug dann vor, ich sollte einen Freund einladen, der mir Gesellschaft leisten könne. Ich dachte dabei an Pellow. Du erinnerst dich sicher noch, daß wir letzten September gezwungen waren, seinen Besuch zu verschieben. Erst vorigen Freitag bekam ich von ihm einen Brief. Er lebt ebenfalls in diesem Teil der Welt, und vielleicht kann er für einige Tage herüberkommen.

Damit enden die Auszüge aus Mr. Prendergasts Briefen. Das nun Folgende sind Auszüge aus meinem Tagebuch.

16. Februar: Mittags in Ankardyne House angekommen. Prendergast wollte mich eigentlich vom Bahnhof abholen, wurde dann aber plötzlich zu einem sterbenden Gemeindemitglied geholt. Folglich hatte ich einige Stunden für mich, in denen ich mir ein Bild von dem Haus machen konnte. Es stammt aus dem frühen achtzehnten Jahrhundert, wirkt sehr repräsentativ, wenn auch düster, und ist auf drei Seiten von dichtem Gebüsch – Rhododendron und Lorbeer – umgeben, das anschließend in dichtes Unterholz übergeht. Die Zedern im Park müssen älter als sämtliche Gebäude sein. Ich vermute, daß Miss Ankardyne ihr ganzes Leben hier verbracht hat, und das Haus selbst macht den Eindruck, ständig bewohnt worden zu sein: ein etwas unheilvolles Herrenhaus, von einer guten Seele gründlich gelüftet. Das Haus enthält eine Bibliothek, die zu durchstöbern sich lohnen müßte. Die Familienporträts hängen im Eßzimmer – darunter keines von überragendem Interesse. Der ungewöhnlichste Zug des Hauses ist seine Verbindung mit der Kirche, die sehr viel Ähnlichkeit mit einer privaten Kapelle besitzt. Sie ist genaugenommen nicht an das Haus angebaut, sondern mit ihm durch eine flache geschwungene Fassade verbunden, die von keinem Fenster unterbrochen ist. Hinter der Fassade liegt ein Gang, der sein Licht von oben erhält und vom Hause aus einen geheimen Zugang zur Kirche ermöglicht. Von diesem Gang führt eine Tür in die sehr geräumige Halle von Ankardyne House; es besteht jedoch noch ein zweiter Zugang, der Prendergast anscheinend entgangen ist: eine schmale Stiege, die zu Miss Ankardynes Schlafzimmer führt. Diese Tür ist abgesperrt und wurde – soweit Mason, der Butler, sich erinnern kann – bisher noch nie geöffnet. Das Gegenstück zu der Kirche und der geschwungenen Fassade, die die Verbindung zwischen ihr und dem Haus bildet, sind auf der anderen Seite die Wagenremise und die Ställe, die auf ähnliche Weise von der Küche aus zu erreichen sind. Dem Baumeister ist es offensichtlich gelungen, die Vorstellung zu vermitteln, daß Glaube und Pferdefleisch zu eleganten Attributen für das Leben eines Landedelmanns gemacht werden können. Prendergast kam kurz vor dem Mittagessen zurück. Er sieht nicht gut aus und freute sich sichtlich, mich zu sehen und seine Last loszuwerden. Nachmittags hatte ich eine ausführliche Unterhaltung mit Mason, dem Butler, einem sehr verständigen Mann.

Nach dem, was Prendergast mir erzählte, nehme ich an, daß Miss Ankardynes Erlebnisse sowohl visueller als auch akustischer Art sind. Auf jeden Fall sind sie unbestimmt.

Akustisch: Der Schrei eines Vogels – manchmal glaubt sie, es sei eine Eule, manchmal hält sie es für einen Hahn, manchmal auch für einen menschlichen Schrei, der irgendwie vogelähnlich klingt. Sie hat ihn gehört, soweit sie sich zurückerinnern kann, sowohl im Freien als auch in ihrem Zimmer, meistens jedoch aus der Richtung jenes Ganges, der zur Kirche führt. Hauptsächlich ist der Schrei nachts zu hören, fast nie vor Einbruch der Dunkelheit. (Das spräche für eine Eule.) In den letzten Jahren ist er seltener aufgetreten, um diese Jahreszeit jedoch am häufigsten. Mason bestätigt es. Ihm gefällt der Schrei gar nicht, und er weiß nicht, was er von ihm halten soll. Die Mädchen glauben, es sei ein böser Geist;

da er jedoch keine Macht über sie besitzt – denn sie gehören dem Auserwählten Volk an – nehmen sie keine Notiz von ihm.

Visuell und sensorisch: Von Zeit zu Zeit – und in den letzten Jahren ebenfalls seltener – erwacht Miss Ankardyne »mit glühenden Augäpfeln«. Minutenlang kann sie ihre Umgebung nicht deutlich erkennen. Dann ziehen die roten Kreise sich langsam zu Nadelstichen zusammen. Sie empfindet einen grellen Schmerz – und kann anschließend wieder normal sehen. Gelegentlich wird sie auch von einem scharfen, schneidenden Schmerz in der Zunge aus dem Schlaf gerissen. Sie hat verschiedene Augenärzte aufgesucht, die jedoch übereinstimmend feststellten, daß ihr Sehvermögen vollständig normal ist. Ich glaube, daß sie noch keinen Tag krank gewesen ist. Prendergast scheint ein ähnliches, wenn auch weniger eindringliches Erlebnis gehabt zu haben; er sprach von »brennenden« Kopfschmerzen.

Aus Mason habe ich herausgeholt, daß Tiere das Haus meiden – mit Ausnahme von Karkar, Miss Ankardynes Katze, die vollkommen unberührt zu sein scheint. Der Spaniel sträubt sich, in Miss Ankardynes Schlafzimmer zu schlafen, und als einmal der Käfig des Papageien hineingebracht wurde, soll er so gekreischt haben, daß darüber fast das Haus eingestürzt sei. Das glaube ich ohne weiteres, denn mit Mrs. Masons widerwilliger Zustimmung habe ich dieses Experiment selbst wiederholt. Die Federn des Vogels an Kopf und Hals lagen glatt an – ein Zeichen seiner Wut – und dann fing er auf wirklich schreckliche Art an zu kreischen.

Das alles ist natürlich noch sehr ungewiß. Für irgendwelche übernatürlichen Dinge haben wir keinen wirklichen Beweis. Was mich am meisten beeindruckt, ist der Einfluß eines Hauses auf eine Frau von Miss Ankardynes starkem Charakter und Mut.

18. Februar: Tatsächlich eine interessante Nacht. Nach einem ausgiebigen Spaziergang mit Prendergast am Nachmittag ging ich zeitig mit einem Buch von Trollope und einer Kerze zu Bett. Es geschah, was mir noch nie passiert ist: Ich schlief bei brennender Kerze ein. Als ich aufwachte, war sie bis auf einen kurzen Stummel heruntergebrannt; die Flamme war nur noch ein trübes Glimmen. Unmittelbar neben dem Kerzenhalter stand auf dem Tisch neben meinem Bett eine Karaffe Wasser. Während ich also im Bett lag, zu müde, um mich zu rühren, wurde mir plötzlich die hypnotische Wirkung bewußt, den der Anblick des Kristalls hat. Langsam verschwamm die Oberfläche des Glases, und dann wurde es, von innen heraus, wieder klar. Ich blickte in das Innere eines Gebäudes, in dem ich sofort die Kirche erkannte. Ich unterschied den Altarschrein und das Kirchengestühl der Ankardynes. Anscheinend war es Nacht, obgleich ich alles deutlicher als bei Nacht sehen konnte – zum Beispiel die Grabdenkmäler im Seitenschiff. Es waren jedoch weniger als heute.

Bald darauf öffnete sich die Tür des Kirchengestühls, und ein Mann trat heraus. Er war in einen schwarzen Rock und Kniehosen gekleidet, wie sie ein Geistlicher vor etwa einem Jahrhundert getragen haben mag. In der einen Hand hielt er eine brennende Kerze, deren Flamme er mit der anderen schützte. Meinem Eindruck nach war er in den mittleren Jahren. Sein Gesicht zeigte den Ausdruck äußerster Besorgnis. Er durchquerte die Kirche, warf dabei wiederholt einen Blick zurück, und blieb vor einem der Grabsteine im südlichen Kirchenschiff stehen. Nachdem er die Kerze abgestellt hatte, zog er einen Hammer sowie verschiedenes Werkzeug aus der Tasche, kniete hin und begann, fieberhaft an der untersten Zeile der Inschrift zu arbeiten. Als er fertig war – und es hatte gar nicht lange gedauert – schien er einen Finger anzufeuchten, fuhr mit ihm über den Boden und rieb Staub in den frisch ausgehauenen Stein. Dann griff er nach seinem Gerät und kehrte denselben Weg wieder zurück. Aber der Wind schien sich erhoben zu haben; er hatte Mühe, die Flamme der Kerze zu schützen, und kurz bevor er die Tür des Kirchengestühls erreichte, erlosch sie.

Das alles sah ich im Kristall. Ich war mittlerweile hellwach. Ich verließ mein Bett, legte neues Holz in den Kamin und schrieb – solange das Bild noch lebendig war – diesen Bericht in mein Tagebuch.

19. Februar: Schlief prächtig, trotz der Tatsache, daß ich mit einer schlaflosen Nacht gerechnet hatte.

Nach einem späten Frühstück ging ich mit Prendergast in die Kirche und hatte nicht die geringste Schwierigkeit, die Grabplatte zu identifizieren. Sie befindet sich am Ostende des südlichen Kirchenschiffs, unmittelbar gegenüber dem Kirchengestühl der Ankardynes, zu einem Teil von der Orgel verdeckt. Die Inschrift lautete:

In Memory of
Francis Ankardyne, Esquire
of Ankardyne Hall, in the County of Worcester,
late Captain in His Majesty's 42nd Regiment
of Foot.
He departed this life 27th Februar 1781
Rev. xiv. 12, 13.

Ich holte die Bibel vom Altarpult. »Hier gibt es noch Seelen«, sagte Prendergast, »derer man mit diesen Versen aus der Offenbarung tatsächlich gedenken kann: ›Hier ist Geduld der Heiligen; hier sind, die da halten die Gebote Gottes.‹ Miss Ankardynes Leben gehört hierzu. Und ich nehme an«, fuhr er fort, »daß es auch einige gibt, auf die der elfte Vers zutrifft.« Er las vor: ›Und der Rauch ihrer Qual wird aufsteigen von Ewigkeit zu Ewigkeit; und sie haben keine Ruhe Tag und Nacht, die das Tier haben angebetet und sein Bild, und so jemand hat das Malzeichen seines Namens angenommen.‹

Zuerst glaubte ich, daß er recht hätte; daß der zwölfte Vers ursprünglich als elfter eingemeißelt gewesen wäre. Bei genauerer Prüfung stellte sich jedoch heraus, daß weder die Zwei noch die Drei verändert worden waren. Prendergast fand schließlich die Lösung, die meiner Ansicht nach zutraf. »Das R von Revelation«, sagte er, »ist aus dem L von Leviticus entstanden, und die Eins war ursprünglich eine Fünf. Folglich muß es nicht ›Offenbarung XIV. 12, 13‹, sondern vielmehr ›Leviticus XIV. 52, 53‹ heißen.« Sollte er damit recht haben, ist der vor uns liegende Weg noch weit. Ich habe diese Verse am Tage immer wieder gelesen, so daß ich sie jetzt aus dem Gedächtnis hinschreiben kann: ›Und soll also das Haus entsündigen mit dem Blut des Vogels und mit dem frischen Wasser, mit dem lebendigen Vogel, mit dem Zedernholz, mit dem Ysop und mit scharlachfarbener Wolle. Und soll den lebendigen Vogel lassen hinaus vor die Stadt ins freie Feld fliegen, und das Haus versöhnen, so ist's rein.‹

Miss Ankardyne hatte Prendergast erzählt, sie sei sich dunkel irgendeines Geschehnisses bewußt, das mit Schmerz und Feuer und einem Vogel zu tun habe. Zumindest ist es ein merkwürdiges Zusammentreffen.

Bis auf den Namen war Mason von einem Francis Ankardyne nichts bekannt. Er erzählte mir jedoch, daß die Herren auf Ankardyne vor hundert Jahren im Ruf gestanden hätten, ein zügelloses Leben geführt zu haben. In dieser Hinsicht bildeten sie natürlich keine Ausnahme.

Den Nachmittag in der Bibliothek mit ergebnisloser Suche nach irgendwelchen Hinweisen verbracht. Ich fand zwei Bücher, auf deren Vorsatzblättern der Name ›Francis Ankardyne‹ stand. Es war vielleicht gut, daß sie auf einem der oberen Regale eingereiht waren. Der Widmung nach war ein Buch das Geschenk seines Vetters Cotter Crawley. Frage: Wer ist Crawley und besteht die Möglichkeit, daß er mit meinem schwarzgekleideten Mann identisch ist?

Ich versuchte, das Erlebnis mit der Kristallkaraffe unter ähnlichen Bedingungen wie gestern nacht zu wiederholen, aber ohne Erfolg. Zweimal habe ich den Vogel gehört. Es kann sowohl eine Eule als auch ein Hahn gewesen sein. Der Schrei kam von draußen und klang keineswegs erfreulich.

20. Februar: Morgen zieht Prendergast in das Pfarrhaus, und ich fahre wieder nach Hause. Miss Ankardyne verlängert ihren Aufenthalt in Malvern um weitere vierzehn Tage und will anschließend Freunde an der Südküste besuchen. Ich hätte sie gern noch gesehen und gesprochen, um auf diese Weise etwas mehr über die Geschichte ihrer Familie zu erfahren. Wir beide, Prendergast und ich, sind enttäuscht. Es hatte den Anschein, als stünden wir kurz vor der Lösung des Geheimnisses, und jetzt ist alles so dunkel wie zuvor. Die neue Firma, an der Myers beteiligt ist, sollte das Haus einmal genau untersuchen.

Damit endet mein Tagebuch, nicht jedoch die Geschichte. Etwa vier Monate nach den hier geschilderten Ereignissen gelang es mir, mit Hilfe eines Bücherantiquars vier Jahresbände des ›Gentleman's Magazine‹ zu erwerben. Gehört hatten sie einem Reverend Charles Phipson, einstmals Fellow des Brasenose College und Pastor in Norton-on-the-Wolds. Als ich eines Abends zu meinem Vergnügen in ihnen blätterte, stieß ich auf folgenden Absatz, der vom April 1789 datiert war: »In Tottenham verstarb John Ardenoif, Esq., ein junger Mann von großer Wohlhabenheit und berühmt für seine Kutschen und Pferde, mit denen nur wenige Landedelmänner wetteifern konnten. Seine Tafel war von großer Gastfreundschaft, wobei er, wie man wohl behaupten darf, etwas zu reichlich der Fröhlichkeit frönte. Wenn er jedoch seine Fehler hatte, so hatte er auch Verdienste, die diese mehr als aufwogen. Mr. A. hatte eine Vorliebe für Hahnenkämpfe und besaß einen Lieblingshahn, mit dem er manchen einträglichen Kampf gewann. Die letzte Wette auf seinen Hahn verlor er jedoch, was ihn so erzürnte, daß er den Hahn an einen Spieß band und bei lebendigem Leib auf einem großen Feuer briet. Die Schreie des beklagenswerten Tieres waren derart, daß verschiedene der anwesenden Herren einzugreifen versuchten, was wiederum Mr. A. so erboste, daß er einen Feuerhaken ergriff und in wütendster Heftigkeit erklärte, jeden umzubringen, der dazwischenträte. Mitten in seinen leidenschaftlichen Beteuerungen sank er jedoch tot zu Boden. Dies waren, wie uns versichert wurde, die Umstände, unter denen der Tod diese starke Stütze der Humanität dahinraffte.«

Darunter war geschrieben: »Siehe auch den Bericht des Mr. C-- am Schluß dieses Bandes.«

Diesen Bericht gebe ich so wieder, wie er in säuberlicher Handschrift auf dem hinteren Vorsatzblatt niedergeschrieben war.

»Während seiner letzten Erkrankung gab mir der Rev. Mr. C-- den folgenden Bericht über ein ähnliches Beispiel für ein Gottesurteil. Mr. A--, Herr auf A-- House in der Grafschaft W--, war bekannt für seine offen zur Schau gestellte Ungläubigkeit. Er war ein glühender Anhänger der Hetzjagd, ein rücksichtsloser Spieler und ein Schwärmer in seiner Liebe zum Hahnenkampf. Nachdem er eines Abends mit einem Kumpan eifrig gezecht hatte, machte er den Vorschlag, hier sofort jene Hähne gegeneinander kämpfen zu lassen, die sie für den Kampf des folgenden Tages gemeldet hatten. Sein Freund erklärte, daß sein Vogel nur auf einem Hahnenkampfplatz kämpfen sollte; Mr. A-- erklärte, er verfüge im unmittelbar daneben liegenden Raum über einen solchen. Die Vögel wurden gebracht, Lichter wurden entzündet, und Mr. A-- öffnete die Tür und geleitete seinen Gast eine Treppe hinunter und einen Gang entlang, der, wie dieser zuerst glaubte, zu den Ställen führte. Erst als der Kampf begonnen hatte, bemerkte er zu seinem Entsetzen, daß sie sich im Kirchengestühl der Familie A-- befanden, das über einen geheimen Zugang verfügte. Seine Vorhaltungen erzürnten seinen Gastgeber, der gotteslästerliche Äußerungen ausstieß und seine Seele für den Sieg seines Hahnes verwettete, der bereits fünfzig Kämpfe gewonnen hatte. Bei diesem Kampf wurde der Hahn besiegt. Außer sich vor Zorn stürzte Mr. A-- in sein Schlafgemach zurück, erklärte, daß jetzt der Tag des Jüngsten Gerichts gekommen sei und sein Hahn niemals mehr krähen würde, warf einen Draht in die Glut, brannte dem Tier damit die Augen aus und durchbohrte dessen Zunge. Dann stürzte er, als Folge einer Art von Schlagfluß, zu Boden, genas aber wieder und führte noch einige Jahre lang sein wahnwitziges Leben fort. Es wurde jedoch bemerkt, daß er an Sprechhemmungen litt, besonders auffallend dann, wenn er wütend war, und sie äußerten sich in der Form, daß er einen Laut wie das Krähen eines Hahnes ausstieß. In der Nachbarschaft hielt sich die spöttische Redensart: ›Wenn A-- kräht, müssen anständige Menschen gehen.‹ Zwei Jahre nach diesen Ereignissen begann sein Augenlicht zu versagen. Getötet wurde er auf der Jagd. Sein Pferd scheute, ging durch, trug ihn über mehr als eine Meile querfeldein über unwegsames Gelände und brach ihm das Genick, als es versuchte, eine zehn Fuß hohe

Mauer zu überspringen. Bei jedem Hindernis, dem sie begegneten, schrie Mr. A-- laut auf, aber der Ton, der aus seiner Kehle drang, schien sein Pferd nur noch scheuer zu machen. Mr. C-- bürgt für die Wahrheit dieses Berichts, da er mit beiden Parteien persönlich bekannt war.«

Die Vermutung, daß der Rev. Mr. C-- niemand anderes als der Zechkumpan von Francis Ankardyne gewesen war, scheint den Gedanken des ehrenwerten Mr. Phipson nicht gekommen zu sein. Daß dies jedoch der Fall war, darüber hege ich nicht die geringsten Zweifel. Ich habe ihn einmal undeutlich in einer Glaskaraffe gesehen; und später sah ich in Ankardyne House, in einem alten Album, einen Scherenschnitt von Cotter Crawley und erkannte sofort das unausgeprägte, einfältige Profil.

Wer es war, der die Inschrift auf jenem Grabstein in der Ankardyne-Kirche bestimmte, weiß ich nicht. Vielleicht waren es die Sachwalter des Erben, ein entfernter Verwandter oder auch nur ein Knabe. Vielleicht hielt der Steinmetz das L irrtümlich für ein R, die 5 für eine 1. Vielleicht war es ein grimmiger Spaßmacher; vielleicht hielt der Tote den Meißel. Aber ich kann mir das Entsetzen ausmalen, das Cotter Crawley überkam, als er diesen eindringlichen Versen gegenüberstand. Ich sehe, wie er sich nachts aus dem Hause stiehlt, zu dessen Besuch er sich nach Jahren endlich durchgerungen hat. Ich sehe ihn bei der Arbeit – durchfroren, aber dennoch fieberhaft an dem verräterischen Stein werkend. Ich sehe ihn, von Gewissensbissen geplagt und im Dunkeln betend, wie der Zöllner es tat.

Einen Teil dieser Geschichte erzählten Prendergast und ich eines Tages Miss Ankardyne. Das Kirchengestühl der Familie ist eingerissen, wie auch der Gang, der die Kirche mit dem Haus verband. Nur die Fassade blieb stehen. Das Haus selbst ist ruhiger, als es seit Jahren war. Ein Neffe von Miss Ankardyne kommt demnächst aus Indien zurück und wird hier wohnen. Er hat Kinder, aber ich glaube nicht, daß es etwas gibt, vor dem sie sich fürchten müßten. Wie ich bereits schrieb: Von einer guten Seele ist das Haus bereits gründlich gelüftet worden.

Miss Avenal

Meine Freunde konnten nie begreifen, weshalb ich als Schwester an eine Anstalt für Geisteskranke überwechselte. Ich hätte auch im Krankenhaus von Yorborough bleiben können, als Stationsschwester, aber irgendwie hatte ich eine Abneigung gegen die Oberin, und außerdem kannte ich dort kaum einen Menschen. Auch hatte ich gehört, daß die Pflege von Geisteskranken weniger schlecht bezahlt werde, und ferner konnte ich auf eine gewisse Unterstützung rechnen, da mein Onkel viele Jahre lang eine leitende Stellung in der Anstalt von Raddlebarn innegehabt hatte.

Deshalb verließ ich also Yorborough und ging nach The Haven. Es war ein großes Haus, eine der besten halbprivaten Anstalten im Norden und mit Sicherheit die älteste. Die Arbeit machte mir Spaß. Ich war kräftig und glücklich. Irgendwelche Sorgen machte ich mir nicht, und auch die anderen Mädchen waren immer vergnügt. Wir veranstalteten Tanzereien, musikalische Vorführungen und private Theaterabende; außerdem hatten wir eine gute Hockeymannschaft. Bald wurde die Routine jedoch allzu monoton, und ich wurde Privatpflegerin. Das Heim, das an die Anstalt grenzte, wurde von dem gleichen Komitee geleitet wie The Haven, und da die meisten Schwestern in der Anstalt ausgebildet worden waren, befand ich mich unter Bekannten.

An einem Montag im August, und zwar vor drei Jahren – ich erinnere mich noch, daß es der erste Montag im August war –, rief mich die Oberin zu sich. Ich kann diese Szene heute noch genau schildern: Miss Simpson saß, mit ihrem fröhlichen Gesicht unter der weißen Haube, an ihrem Schreibtisch, neben sich ein Tablett mit dem Teegeschirr, vor dem Bogenfenster ihr alter grauer Papagei, der ungeduldig in den leeren Hülsen herumpickte, die in seinem Futternapf lagen.

»Ich möchte«, sagte sie, »daß Sie diesen Fall übernehmen. Es handelt sich um eine Miss Avenal – vermutlich eine Art Nervenzusammenbruch. Aber lesen Sie den Brief des Arztes lieber selbst. Es dürfte eine leichte Arbeit sein – mehr eine Art Gesellschafterin –, und da Sie in letzter Zeit eine Reihe ziemlich unglücklicher Erlebnisse hatten, fand ich es nur gerecht, Ihnen diese Aufgabe anzubieten. Vor allem bedeutet es, daß Sie morgen vormittag bereits fahren müssen. Soviel ich verstanden habe, hat Miss Avenal irgendwo in der Heide bereits Zimmer gemietet. Wenn Sie also fahren können, werde ich ihr gleich telegraphisch Nachricht geben.«

Wie Miss Simpson erwähnte, hatte ich eine ganze Folge von unangenehmen Fällen gehabt, und da es sich hier um einen ruhigen und keineswegs schwierigen Fall zu handeln schien, übernahm ich ihn nur allzu gern. Am folgenden Tag traf ich mich mit Miss Avenal im Bahnhofshotel von Yorborough.

Wie alt sie war, konnte ich nicht sagen. Ihr Haar war dunkel, und zwar ohne das geringste Grau, aber merkwürdig glanzlos. Ihre Augen waren ebenfalls dunkel, aber ohne jedes Feuer. Auf Grund ihrer Gesichtszüge hätte man sie als schön bezeichnen können, nur fehlte ihrem Gesicht jeder Ausdruck. Es hatte keine verräterischen Falten; die Haut ihrer Stirn war glatt und straff, wenn auch irgendwie allzu gespannt.

Sie gab mir die Hand und ließ ihre weichen kalten Finger in meiner Hand liegen, während sie erklärte, daß ihr Arzt eigentlich ebenfalls hier sein wollte, um mir die notwendigen Instruktionen zu geben, daß er jedoch in letzter Minute verhindert worden sei.

»Er hat mir gesagt, er würde Ihnen in den allernächsten Tagen schreiben«, fuhr sie fort. »Das, was ich mir am meisten von Ihnen erhoffe, ist die Gesellschaft und die Sympathie eines fröhlichen jungen Menschen wie Sie. Und ich bin überzeugt, daß Sie mir das geben können. In Kildale, allein in der Heide, wird es für uns sehr still sein.«

»Hoffentlich haben Sie genug Bücher mitgenommen«, sagte sie wieder, als wir auf dem Bahnsteig standen. »Abends wird es in Kildale für uns sehr einsam sein.«

In Verbindung mit diesem Nachmittag in Yorborough kann ich mich nur noch an eines erinnern. Kurz vor Abfahrt des Zuges war ich aufgestanden, um einen Roman aus der Handtasche zu holen, die der Gepäckträger in das Gepäcknetz gelegt hatte, sah mich dabei um und erblickte einen jungen Mann, der an die Wagentür getreten war und mit Miss Avenal sprach.

Ich bin, glaube ich, nie wieder einem Mann begegnet, dem gegenüber ich eine so starke Abneigung empfand. Gesicht und Figur waren die eines jungen Mannes, der niemals alt werden würde, weil er bereits im Erlebnis all dessen, was das Leben mit sich bringen kann, alt war.

»Daß ich dich ausgerechnet hier wiedersehe!« sagte er mit einer Stimme, die geschmeidig und ausdruckslos zugleich war. »Fährst du wieder weg, um deine Kur zu machen? Am selben Ort? Es muß Jahre her sein, daß ich zum letztenmal dort gewesen bin. Wenigstens hoffe ich, daß sie genauso erfolgreich verlaufen wird wie die letzte. Du siehst wirklich aus, als könntest du dringend eine Lebensauffrischung gebrauchen. Auf Wiedersehen! Ich habe mich wirklich gefreut, dich einmal wiedergesehen zu haben. Du weißt, daß du in Maltley umsteigen mußt.«

Der Zug fuhr an.

»Du wirst sehr allein sein«, sagte er und lief neben dem Wagen her.

»Das weiß ich«, erwiderte Miss Avenal, »ganz allein. Aber das gehört nun einmal zur Kur.«

Unser Quartier war Kildale Mill. In der Kirche

von Kildale, der ältesten Kirche dieser ganzen Gegend und ganz in der Nähe der Kildale Cave, war ich früher schon einmal gewesen. Sie lag ziemlich weit von jenen verstreuten Dörfern entfernt, die die große Ebene säumen; Kildale Mill lag jedoch noch gut drei Kilometer weiter taleinwärts.

Es war ein sehr stilles Tal mit steilen, dicht bewaldeten Hängen, die aus grünen Wiesen hochstiegen. Der Kildale Beck floß an der Mühle vorbei und versickerte dann, so daß der Flußlauf – abgesehen von der Zeit des Hochwassers – nur am trockenen Geschiebe zu erkennen war. Unterhalb der Mühle war das Tal seltsam still, denn obgleich der Fluß dort noch vorhanden war, blieb er stumm.

Kildale Mill war sehr alt. Ich glaube, die Mühle wurde bereits im Domesday Book erwähnt. Eigentlich war es mehr ein Bauernhof als eine Mühle, obgleich das Wehr geöffnet war und das Wasserrad gerade repariert wurde. Meiner Ansicht nach war es der ruhigste Ort, den ich jemals kennenlernte. Oberhalb des Tales lag die Heide, und jenseits der Heide lag das Meer.

Drei Zimmer am Ende des Hauses waren für Miss Avenal reserviert. Aus einem großen Zimmer im Erdgeschoß, das wir als Wohnzimmer benutzten und in welchem wir auch aßen, blickte man auf die dunklen Wälder aus Lärchen und Fichten hinaus. Oben lagen zwei Schlafzimmer, die man vom unteren Zimmer aus über eine eigene Treppe erreichte und zwischen denen sich eine Verbindungstür befand. Diese drei Räume waren vom übrigen Haus völlig abgetrennt, und benutzt wurden sie nur, wenn Miss Avenal – so selten es auch geschah – nach Kildale kam. Der Besitzer des Hauses hatte es den Pächtern streng untersagt, im Sommer Gäste aufzunehmen, so daß auf den Wegen, die durch das Tal führten, nur ganz selten ein Radfahrer auftauchte, während kein Fremder auf der Heide zu sehen war.

Ich fand Kildale ungeheuer einsam. Man erreichte Kildale Mill über einen holperigen Feldweg, der durch die Wälder führte und bei der Mühle aufhörte. Die Bewohner des Hauses schienen genauso schweigsam zu sein wie der stumme Kildale Beck und genauso hart wie die ausgedörrten Steine des Flußbettes.

Mit Miss Avenal war ich natürlich sehr viel zusammen. Den ganzen Tag verbrachten wir gemeinsam, ausgenommen nur zwei Stunden am Nachmittag, in denen ich frei hatte und spazierengehen konnte. Für Wanderungen durch einsame Gegenden habe ich nicht viel übrig. Ich kenne die Namen weder der Vögel noch der Pflanzen, denn bisher hatte ich nur in der Stadt gelebt.

Kildale war von den anderen Dörfern so weit entfernt, daß ich nie genügend Zeit hatte, der Einsamkeit des menschenleeren Tales zu entkommen. Der Weg, den ich am häufigsten einschlug, führte durch die Felder, die sich am ausgetrockneten Flußbett entlangzogen, bis zur Kirche von Kildale. Häuser gab es in der Umgebung der Kirche nicht. Sie stand völlig allein, gut drei Kilometer vom nächsten Dorf entfernt, und die Tür war verschlossen. Die versperrte, immer leere Kirche, schweigend und einsam, und das Tal mit dem ausgetrockneten Flußbett, das von dichten Wäldern eingeschlossen war, in denen nicht einmal Vögel sangen – das alles machte auf mich einen unauslöschlichen Eindruck. Denn der Fluß schien die Seele des Tales zu sein, und sobald er verschwand, schien er alles, was im Leben dieses Tales zählte, mit sich zu nehmen.

Miss Avenal dagegen schien Kildale zu gefallen. Etwa ein bis zwei Wochen lang nach unserer Ankunft lag sie meistens den ganzen Tag über auf einem Lager, das ich ihr im Wald zwischen dem Farn gemacht hatte. Sie sprach nicht viel, konnte es jedoch auch nicht ertragen, alleingelassen zu werden. Stunde für Stunde starrte sie nach oben, wo hin und wieder ein Stückchen Himmel zwischen den Fichtenzweigen sichtbar war, als blickte sie in tiefblaue Tümpel, die in den Spalten dunkler Felsen verborgen waren.

»Sie dürfen mich nicht verlassen, Schwester«, sagte sie immer wieder. »Ich bin so schwach und kraftlos, und Sie sind so jung und stark. Erzählen Sie mir etwas, Schwester, damit ich von mir loskomme.«

Während ich neben ihr im Farn saß, hatte ich

eigentlich die Absicht, nicht vertrauter mit ihr zu sprechen als mit irgendeiner Zufallsbekanntschaft; aber die Welt schien so klein zu sein, und alles war an diesen heißen Augusttagen so fern, daß es nach Ablauf einer Woche wohl kaum etwas gab, was Miss Avenal nicht von mir wußte. Sie konnte wunderbar zuhören.

Und je länger die Reihe der Tage wurde, die eintönig vorüberzogen, desto mehr schien sie wieder zu Kräften zu kommen; ihre Wangen, die bisher die schreckliche blutleere Färbung alten Elfenbeins hatten, bekamen langsam wieder Farbe, und ihr langes schwarzes Haar erhielt einen ganz neuen Glanz.

»Ich fühle mich schon so viel kräftiger, Schwester«, sagte sie einmal, als sie, auf meinen Arm gestützt, das ausgetrocknete Flußbett entlang ging. »Wenn Sie wüßten, was es bedeutet, so lange ohne jegliches Mitgefühl leben zu müssen, wie ich es getan habe; was es bedeutet, von den starken Strömen des Lebens abgeschnitten zu sein. Vielleicht würden Sie dann erkennen, wie dankbar ich für alles bin, was Sie mir gegeben haben.«

Aber was hatte ich ihr denn schon – abgesehen von meinem Vertrauen – gegeben? Sie hatte gesagt, ich hätte Mitgefühl mit ihr. Wie aber konnte ich das, wenn ich so wenig von ihr wußte?

Der Brief, den der Arzt mir – wie Miss Avenal

gesagt hatte – schreiben wollte, kam nie an. »Ich kann mir gar nicht vorstellen, wie er verlorengegangen sein soll«, sagte sie. »Aber schließlich ist er auch nicht mehr so wichtig, denn inzwischen haben Sie sich selbst ein Urteil bilden können. Die Ärzte verlangen für sich immer zu viel, Schwestern dagegen immer zu wenig. Es ist schwerer, sein Mitgefühl während langweiliger Tage und schlafloser Nächte Stunde um Stunde zu verschenken, als den Fall mit einer gelehrten Bezeichnung zu versehen, die keiner auch nur im entferntesten versteht.« Anscheinend teilte auch Miss Avenal jene Ansicht, die unter nervösen hysterischen Frauen so verbreitet ist: daß ihre Erkrankung etwas Ungewöhnliches und daher mit gewöhnlichen Mitteln nicht zu heilen sei.

Sie hatte von schlaflosen Nächten gesprochen, und in den allerersten Nächten nach unserer Ankunft in Kildale muß sie tatsächlich kaum geschlafen haben, obgleich die drückende Luft des Tales – oder vielleicht auch der ungewohnte Duft der Fichten – auf mich die genau entgegengesetzte Wirkung hatte. Wann immer ich jedoch nachts aufstand, um zu sehen, ob meine Patientin im Nebenzimmer irgend etwas brauchte, lag sie mit weit geöffneten Augen und hellwach in ihrem Bett vor dem geöffneten Fenster.

»Gehen Sie wieder ins Bett und schlafen Sie, Schwester«, sagte sie immer. »Ich ruhe mich besser aus, wenn ich weiß, daß Sie schlafen.«

Je kräftiger sie wurde, desto weiter dehnten unsere Spaziergänge sich aus. Manchmal gingen wir stromaufwärts das Tal entlang, und dieser Weg gefiel mir am meisten, denn die Wälder klammerten sich hier nicht mehr an die Hänge, und das immer breiter werdende Tal mit seinen Bauernhöfen und grünen Wiesen brachte uns wieder in die Welt der Menschen zurück. Wie Miss Avenal mir erzählte, waren die Wiesen im Frühling am Fluß von Millionen Narzissen übersät. Jetzt, im August, sah man allerdings nicht eine einzige Blume; die Heide beanspruchte in dieser Zeit alle Farben für sich. Von Miss Avenal lernte ich, die Vogelarten zu unterscheiden: die weißhalsige Wasseramsel, die plötzlich unter Erlenwurzeln aufflog, und die schwerfälligen großäugigen Eulen, die mißmutig und mit schwerem Flügelschlag ihre Höhlen in den alten Eichen verließen. Häufiger jedoch führten unsere Spaziergänge in das Tal unterhalb der Mühle, wo es völlig ausgetrocknet war, und in die Nähe der Kirche von Kildale, die von Menschen des heidnischen England erbaut worden war, damit sie ihren neuen Gott anbeten konnten.

»In meinen Augen«, sagte Miss Avenal, »ist die Kirche der äußerste Vorposten der neuen Religion und überwacht jene Wege, die zu den Hügeln führen. Und den Fluß stelle ich mir als Freund der alten Geister vor, die von den Priestern in die Geborgenheit der Heide gedrängt wurden. Er bewahrt immer noch ihre Geheimnisse; damit der alte Wächter sie jedoch nicht erkennt, verschwindet er und macht sich unsichtbar.«

Vierzehn Tage war ich bereits in Kildale, als irgend etwas in Unordnung geriet. Ein Gefühl der Müdigkeit, wie ich es noch nie empfunden hatte, überkam mich. Die längeren Spaziergänge ermüdeten mich. Ich schlief ein, wenn wir tagsüber im Farn lagen, und ich schlief sogar ein, wenn Miss Avenal mit mir sprach. In meinen Träumen hörte ich weiter, dicht vor mir, ihre Stimme, die dann durch lange Korridore aus schwarzem Marmor hallte oder mich durch düstere Alleen hoher gestutzter Eiben verfolgte. Und nachts konnte ich nicht schlafen. Jetzt war ich es, die wachlag, durch das geöffnete Fenster auf die Tannenwälder starrte und den Rufen des Ziegenmelkers oder den ständigen Alarmrufen der Wiesenknarre in den sonnenwarmen Wiesen talaufwärts lauschte. Und jetzt war es Miss Avenal, die mit einer brennenden Kerze auf Zehenspitzen in mein Zimmer kam, die meine Hand hielt und mein Kopfkissen aufschüttelte. Sie schien immer kräftiger zu werden und mit jedem Tag, der verstrich, wieder festeren Fuß im Leben zu fassen. Das Licht der Sonne färbte ihre Wangen und spiegelte sich auf ihrem Haar. Den ganzen Tag über wich sie nicht von meiner Seite. Sie unterhielt sich mit mir, erzählte mir seltsame Geschichten aus ihrem bisherigen Leben, und während ich im Farn oder im Heidekraut lag und beinahe einschlief, schien ich zu den Uranfängen der Welt zurückgeführt zu werden.

Ich erinnere mich, daß sie mich an einem gewitterschwülen Nachmittag durch die Felder in Richtung der Kirche von Kildale führte. Kurz vor Erreichen der Kirche blieben wir stehen, und während wir auf einem grasbewachsenen Hügel saßen und zu dem

vom Wetter gezeichneten Turm hinüberblickten, der – standfest und bar jeder Anmut – wie die Bastion irgendeiner Grenzfestung aufragte, sang sie mir ein Lied vor, an dessen Text ich mich heute noch erinnere.

Das Tal hat die Erinnerung schon lang verloren;
Der Strom fließt schweigend untertags dahin.
Den Wind, die Sonne und den Regen ließ er droben;
Tief in die Dunkelheit hat er sich nun zurückgezogen,
Mit dem Geheimnis unseres Lebens, das er fand.

Denn dies Geheimnis hat der Fluß gefunden;
Sein Wissen gaben ihm die Hügel mit:
Von Düsternis, vom Bösen jener finstren Eulen,
Von Schönheit, von der Buntheit der Narzissen.

Sein Wasser hütet weiter die Erinnerung
An Alter und an Jugend, an Freude, Tod und Schmerz.
Es dringt hinab ins Dunkel ohne Sterne,
Zurück, hinab zur Unterwelt der Nacht.

Als ich schließlich Tag für Tag spürte, daß ich immer schwächer wurde, als ich Tag für Tag sah, daß sie stärker wurde, schrieb ich nach Yorborough an Miss Simpson und bat sie um Erlaubnis, meinen Auftrag beenden zu dürfen. Erst in diesem Augenblick erkannte ich, daß ich schon früher hätte schreiben müssen, denn sie mißverstand meinen Brief.

In ihrer Antwort teilte sie mir mit, daß sie von Miss Avenal bereits unterrichtet worden sei und daß Miss Avenal angeboten habe, mich als ihren Gast so lange in Kildale zu behalten, bis ich wieder soweit gekräftigt wäre, um reisen zu können. Miss Simpson riet mir, diese Einladung anzunehmen. In Yorborough, so schrieb sie, wäre es wie in einem Backofen, und deshalb beneide sie mich um die Stille und die erfrischende Luft der Heide. Wie armselig mußte der Brief meine Gedanken ausgedrückt haben! Anscheinend hatte ich nichts von dem gesagt, was ich eigentlich hatte sagen wollen.

»Warum wollen Sie denn unbedingt zurück?« fragte Miss Avenal, als ich versuchte, mit ihr darüber zu sprechen. »Sie werden hier bei mir bleiben, und ich werde Sie pflegen. Den ganzen Tag über werde ich mich um Sie kümmern. Wie könnte ich Sie im Stich lassen, wo Sie mir doch soviel gegeben haben?«

Ich war zu schwach, um zu widersprechen. Und hätte ich damals nicht schon erkannt, daß jeder Widerstand hoffnungslos war, hätte ich es zehn Tage später erfahren. Es war nachmittags, und Miss Avenal hatte mich auf der Wiese neben der Mühle alleingelassen, als ich zwei Kinder – einen Jungen und ein Mädchen – erblickte, die stromabwärts näherkamen. Sie gingen barfuß Hand in Hand, und die Schuhe hatten sie sich über die Schultern gehängt. Sie lachten, während sie auf mich zukamen, und balancierten über die schlüpfrigen Steine, als sie den Fluß immer wieder durchquerten.

»Mensch!« sagte der Junge. »Das ist die Dame aus der Mühle. Wir wollen sie mal nach dem Weg zur Höhle fragen.«

»Bitte, Mrs. Miller«, sagte das kleine Mädchen und kam ohne jede Spur von Schüchternheit zu mir, »können Sie uns vielleicht den Weg zu der Höhle zeigen, wo die Leute die Stoßzähne der Elefanten gefunden haben?«

»Und den Hyänenschädel«, sagte der Junge.

»Und die Wolfszähne«, sagte das Mädchen. »Das war damals, wo die ganze Ebene ein großer See war und die Tiere zum Sterben in die Höhle krochen. Mutter hat uns alles erzählt.«

Mitgebracht hatten die Kinder die ganze Erwartung des Lachens und den Sonnenschein. Ich erwiderte, ich würde mit ihnen zum Kildale Cave gehen, und sagte mir, daß ich mit den Kindern zusammen dem Tal entkommen würde. Fast einen Kilometer ging ich mit ihnen, Hand in Hand, durch die Wiesen; dann blieb das Mädchen stehen.

»Tante ruft, Roger«, sagte es. »Vielleicht sollen wir zurückkommen.«

»Ich höre nichts«, antwortete der Junge. »Wo wir schon so weit sind, können wir doch auch noch weiter bis zur Höhle. Morgen regnet es vielleicht, und in einer Woche sind die Ferien vorbei.«

»Es fängt schon an zu regnen«, sagte das Mädchen.

»Ich habe einen Tropfen auf die Hand gekriegt. Und sieh mal da oben die große Wolke, die eben noch nicht da war. Mrs. Miller, ich glaube, wir müssen zurück, und Tante ruft auch schon wieder.«

Von den Wäldern hoch am Hang drang eine Stimme herüber: »Kommt zurück, Kinder - kommt zurück, zurück!«

»Das ist nicht Tante, glaube ich«, sagte Roger mürrisch. »Aber regnen tut es gleich. Vielleicht gehen wir doch lieber nach Hause, oder wir kriegen keinen Tee. Vater zeigt uns dann morgen vielleicht den Weg zur Höhle. Komm, Peg, wir rennen um die Wette!«

Und dann liefen sie durch das Gras, winkten zum Abschied und riefen, sie würden morgen wiederkommen.

Gleichgültig ging ich in unserer Spur wieder zurück. Auf diese Weise kam ich bestimmt wieder zur Mühle zurück, und als ich dort ankam, war ich naß bis auf die Haut. Miss Avenal brachte mich zu Bett; sie zündete eigenhändig das Feuer in meinem Schlafzimmer an, aber in jener Nacht bekam ich hohes Fieber.

An die dann folgende Woche kann ich mich nicht klar erinnern. Als ich am Morgen des achten Tages aufwachte, fiel mein Blick sofort auf Schwester Harrison. In The Haven hatten wir zusammen im gleichen Zimmer gewohnt, und obgleich wir uns oft gestritten hatten, war mir, als ich sie in Kildale sah, als feierte ich mit meiner ältesten Freundin Wiedersehen.

»Wann bist du gekommen?« fragte ich.

»Ich bin schon seit fast einer Woche hier«, sagte sie, »und morgen fahre ich mit dir nach Yorborough zurück.«

»Und Miss Avenal?«

»Miss Avenal ist heute früh abgereist. Du bist sehr krank gewesen, weißt du, und du darfst nicht sprechen.«

Am nächsten Tag kehrte ich nach Yorborough zurück. Eigentlich hatte ich damit gerechnet, daß ich froh wäre, Kildale zu verlassen; als es dann jedoch soweit war, war es mir, wie ich glaube, in Wirklichkeit völlig egal, denn ich war wie betäubt und reagierte gar nicht auf das, was um mich herum geschah.

Schwester Harrison war sehr liebevoll mit mir, und das überraschte mich, denn früher hatte ich immer geglaubt, sie ginge mit ihren Patienten ziemlich grob um. Ich fragte sie, ob wir wieder im gleichen Zimmer zusammen wohnen würden, und da erzählte sie mir, daß The Haven vollständig besetzt sei und Miss Simpson alles geregelt hätte, so daß ich ein Zimmer im neuen Flügel bekäme. Diese Vorstellung gefiel mir gar nicht, aber alle waren so nett und freundlich zu mir, daß ich mich nicht gut beklagen konnte. Im Laufe der Wochen kam ich zu dem Schluß, daß ich von den übrigen Schwestern ferngehalten wurde, damit ich mich schneller erholte; diese Hoffnung schwand jedoch, als ich erkannte, daß Miss Avenal mir meine Kraft und meine Schönheit genommen hatte. Ich wunderte mich über die merkwürdigen Gedanken, die mich tagsüber immer beschäftigten. Zuerst glaubte ich, daß ich in der Stille und dem Frieden von Yorborough nachts bald nicht mehr von diesen seltsamen Träumen geplagt werden würde. Aber jetzt habe ich es begriffen. Jetzt weiß ich, daß Miss Avenal mir meine Kraft nahm und statt dessen ihre Erinnerungen bei mir zurückließ.

Die Bestie mit den fünf Fingern

Meiner Ansicht nach beginnt die Geschichte mit Adrian Borlsover, den ich kennenlernte, als ich noch ein kleiner Junge und er ein alter Mann war. Mein Vater hatte ihn aufgesucht, weil er ihn um eine Spende bitten wollte, und bevor wir wieder gingen, legte Mr. Borlsover seine rechte Hand segnend auf meinen Kopf. Ich werde nie vergessen, mit welcher Scheu ich zu seinem Gesicht aufblickte und zum erstenmal merkte, daß Augen dunkel und schön und strahlend sein können und doch nichts erkennen.

Denn Adrian Borlsover war blind.

Er war ein ungewöhnlicher Mensch, der aus einer exzentrischen Familie stammte. Aus irgendwelchen Gründen schienen die Söhne der Borlsovers immer ausgesprochen ordinäre Frauen zu heiraten – was vielleicht die Tatsache erklärt, daß es unter den Borlsovers nie ein Genie gab und nur ein einziger Borlsover wahnsinnig geworden ist. Aber in kleinen Dingen waren sie wahre Meister, großzügige Förderer merkwürdiger Wissenschaften, Begründer unzufriedener Sekten und vertrauenswürdige Führer zu abgelegenen Weiden der Gelehrsamkeit.

Adrian war eine Autorität auf dem Gebiet der Befruchtung von Orchideen. Eine Zeitlang hatte er auf dem Familienbesitz Borlsover Conyers gewohnt, bis eine angeborene Empfindlichkeit der Lungen ihn zwang, ein weniger rauhes Klima aufzusuchen und nach Südwesten in jenen sonnigen Badeort zu ziehen, wo ich ihn kennengelernt hatte. Gelegentlich sprang er für den einen oder anderen Pfarrer des Ortes ein. Mein Vater schilderte ihn als großartigen Prediger, der ausführlich und begeisternd auch über solche Texte sprach, die andere vielleicht für unergiebig hielten. »Ein ausgezeichneter Beweis«, pflegte mein Vater hinzuzufügen, »für die Wahrheit der Behauptung, daß das direkte Wort inspiriert.«

Ferner war Adrian Borlsover mit seinen Händen außerordentlich geschickt. Sein meisterhafter Umgang mit der Zeichenfeder war überragend. Er illustrierte seine sämtlichen wissenschaftlichen Arbeiten selbst, fertigte Holzschnitte an und schnitzte eigenhändig die Altaraufsätze, die heute in der Kirche von Borlsover Conyers das Hauptinteresse auf sich ziehen. Er besaß eine ungewöhnliche Fertigkeit, für junge Damen Scherenschnitte, für kleine Kinder dagegen Schweine und Kühe aus Papier auszuschneiden, und mehr als ein kompliziertes Blasinstrument entstand unter seiner Anleitung.

Als Adrian Borlsover fünfzig war, verlor er das Augenlicht. In wunderbar kurzer Zeit hatte er sich den neuen Bedingungen seines Lebens angepaßt. Er erlernte sehr schnell das Lesen der Blindenschrift. Sein Tastsinn war so großartig, daß er weiterhin in der Lage war, seine botanischen Interessen weiterzuverfolgen. Das bloße Streichen seiner langen geschmeidigen Finger reichte aus, um eine Blume genau zu erkennen, obgleich er gelegentlich auch die Lippen dazu verwandte. Unter der Korrespondenz meines Vaters fand ich auch verschiedene Briefe von ihm; nichts ließ erkennen, daß er mit Blindheit geschlagen war – besonders angesichts der Tatsache, daß er mit dem Platz auf den Briefbögen äußerst sparsam umgegangen war. Gegen Ende seines Lebens schrieb man seinem Tastsinn Fähigkeiten zu, die nahezu unheimlich schienen. Man erzählte sich, daß er sofort die Farbe eines Gummibandes angeben konnte, das er zwischen den Fingern hielt. Diese Geschichte wollte mein Vater allerdings weder bestätigen noch ableugnen.

Adrian Borlsover war Junggeselle. Sein älterer Bruder, Charles, hatte erst spät geheiratet und einen Sohn – Eustace – hinterlassen, der in dem düsteren Herrenhaus von Borlsover Conyers wohnte, wo er ungestört Material für sein umfassendes Buch über die Vererbung sammeln konnte.

Wie sein Onkel, so war auch Eustace ein bemerkenswerter Mann. Die Borlsovers waren immer geborene Naturforscher gewesen, aber Eustace besaß daneben noch in einem besonderen Ausmaß die Fähigkeit, sein Wissen zu systematisieren. Seine Universitätsausbildung hatte er in Deutschland empfangen, und nachdem er anschließend noch in Wien und Neapel gearbeitet hatte, war er vier Jahre lang durch Südamerika und den Osten gereist, und dabei hatte er gewaltiges Material für eine neue Arbeit über das Auftreten von Veränderungen zusammengetragen.

In Borlsover Conyers wohnte er nur mit Saunders, seinem Sekretär – einem Mann, der in jener Gegend einen etwas zweifelhaften Ruf genoß, dessen Fähigkeiten als Mathematiker jedoch, verbunden mit seinen geschäftlichen Talenten, für Eustace von unschätzbarem Wert waren.

Onkel und Neffe sahen sich nur selten. Die Besuche von Eustace waren auf eine Woche im Sommer oder im Herbst beschränkt – langweilige Wochen, die fast genauso langsam abrollten wie der Rollstuhl, in welchem der alte Mann am sonnigen Strand entlanggeschoben wurde. Auf ihre Weise mochten die beiden Männer sich gern, obgleich ihre Vertrautheit zweifellos größer gewesen wäre, hätten sie dieselben religiösen Ansichten geteilt. Adrian hielt sich an die altmodischen evangelischen Dogmen seines frühen Mannesalters; sein Neffe dagegen hatte viele Jahre hindurch die Absicht gehabt, dem Buddhismus beizutreten. Beide Männer besaßen außerdem auch jene Zurückhaltung, die alle Borlsovers bisher gezeigt hatten und die von ihren Feinden gelegentlich als Heuchelei bezeichnet wurde. Bei Adrian war es eine Zurückhaltung gegenüber allen Dingen, die er ungetan gelassen hatte; bei Eustace dagegen hatte es den Anschein, daß der Vorhang, den er so sorgsam vorgezogen ließ, mehr als nur eine halbleere Kammer verbarg.

Zwei Jahre vor seinem Tod entwickelte Adrian Borlsover, ihm selbst völlig unbekannt, die nicht seltene Fähigkeit des automatischen Schreibens. Eustace entdeckte es ganz zufällig. Adrian saß in seinem Bett, und der Zeigefinger seiner linken Hand tastete die Typen der Blindenschrift ab, als sein Neffe bemerkte, daß ein Bleistift, den der alte Mann in seiner rechten Hand hielt, sich langsam über die gegenüberliegende Seite bewegte. Er verließ seinen Platz am Fenster und setzte sich neben das Bett. Die Rechte bewegte sich ständig weiter, und dabei konnte er ganz deutlich sehen, daß der Bleistift Buchstaben und Wörter hinschrieb.

»Adrian Borlsover«, schrieb die Hand, »Eustace Borlsover, Charles Borlsover, Francis Borlsover, Sigismund Borlsover, Adrian Borlsover, Eustace Borlsover, Saville Borlsover. B gleich Borlsover. Ehrlichkeit ist die beste Politik. Bezaubernde Belinda Borlsover.«

›Ein merkwürdiger Unsinn!‹ sagte sich Eustace.

»König George bestieg den Thron im Jahre 1760«, schrieb die Hand. »Masse, ein Wort der Vielzahl, eine Ansammlung von einzelnen. Adrian Borlsover, Eustace Borlsover.«

»Ich finde beinahe«, sagte der Onkel und klappte das Buch zu, »daß du lieber die Nachmittagssonne ausnutzen und spazierengehen solltest.«

»Das werde ich auch«, erwiderte Eustace, während

er nach dem Buch griff. »Weit werde ich allerdings nicht gehen, und wenn ich zurückkomme, kann ich dir die Artikel in ›Nature‹ vorlesen, über die wir vorhin sprachen.«

Er ging die Promenade entlang, hielt jedoch bereits an der ersten Bank an, setzte sich in jene Ecke, die vor dem Wind am meisten geschützt war, und blätterte das Buch in Muße durch. Fast jede Seite war mit einem sinnlosen Gewirr von Bleistiftzeichen bedeckt – von Reihen großer Buchstaben, kurzen Wörtern, langen Wörtern, vollständigen Sätzen und alltäglichen Redensarten, wie man sie in Schönschreibheften findet. Überhaupt erinnerte alles an ein Schönschreibheft, und nach genauer Nachprüfung glaubte Eustace, ziemlich sicher behaupten zu können, daß die Handschrift zwar auch schon zu Beginn sehr ordentlich war – aber doch nicht annähernd so ordentlich wie am Ende des Buches.

Ende Oktober verließ er seinen Onkel mit dem Versprechen, Anfang Dezember zurückzukommen. Seiner Ansicht nach war es vollkommen klar, daß sich die Fähigkeit des alten Mannes, automatisch zu schreiben, ungeheuer schnell entwickelte, und zum erstenmal freute er sich auf einen Besuch, bei dem sich Pflicht und Interesse miteinander verbanden.

Bei seiner Rückkehr war er jedoch im ersten Moment enttäuscht. Sein Onkel sah, wie er fand, älter aus. Er war außerdem weniger ansprechbar, ließ sich lieber von anderen vorlesen und diktierte nahezu sämtliche Briefe. Erst am Tage vor seiner Abreise hatte Eustace wiederum Gelegenheit, die neuerworbene Fähigkeit seines Onkels zu beobachten.

Von Kissen gestützt, saß Adrian Borlsover in seinem Bett und war in einen leichten Schlummer gefallen. Seine beiden Hände lagen auf der Bettdecke, wobei seine linke Hand die rechte fest umklammerte. Eustace nahm ein leeres Schreibheft und legte einen Bleistift so hin, daß die Finger der rechten Hand ihn leicht erreichen konnten. Fast gierig griffen sie sofort nach ihm, ließen ihn jedoch gleich wieder los, um sich von dem hinderlichen Griff der anderen Hand zu befreien.

›Um ein Einwirken zu verhüten, sollte ich die Hand vielleicht lieber festhalten‹, sagte sich Eustace, während er den Bleistift beobachtete. Fast sofort begann dieser zu schreiben.

»Beschränkte Borlsover, unnötig unnatürlich, übermäßig überspannt, widerlich wißbegierig.«

»Wer bist du?« fragte Eustace mit leiser Stimme.

»Kümmere dich nicht darum«, schrieb die Hand Adrians.

»Ist es vielleicht mein Onkel, der jetzt schreibt?«

»O du meine prophetische Seele – ausgerechnet der liebe Onkel!«

»Ist es jemand, den ich kenne?«

»Alberner Eustace, du wirst mich bald mit eigenen Augen sehen.«

»Wann werde ich dich sehen?«

»Wenn der arme alte Adrian tot ist.«

»Wo werde ich dich sehen?«

»Wo wirst du nicht?«

Statt seine nächste Frage auszusprechen, schrieb Eustace sie hin: »Um welche Zeit?«

Die Finger ließen den Bleistift fallen und fuhren einige Male quer über das Papier. Dann griffen sie wieder nach dem Bleistift und schrieben: »Zehn Minuten vor vier. Lege das Heft weg, Eustace. Adrian braucht nicht zu erfahren, daß wir uns mit derartigen Dingen beschäftigen. Er weiß sowieso nicht, was er daraus machen soll, und ich möchte den armen alten Adrian nicht unnötig aufregen. Au revoir!«

Adrian Borlsover schrak zusammen und wachte auf.

»Ich habe schon wieder geträumt«, sagte er. »Seltsame Träume habe ich, von merkwürdigen und vergessenen Städten. Diesmal warst du auch dabei, Eustace, obgleich ich nicht mehr genau weiß, in welchem Zusammenhang. Eustace, ich möchte dich warnen. Gehe niemals zweifelhafte Wege. Wähle dir deine Freunde gut aus. Dein armer Großvater...«

Ein Hustenanfall setzte dem, was er sagen wollte, ein Ende; Eustace sah jedoch, daß die Hand immer noch schrieb. Es gelang ihm, das Heft unbemerkt wegzunehmen. »Ich werde lieber den Gasofen anzünden und nach dem Tee läuten.« Als er auf der anderen Seite des Bettvorhangs stand, überflog er die letzten Sätze, die geschrieben worden waren.

»Zu spät, Adrian«, las er. »Wir sind bereits Freunde – nicht wahr, Eustace Borlsover?«

Am folgenden Tag reiste Eustace ab. Als er sich verabschiedete, fand er, daß sein Onkel schlecht aussah, und der alte Mann sprach bekümmert von dem Versagen, das sein Leben gewesen wäre.

»Unsinn, Onkel«, sagte sein Neffe. »Du hast deine Schwierigkeiten in einer Weise gemeistert, wie es von hunderttausend nicht einem gelingen würde. Jeder bewundert die großartige Ausdauer, mit der du deiner Hand beigebracht hast, dein verlorenes Augenlicht zu ersetzen. Für mich ist es eine Offenbarung jener Möglichkeiten gewesen, die die Erziehung für jeden enthält.«

»Erziehung«, sagte sein Onkel verträumt, als hätte dieses Wort einen neuen Strom von Gedanken ausgelöst. »Erziehung ist gut, solange man weiß, wem und für welchen Zweck man sie erteilt. Aber bei den niedrigeren Schichten, bei den unedleren und gemeineren Geistern, habe ich meine ernsten Bedenken. Also lebe wohl, Eustace. Vielleicht sehe ich dich nicht mehr wieder. Du bist ein wahrer Borlsover, mit allen Fehlern, die dazugehören. Heirate, Eustace. Heirate irgendein gutes vernünftiges Mädchen. Und wenn ich dich zufällig nicht mehr wiedersehen sollte – das Testament liegt bei meinem

Anwalt. Vermögen habe ich dir nicht vermacht, weil ich weiß, daß du gut versorgt bist; aber ich dachte, daß du vielleicht gern meine Bücher hättest. Ach ja – noch etwas. Du weißt, daß die Leute kurz vor ihrem Ende häufig die Kontrolle über sich verlieren und sinnlose Forderungen stellen. Beachte sie einfach nicht, Eustace. Lebewohl!« Und er streckte seine Hand aus. Eustace ergriff sie. Für den Bruchteil einer Sekunde blieb sie länger in seiner Hand, als er es erwartet hatte, und er spürte dabei ihre Kraft, die ihn überraschte. Auch in dieser Berührung lag eine leichte Andeutung von Vertrautheit.

»Aber Onkel!« sagte er. »Ich werde dich bestimmt noch einige Jahre lang gesund hier antreffen!«

Zwei Monate später starb Adrian Borlsover.

Eustace Borlsover hielt sich zu jenem Zeitpunkt in Neapel auf. Er las die Todesanzeige in der ›Morning Post‹, und zwar an dem Tag, für den die Beisetzung festgesetzt war.

»Der arme Kerl!« sagte er. »Jetzt möchte ich nur wissen, ob ich genügend Platz habe, um seine Bücher unterzubringen.«

Dieselbe Frage beschäftigte ihn noch einmal und noch nachdrücklicher, als er drei Tage danach in der Bibliothek von Borlsover Conyers stand: einem riesigen Raum, der im Jahr der Schlacht von Waterloo von einem Borlsover – einem glühenden Bewunderer Napoleons – nach Gründen der Zweckmäßigkeit, nicht aber der Schönheit eingerichtet worden war. Angelegt worden war sie nach dem Grundriß vieler College-Bibliotheken; hohe, weit vorspringende Bücherregale bildeten tiefe Nischen verstaubter Stille, angemessene Grabhöhlen vergessener Streitigkeiten, die erstorbenen Leidenschaften eines vergessenen Lebens. Am Ende des Raumes, hinter der Büste irgendeines unbekannten Theologen aus dem achtzehnten Jahrhundert, führte eine häßliche eiserne Wendeltreppe zu einer Galerie voller Bücherborde. Beinahe jedes Regal war gefüllt.

»Ich muß mit Saunders darüber reden«, sagte Eustace. »Wahrscheinlich werden wir das Billardzimmer mit Bücherregalen vollstellen müssen.«

An jenem Abend sahen sich die beiden Männer nach vielen Wochen zum erstenmal wieder.

»Hallo!« sagte Eustace, der vor dem Kaminfeuer stand, die Hände in den Taschen. »Was macht die Welt, Saunders? Und warum diese feierliche Verkleidung?« Er selbst trug ein altes Jagdjacket. Trauer bedeutete ihm nichts, wie er schon seinem Onkel bei seinem letzten Besuch erklärt hatte; und obgleich er gewöhnlich Krawatten in ruhigen Farben bevorzugte, trug er an diesem Abend eine in einem scheußlichen Rot, um Morton, den Butler, zu erschrecken und die Leute zu veranlassen, sich gründlich über das Problem der Trauer zu unterhalten. Eustace war eben ein wahrer Borlsover.

»Die Welt«, sagte Saunders, »dreht sich wie üblich – verdammt langsam. Und meine feierliche Verkleidung erklärt sich durch eine Einladung Captain Lockwoods zum Bridge.«

»Wie kommen Sie denn hin?«

»Mit dem Wagen ist irgend etwas nicht in Ordnung; ich habe daher Jackson Bescheid gesagt, mich mit dem Dogcart hinüberzufahren. Haben Sie etwas dagegen?«

»Aber ich bitte Sie! Wir haben allzu viele Jahre alles miteinander geteilt, als daß ich jetzt noch irgend etwas dagegen haben könnte.«

»Ihre Korrespondenz befindet sich in der Bibliothek«, fuhr Saunders fort. »Das meiste habe ich bereits erledigt. Es sind einige Privatbriefe dabei, die ich nicht geöffnet habe. Und außerdem ist noch eine kleine Holzkiste mit der Abendpost gekommen, in der sich eine Ratte oder etwas derartiges befindet. Wahrscheinlich ist es das sechszehige Biest, das Terry uns schicken wollte, damit wir es mit dem vierzehigen Albino kreuzen können. Genau habe ich noch nicht nachgesehen, weil ich meine Sachen nicht durcheinanderbringen wollte; ich vermute jedoch nach der Art und Weise, wie es herumtobt, daß es ziemlich ausgehungert ist.«

»Ich werde mich nachher darum kümmern«, sagte Eustace, »wenn Sie und der Captain sich ehrlich Ihr Geld verdienen.«

Nachdem das Abendessen vorüber und Saunders

gegangen war, betrat Eustace die Bibliothek. Obgleich das Kaminfeuer brannte, war der Raum alles andere als gemütlich.

»Jedenfalls wollen wir erst einmal sämtliche Lampen anknipsen«, sagte er und schaltete das Licht ein. »Übrigens, Morton«, fügte er hinzu, als der Butler den Kaffee brachte, »besorgen Sie mir doch einen Schraubenzieher oder etwas Ähnliches, damit ich die Kiste aufmachen kann. Was für ein Tier auch drinstecken mag – es tobt herum, als wäre es verrückt. Was ist? Was stehen Sie hier noch herum?«

»Wenn Sie erlauben, Sir – aber als der Postbote die kleine Kiste brachte, sagte er, sie hätten auf dem Postamt die Löcher in den Deckel gebohrt. Der Deckel hatte vorher überhaupt keine Luftlöcher, Sir, und sie wollten verhindern, daß das Tier einginge. Das ist alles, Sir.«

»Das war sträflich leichtsinnig von demjenigen, der die Kiste abgeschickt hat«, sagte Eustace, als er die Schrauben löste. »Ein Tier einfach in eine Holzkiste zu sperren und nicht dafür zu sorgen, daß es auch Luft bekommt! Verdammt nochmal! Jetzt wollte ich Morton noch bitten, mir einen Käfig herzubringen, wo wir es einsperren können. Wahrscheinlich werde ich ihn jetzt selbst holen müssen.«

Er beschwerte den Deckel mit einem Buch, nachdem er die Schrauben herausgezogen hatte, und ging in das Billardzimmer. Als er in die Bibliothek zurückkehrte, einen leeren Käfig in der Hand, hörte er ein Geräusch, als wäre irgend etwas heruntergefallen, und dann schien irgend etwas über den Fußboden zu laufen.

»Zum Kuckuck! Jetzt ist das Biest doch entwischt! Wie um Himmels willen soll ich es in dieser Bibliothek wiederfinden?«

Die Suche schien tatsächlich hoffnungslos zu sein. Er versuchte, dem Geräusch des Laufens in einer der Nischen zu folgen, wo das Tier hinter den Büchern entlangzurennen schien; aber es war unmöglich, es genau auszumachen. Eustace beschloß, in aller Ruhe seine Lektüre fortzusetzen. Sehr wahrscheinlich würde das Tier sich beruhigen und zum Vorschein kommen. Saunders hatte den größten Teil der Korrespondenz allem Anschein nach bereits in seiner üblichen methodischen Art erledigt. Übrig blieben also die Privatbriefe.

Was war das? Zweimal ertönte ein scharfes Klikken, und das Licht der scheußlichen Kandelaber, die von der Decke herunterhingen, erlosch plötzlich.

»Hoffentlich sind die Sicherungen nicht durchgebrannt«, sagte Eustace, als er zu den neben der Tür befindlichen Schaltern ging. Dann blieb er stehen. Am anderen Ende des Raumes ertönte ein Geräusch, als krabbelte irgend etwas die eiserne Wendeltreppe hoch. »Wenn es oben auf der Galerie ist«, sagte er, »habe ich nichts dagegen.« Schnell schaltete er das Licht wieder ein, durchquerte den Raum und stieg die Treppe hoch. Entdecken tat er nichts. Am oberen Ende der Treppe hatte sein Großvater eine halbhohe Tür anbringen lassen, damit die Kinder auf der Galerie herumlaufen und herumtoben konnten, ohne Angst vor einem Unfall haben zu müssen. Diese Tür schloß Eustace jetzt, und nachdem er sein Suchgebiet damit erheblich eingeschränkt hatte, kehrte er an seinen Tisch neben dem Feuer zurück.

Wie trübsinnig die Bibliothek war! Nicht einen Hauch von Vertrautheit besaß sie. Die wenigen Büsten, die ein Borlsover im achtzehnten Jahrhundert von einer großen Reise heimgebracht hatte, wären vielleicht in der alten Bibliothek angebracht gewesen; hier aber wirkten sie völlig unpassend. Trotz dem schweren roten Damastvorhang und den großen vergoldeten Gesimsen strahlten sie Kälte aus.

Polternd fielen in der Galerie zwei schwere Bücher auf den Fußboden – und noch eins, als Borlsover hochblickte, und schließlich das vierte.

»Also gut! Dafür wirst du jetzt verhungern, mein Freund!« sagte er. »Aber vorher wollen wir noch einige Experimente über das Verhalten von Ratten anstellen, die nichts zu saufen bekommen. Nur weiter so! Immer runter mit den Büchern! Aber entgehen wirst du mir trotzdem nicht.« Wieder beschäftigte er sich mit seiner Korrespondenz. Der Brief war vom Familienanwalt; in ihm war die Rede vom Tod seines Onkels und von der wertvollen Büchersammlung, die laut Testament ihm vermacht worden wäre.

»Ferner«, so las er, »enthielt das Testament eine Anordnung, die für mich eine Überraschung bedeutete. Wie Sie wissen, hatte Mr. Adrian Borlsover die Anweisung hinterlassen, daß seine Leiche in möglichst schlichter Form in Eastburne beigesetzt werden sollte. Er drückte den Wunsch aus, daß keine Kränze und Blumen auf das Grab gelegt würden, und hoffte, daß seine Freunde und Verwandten es nicht für erforderlich fänden, Trauerkleidung zu tragen. Am Tage vor seinem Verscheiden erhielten wir einen Brief, der diese Anweisungen aufhob. Er äußerte den Wunsch, seinen Leichnam einzubalsamieren (und gab auch die Adresse des Mannes an, der damit beauftragt werden sollte: Pennifer, Ludgate Hill), sowie die Anordnung, seine rechte Hand Ihnen zuzuschicken – mit der Feststellung, dies geschähe auf Ihren ausdrücklichen Wunsch. Die übrigen Anweisungen hinsichtlich der Beisetzung blieben unverändert.«

»Guter Gott!« sagte Eustace, »was um alles in der Welt hat den alten Knaben denn dazu getrieben? Und was – bei allem, was heilig ist – geht denn da oben vor sich?«

Irgend jemand war auf der Galerie. Irgend jemand hatte an der Schnur gezogen, die an dem Rouleau befestigt war, das daraufhin nach oben geschnellt war und sich wieder aufgerollt hatte. Irgend jemand mußte sich auf der Galerie befinden, denn ein zweites Rouleau tat dasselbe. Irgend jemand mußte auf der Galerie an den Fenstern entlanggehen, denn eines nach dem anderen schnellten die Rouleaus hoch und ließen das Mondlicht herein.

»Noch bin ich nicht dahinter gekommen«, sagte Eustace, »aber bevor der Abend sehr viel älter geworden ist, werde ich Bescheid wissen!« Und er rannte die Wendeltreppe hoch. Gerade war er oben angekommen, als das Licht zum zweiten Mal ausging, und wieder hörte er das Krabbeln auf dem Fußboden. Auf Zehenspitzen schlich er im dämmerigen Mondlicht schnell dem Geräusch nach und griff dabei im Vorübergehen nach einem der Schalter. Endlich hatten seine Fingerspitzen den Metallknopf gefunden. Er schaltete das elektrische Licht ein.

Etwa zehn Meter vor sich, eilig auf dem Boden entlang krabbelnd, sah er eine menschliche Hand. Zutiefst verstört starrte Eustace sie an. Sie bewegte sich ziemlich schnell in der Art einer Raupe vorwärts: Die Finger bildeten einmal eine geschlossene Faust, um sich dann sofort wieder auszustrecken, und der Daumen schien dem Ganzen ein krebsähnliches Aussehen zu geben. Während er noch auf den Boden starrte – zu überrascht, um sich rühren zu können –, verschwand die Hand um die Ecke. Eustace stürzte vorwärts. Er sah sie nicht mehr, konnte jedoch noch hören, wie sie sich hinter den Büchern eines Regals entlangzwängte. Ein dicker Band war verschoben. In der Reihe der Bücher klaffte eine Lücke, durch die sie verschwunden war.

In seiner Angst, daß sie ihm wieder entkommen könnte, ergriff er das erste beste Buch und schob es in die Lücke. Nachdem er dann zwei Regale von ihrer Bücherlast befreit hatte, nahm er die Bretter und verbarrikadierte das Fach, um ein Entkommen unmöglich zu machen.

»Wenn nur Saunders schon zurück wäre«, sagte

er. »Allein kann man mit solchen Sachen nicht fertig werden.« Es war elf vorbei, und es bestand wenig Aussicht, daß Saunders vor zwölf Uhr zurückkäme. Er traute sich nicht, das Bücherbord unbewacht zu lassen, um etwa nach unten zu laufen und zu klingeln. Morton, der Butler, pflegte häufig gegen elf Uhr einen Rundgang durch das Haus zu machen und sich zu vergewissern, daß sämtliche Fenster geschlossen waren; aber gewiß war es nicht. Eustace war vollkommen erschöpft. Schließlich hörte er unten Schritte.

»Morton!« brüllte er. »Morton!«

»Sir?«

»Ist Mr. Saunders schon zurück?«

»Bis jetzt noch nicht, Sir.«

»Dann bringen Sie mir einen Kognak – aber beeilen Sie sich. Ich bin hier oben auf der Galerie, Sie Dummkopf!«

»Danke«, sagte Eustace, als er das Glas leerte. »Gehen Sie noch nicht zu Bett, Morton. Eine ganze Menge Bücher sind durch Zufall aus den Regalen gefallen. Heben Sie sie auf und stellen Sie sie wieder an ihren Platz.«

So redselig wie an jenem Abend hatte Morton seinen Herrn noch nie erlebt. »Hier«, sagte Eustace, als die Bücher abgestaubt und wieder eingeordnet waren, »halten Sie doch mal für mich diese Bretter fest, Morton. Die Bestie ist aus der Kiste entwischt, und ich habe sie durch die ganze Bibliothek gejagt.«

»Ich glaube, ich höre, wie sie an den Büchern kratzt, Sir. Hoffentlich sind es keine besonders wertvollen! Ich glaube, der Wagen fährt vor, Sir; ich werde Mr. Saunders sofort Bescheid sagen.«

Nach Eustaces Gefühl waren bestimmt fünf Minuten, in Wirklichkeit war dagegen kaum mehr als eine einzige Minute vergangen, bis Morton mit Saunders zurückkehrte. »Sie können dann gehen, Morton. Ich bin hier oben, Saunders.«

»Was hat denn die ganze Aufregung zu bedeuten?« fragte Saunders, als er langsam näherkam, beide Hände in den Taschen. Das Glück war während des ganzen Abends auf seiner Seite gewesen. Er war restlos zufrieden, und zwar sowohl mit sich selbst als auch mit Captain Lockwoods Weinsorten. »Was ist eigentlich los? Sie sehen aus, als hätten Sie die Hosen gestrichen voll.«

»Dieser alte Teufel von Onkel«, begann Eustace. »Ach, ich kann Ihnen jetzt nicht alles erklären. Nur das eine: Seine Hand hat den ganzen Abend mit mir Versteck gespielt. Aber jetzt habe ich sie hier, hinter diesen Büchern, eingeklemmt. Sie sollen mir helfen, sie einzufangen.«

»Was ist mit Ihnen los, Eustace? Was wird hier gespielt?«

»Gespielt wird hier überhaupt nicht, Sie verdammter Idiot! Wenn Sie mir nicht glauben, ziehen Sie doch einfach eines dieser Bücher heraus, greifen Sie mit der Hand hinein und sehen Sie selbst nach!«

»Gut«, sagte Saunders. »Aber lassen Sie mich erst den Ärmel hochkrempeln. Der Staub hat sich wohl seit einigen Jahrhunderten angesammelt, was?« Er zog sein Jacket aus, kniete hin und schob seine Hand hinter die Bücher.

»Irgendwas ist allerdings hier hinten«, sagte er. »Komisch – das eine Ende ist wie abgehackt, und kneifen tut es wie ein Krebs. Au! Loslassen!« Er riß seine Hand heraus. »Schnell ein Buch davor. So, jetzt kann es nicht mehr weg.«

»Was war es?« fragte Eustace.

»Irgendwas, das sich an mir festklammern wollte. Anfühlen tat es sich wie Daumen und Zeigefinger. Geben Sie mir auch einen Kognak.«

»Wie kriegen wir es jetzt da heraus?«

»Wie wäre es mit einem Ketscher?«

»Das hat keinen Sinn. Dazu ist es viel zu gerissen. Ich will Ihnen eines sagen, Saunders: Es rennt viel schneller, als daß man es einholen könnte. Aber ich glaube, ich sehe eine Möglichkeit. Die beiden Bücher an den Enden des Regals sind sehr dick, die Bücher dazwischen ziemlich dünn. Ich werde eines nach dem anderen herausziehen, und Sie schieben das dicke Buch nach, bis wir es zwischen die beiden dicken Bücher eingeklemmt haben.«

Das schien tatsächlich die beste Möglichkeit zu sein. Eines nach dem anderen zogen sie die Bücher heraus, und der Platz zwischen den beiden Büchern wurde immer eingeengter. Und dahinter bewegte sich irgend etwas, das allerdings springlebendig war. Einmal sahen sie sogar ein paar Finger, die tastend nach einem Ausweg suchten. Schließlich hatten sie es zwischen die beiden dicken Bücher eingeklemmt.

»Kräftig ist es, auch wenn es nicht aus Fleisch und Blut sein sollte«, sagte Saunders, der die Bücher festhielt. »Und außerdem scheint es eine rechte Hand zu sein. Meiner Ansicht nach handelt es sich um eine Art ansteckender Halluzination. Ich habe früher einmal irgend etwas darüber gelesen.«

»Ansteckender Unsinn!« sagte Eustace, blaß vor Wut. »Bringen Sie das Ding jetzt nach unten. Wir tun es einfach wieder in die Kiste.«

Es war keineswegs einfach, aber schließlich gelang es ihnen. »Und jetzt schrauben Sie den Deckel fest«, sagte Eustace. »Wir wollen lieber jedes Risiko ausschalten. Und tun Sie die Kiste in meinen alten Schreibtisch. Wichtige Dinge sind nicht drin. Hier ist der Schlüssel. Gott sei Dank ist das Schloß intakt.«

»Ein ziemlich lebhafter Abend«, sagte Saunders. »Aber jetzt erzählen Sie erstmal von Ihrem Onkel.«

Bis zum frühen Morgen blieben sie auf. Saunders hatte kein Verlangen nach Schlaf. Eustace versuchte, ihm alles zu erklären und dabei zu vergessen, zugleich aber auch jene Angst zu verbergen, die er bisher noch nie gespürt hatte – die Angst, allein den langen Korridor entlang in sein Schlafzimmer gehen zu müssen.

»Was immer es auch war«, sagte Eustace zu Saunders am folgenden Vormittag, »ich schlage doch vor, daß wir dieses Thema fallenlassen. Für die nächsten zehn Tage gibt es nichts, was uns hier festhält. Wir werden also an die See fahren und ein bißchen in den Bergen herumsteigen.«

»Und den ganzen Tag keinen Menschen sehen und uns Abend für Abend zu Tode langweilen. Schönen Dank – ohne mich. Warum fahren wir nicht lieber nach London, und zwar möglichst sofort? Wir beide haben doch Angst, geben wir es zu! Nehmen Sie sich zusammen, Eustace; wir sehen uns jetzt noch einmal die Hand genau an.«

»Wie Sie wollen«, sagte Eustace. »Hier ist der Schlüssel.«

Sie gingen in die Bibliothek und schlossen den Schreibtisch auf. Die Kiste stand genauso da, wie sie sie in der vergangenen Nacht zurückgelassen hatten.

»Worauf warten Sie?« fragte Eustace.

»Ich warte darauf, daß Sie den Deckel freiwillig öffnen. Da Sie jedoch anscheinend Angst haben, werde ich es übernehmen. Dem Anschein nach dürfte es zumindest heute vormittag keine Aufregungen geben.« Er öffnete den Deckel und nahm die Hand heraus.

»Kalt?« fragte Eustace.

»Lauwarm. Dem Gefühl nach etwas unter normal. Weich und biegsam dazu. Wenn sie wirklich einbalsamiert ist, muß es nach einer Methode geschehen sein, die mir bisher unbekannt war. Ist es die Hand Ihres Onkels?«

»O ja, daran ist nicht zu zweifeln«, sagte Eustace. »Diese langen dünnen Finger würde ich überall wiedererkennen. Legen Sie sie in die Kiste zurück, Saunders. Und lassen Sie die Schrauben weg. Ich schließe den Schreibtisch einfach ab, so daß sie einfach nicht heraus kann. Ich schlage vor, wir einigen uns darauf, daß wir mit dem Wagen eine Woche nach London fahren. Wenn wir gleich nach dem Mittagessen losfahren, sollten wir abends eigentlich in Grantham oder Stamford sein.«

»Einverstanden«, sagte Saunders, »und morgen – na ja, bis morgen werden wir dieses Biest bestimmt vergessen haben.«

Als dann der nächste Tag kam, hatten sie nicht das geringste vergessen; vielmehr war es so, daß sie am Ende der Woche in der Lage waren, bei einem kleinen Abendessen, zu dem Eustace eingeladen hatte, eine sehr lebendige Gespenstergeschichte zu erzählen.

»Hoffentlich verlangen Sie nicht von uns, sie für wahr zu halten, Mr. Borlsover? Wie grauslich!«

»Ich nehme sie auf meinen Eid, und Saunders wird es auch tun – nicht wahr, alter Freund?«

»Auf jede Menge Eide«, sagte Saunders. »Es war eine lange dünne Hand, und – passen Sie auf – so ungefähr griff sie nach mir.«

»Nicht doch, Mr. Saunders! Lassen Sie das! Wie

fürchterlich! Aber jetzt müssen Sie uns noch eine Geschichte erzählen – bitte! Aber nur eine wirklich gruselige, bitte.«

»Das ist eine feine Geschichte!« sagte Eustace am folgenden Tag, als er Saunders über den Tisch hinweg einen Brief hinwarf. »Aber das ist Ihre Sache. Soweit ich verstanden habe, hat Mrs. Merrit mit vierwöchiger Frist gekündigt.«

»Oh – das ist aber töricht von Mrs. Merrit«, erwiderte Saunders. »Sie weiß wohl nicht, was sie sagt. Mal sehen, was sie schreibt.«

»Dear Sir«, lautete der Brief, «hiermit teile ich Ihnen mit, daß ich Ihnen mit vierwöchiger Frist von Dienstag, den 13. an gerechnet, kündigen muß. Seit langer Zeit habe ich schon das Gefühl, daß der Haushalt für mich zu groß ist; da aber jetzt Jane Parfit und Emma Laidlaw einfach weggehen und nicht einmal fragen, ob es auch paßt, nachdem sie die anderen Mädchen bis zum Wahnsinn geängstigt haben, so daß sie nicht einmal mehr allein ein Zimmer aufräumen oder die Treppe hinuntergehen aus Angst, dabei auf halberfrorene Kröten zu treten oder sie die ganze Nacht auf den Korridoren herumrennen zu hören, kann ich nur sagen, daß es auch für mich nicht der richtige Ort ist. Deshalb muß ich Sie, Mr. Borlsover, Sir, bitten, sich eine neue Haushälterin zu suchen, die nichts gegen ein großes und einsames Haus hat, von dem einige Leute behaupten, und nicht, daß ich es auch nur einen Augenblick glaubte, denn meine arme Mutter war zeit ihres Lebens nie abergläubisch, daß es in ihm spukt.

Hochachtungsvoll!
Ihre Elizabeth Merrit.

P. S.: Ich wäre Ihnen sehr verbunden, wenn Sie Mr. Saunders meine Grüße ausrichten würden. Ich hoffe, daß er sich mit seiner Erkältung nichts Schlimmes holen wird.«

»Saunders«, sagte Eustace, »Sie haben schon immer eine ausgesprochen glückliche Hand im Umgang mit dem Personal gehabt; Sie dürfen die arme alte Merrit nicht einfach weggehen lassen.«

»Das wird sie bestimmt auch nicht vorhaben«, sagte Saunders. »Wahrscheinlich versucht sie nur, mehr Gehalt zu bekommen. Ich werde ihr noch heute vormittag schreiben.«

»Nein – es gibt nichts Besseres als ein persönliches Gespräch. Von London haben wir genug. Folglich werden wir morgen zurückfahren, und Sie versuchen, was Sie mit Ihrer Erkältung erreichen können. Vergessen Sie nicht, daß sie Ihnen jetzt auf die Brust geschlagen ist und daß Sie die nächsten Wochen gute Pflege und gute Ernährung brauchen.«

»Schön. Ich glaube, daß sich die Sache mit Mrs. Merrit bestimmt regeln läßt.«

Mrs. Merrit war jedoch störrischer, als er erwartet hatte. Es tat ihr zwar sehr leid, von Mr. Saunders' Erkältung zu hören und daß er in London nachts immer wach gelegen und gehustet hatte; selbstverständlich wollte sie ihm ein anderes Zimmer an der Südseite einräumen und es sofort lüften lassen, und ob er abends beim Zubettgehen nicht vielleicht eine Schale mit heißer Milch und Brot haben wollte? Aber sie fürchtete, daß ihr nichts anderes übrigbliebe, als Ende des Monats zu gehen.

»Versuchen Sie es mit einer Gehaltserhöhung«, lautete Eustaces Rat.

Es war nutzlos. Mrs. Merrit war verstockt, obgleich sie eine Mrs. Goddard kannte, die Haushälterin bei Lord Gargrave gewesen war und sich vielleicht freute, zu dem genannten Gehalt hierher zu kommen.

»Was ist eigentlich mit den Angestellten los, Morton?« fragte Eustace an jenem Abend, als der Butler den Kaffee in die Bibliothek brachte. »Warum will eigentlich Mrs. Merrit unbedingt gehen?«

»Wenn Sie erlauben, Sir, aber ich wollte es gerade erwähnen. Ich habe etwas zu gestehen, Sir. Als ich Ihre Nachricht vorfand, den Schreibtisch zu öffnen und die Kiste mit der Ratte herauszunehmen, erbrach ich das Schloß, und darüber war ich sehr froh, weil ich hörte, wie das Tier in der Kiste erheblichen Lärm machte, und ich dachte, es brauchte sicherlich etwas zu fressen. Deshalb nahm ich die Kiste heraus, Sir, und holte einen Käfig, und als ich es gerade aus der Kiste in den Käfig tun wollte, entwischte es mir.«

»Wovon reden Sie eigentlich? Ich habe Ihnen nie etwas Derartiges geschrieben!«

»Verzeihung, Sir – es war die Mitteilung, die ich an jenem Tag hier auf dem Fußboden fand, an dem Sie und Mr. Saunders wegfuhren. Ich habe den Zettel in der Tasche.«

Tatsächlich schien es Eustaces Handschrift zu sein. Sie war mit Bleistift geschrieben, und die Mitteilung begann etwas unvermittelt.

»Nehmen Sie einen Hammer, Morton«, stand auf dem Zettel, »oder irgendein anderes Werkzeug und brechen Sie das Schloß des alten Schreibtisches in der Bibliothek auf. Nehmen Sie die Kiste heraus, die eingeschlossen ist. Mehr brauchen Sie nicht zu tun. Der Deckel ist bereits geöffnet.

Eustace Borlsover.«

»Und dann haben Sie den Schreibtisch geöffnet?«

»Sehr wohl, Sir. Und als ich den Käfig bereit hatte, sprang das Tier heraus.«

»Welches Tier?«

»Das Tier in der Kiste, Sir.«

»Wie sah es denn aus?«

»Das, Sir, kann ich nicht genau sagen«, erwiderte Morton nervös. »Ich hatte ihm den Rücken zugekehrt, und es war bereits halbwegs durch den Raum, als ich aufblickte.«

»Welche Farbe hatte es?« fragte Saunders. »Schwarz?«

»O nein, Sir – ein leicht grau getöntes Weiß. Und es kroch sehr merkwürdig über den Fußboden, Sir. Einen Schwanz hatte es, glaube ich, nicht.«

»Was taten Sie daraufhin?«

»Ich versuchte es zu fangen. Aber das war vergebens. Deshalb stellte ich Rattenfallen auf und hielt die Bibliothek verschlossen. Dann ließ allerdings das Zimmermädchen, Emma Laidlaw, die Tür offen, als es die Bibliothek säuberte, und bei dieser Gelegenheit muß es hinausgeschlüpft sein.«

»Und Sie glauben, daß dieses Tier die Mädchen ständig erschreckt hat?«

»Nein, Sir – nicht ganz. Die Mädchen behaupten, sie hätten eine … Mit Verlaub, Sir, aber sie sagen, sie hätten eine Hand gesehen. Emma ist einmal am Fuß der Treppe darauf getreten. Sie hielt es für eine halberfrorene Kröte, nur daß sie weiß gewesen wäre. Und Parfit wusch eines Tages das Geschirr in der Küche ab. Sie dachte dabei an nichts Besonderes. Es war schon ziemlich dämmerig. Sie nahm ihre Hände aus dem Abwaschwasser und trocknete sie geistesabwesend an dem Handtuch ab, das über eine Rolle läuft, als sie merkte, daß sie irgendeine andere Hand abtrocknete, die nur etwas kühler war als ihre eigenen.«

»Das ist doch Unsinn!« rief Saunders.

»Sehr wohl, Sir – genau dasselbe habe ich auch gesagt. Aber wir konnten sie nicht davon abbringen.«

»Sie glauben das alles also nicht?« sagte Eustace und sah den Butler scharf an.

»Ich, Sir? O nein, Sir! Ich habe nichts Derartiges gesehen.«

»Und auch nichts gehört?«

»Mit Verlaub, Sir, und wenn Sie es unbedingt wissen wollen – aber manchmal läutet es zu den merkwürdigsten Zeiten, und wenn wir hinkommen, ist niemand da. Und wenn wir abends durch das Haus gehen und die Rouleaus herunterziehen wollen, ist häufig irgend jemand vor uns da gewesen. Aber wie ich Mrs. Merrit immer wieder klarzumachen versuche: Ein junger Affe bringt manchmal die wunderbarsten Dinge zustande, und wir alle wissen doch, daß Mr. Borlsover sich ein paar merkwürdige Tiere hält.«

»Schön, Morton, das genügt für den Augenblick.«

»Wie erklären Sie sich das alles?« fragte Saunders, als sie allein waren. »Ich meine die Sache mit dem Brief, den Sie geschrieben haben sollen.«

»Ach, das ist ganz einfach«, sagte Eustace. »Sehen Sie sich doch das Papier an! Seit Jahren verwende ich es nicht mehr; aber in dem Schreibtisch waren immer noch ein paar übriggebliebene Bögen und Umschläge. Als wir die Kiste einschlossen, haben wir den Deckel nicht festgeschraubt. Die Hand konnte also heraus, fand einen Bleistift, schrieb diese Mitteilung und schob sie durch den Schlitz auf den Fußboden, wo Morton sie fand. Das ist sonnenklar.«

»Aber die Hand konnte doch nicht schreiben!«

»Wieso denn nicht? Sie haben noch nicht erlebt, wie sie Dinge tat, die ich beobachtet habe.« Und er erzählte Saunders mehr von dem, was in Eastbourne geschehen war.

»Nun ja«, sagte Saunders, »in diesem Fall haben wir wenigstens auch eine Erklärung für das Testament. Es war die Hand, die – von Ihrem Onkel unbemerkt – jenen Brief an Ihren Anwalt schrieb, in welchem sie sich Ihnen vermachte. Ihr Onkel hatte damit nicht mehr zu tun als ich. Genaugenommen hat es den Anschein, daß er über die Fähigkeit seiner Hand irgendwie Bescheid wußte und sie fürchtete.«

»Aber wer soll es denn sonst sein, wenn es nicht mein Onkel ist?«

»Wahrscheinlich würden einige Leute jetzt behaupten, ein körperloser Geist hätte sich Ihres Onkels bemächtigt, um sich von ihm aufziehen zu lassen und wenigstens einen kleinen Körper zu bekommen. Jetzt ist er also in diesen kleinen Körper geschlüpft und hat sich auf eigene Faust davongemacht.«

»Und was sollen wir dabei tun?«

»Die Augen offenhalten«, sagte Saunders, »und versuchen, ihn zu fangen. Wenn uns das nicht gelingt, werden wir warten müssen, bis das verdammte Uhrwerk abgelaufen ist. Schließlich kann er nicht für ewig existieren, wenn er aus Fleisch und Blut ist.«

An den folgenden beiden Tagen geschah nichts. Dann sah Saunders die Hand, wie sie das Treppengeländer hinunter in die Diele rutschte. Der Anblick überraschte ihn unversehens, und so verlor er eine volle Sekunde, bis er sich an die Verfolgung machte und dann doch nur feststellte, daß das Ding ihm entkommen war. Drei Tage danach sah Eustace, der abends allein in der Bibliothek saß und schrieb, daß es am anderen Ende des Raumes vor einem aufgeschlagenen Buch hockte. Die Finger krochen über die Seite, als läsen sie; bevor er jedoch überhaupt aufstehen konnte, hatte es die Gefahr bemerkt und zog sich an den Vorhängen hoch. Eustace beobachtete es grimmig, wie es mit drei Fingern am Gesims hing, während es mit Daumen und Zeigefinger eine schnipsende Bewegung in seine Richtung machte, die Ausdruck seiner höhnischen Verachtung war.

›Ich weiß, was ich tue‹, sagte sich Eustace. ›Wenn es mir gelingt, es ins Freie zu bringen, werde ich die Hunde darauf hetzen.‹

Er sprach mit Saunders über die Möglichkeit.

»Das ist eine lausig gute Idee«, sagte Saunders. »Nur brauchen wir eigentlich gar nicht zu warten, bis es draußen ist. Wir holen die Hunde einfach herein. Wir haben die beiden Terrier und den Bastard, der dem Tierpfleger gehört und wie ein Blitz hinter Ratten her ist. Ihr Spaniel dürfte für diese Art von Spiel nicht genügend Temperament haben.«

Sie holten die Hunde in das Haus; der Bastard des Tierpflegers zerkaute alle erreichbaren Schuhe, und die beiden Terrier liefen Morton zwischen die Beine, als dieser gerade servierte. Aber trotzdem waren alle drei willkommen. Selbst eingebildete Sicherheit ist besser als überhaupt keine Sicherheit.

Vierzehn Tage lang passierte nichts. Dann wurde die Hand aufgespürt, und zwar nicht von den Hunden, sondern von Mrs. Merrits grauem Papagei. Der Vogel hatte die Angewohnheit, in bestimmten Abständen die Bolzen herauszuziehen, von denen die Futternäpfe gehalten wurden, und dann aus seinem Käfig zu entfliehen. Saß Peter dann erst einmal in der Bibliothek, zeigte er wenig Neigung, in seinen Käfig zurückzukehren, und manchmal flog er tagelang im Hause umher. Diesmal hatte Peter – nach sechs Wochen ununterbrochener Gefangenschaft – eine neue Möglichkeit entdeckt, die Bolzen herauszuziehen, und nachdem er sich auf freiem Fuß befand, erforschte er die gestickten Wälder der Vorhänge und sang von der Höhe der Gardinenstangen und Gesimse aus das Loblied der Freiheit.

»Es hat keinen Sinn, daß Sie versuchen, ihn wieder einzufangen«, sagte Eustace zu Mrs. Merrit, als sie in der Dämmerung mit einer Trittleiter in das Arbeitszimmer kam. »Es ist viel besser, wenn Sie Peter in Ruhe lassen. Soll er hungern, bis er sich wieder einfangen läßt, Mrs. Merrit; und lassen Sie keine Bananen und keine Körner herumliegen, die er sich holen kann, wenn er glaubt, Hunger zu haben. Sie haben ein viel zu weiches Herz.«

»Da oben auf der Gardinenstange ist er sowieso außer Reichweite, Sir. Wenn Sie also so freundlich sein und die Tür geschlossen halten würden, bringe ich heute abend den Käfig hierher und tue etwas Fleisch hinein. Fleisch mag er nämlich sehr gern, auch wenn er sich hinterher immer die Federn ausreißt, um die Kiele auszusaugen. Schließlich heißt es doch auch, wenn man…«

»Lassen Sie das jetzt, Mrs. Merrit«, sagte Eustace, der mit seiner Schreibarbeit beschäftigt war, »ich werde schon auf den Vogel aufpassen.«

Für kurze Zeit herrschte Stille im Zimmer.

»Kraul armen Peter«, sagte der Vogel. »Kraul armen alten Peter.«

»Sei still, du verdammter Vogel!«

»Armer alter Peter! Kraul armen Peter – los!«

»Den Hals werde ich dir umdrehen, wenn ich dich erwische!« Er blickte zu der Gardinenstange hoch, und da war die Hand: Mit drei Fingern hielt sie sich fest, während sie den Kopf des Papageien langsam mit dem vierten kraulte. Eustace rannte zur Klingel und drückte mit aller Kraft auf den Knopf, dann lief er zum Fenster und schlug es zu, daß das Glas klirrte. Von dem Lärm aufgeschreckt, flatterte der Papagei mit den Flügeln, als wollte er gleich losfliegen, und dabei griffen die Finger der Hand nach seiner Kehle und hielten sich dort fest.

Peter stieß einen schrillen Schrei aus, als er durch den Raum kreiste, und niedergezogen von dem Gewicht, das an ihm hing, wurden die Kreise immer niedriger. Schließlich stürzte der Vogel plötzlich ab, und Eustace beobachtete das unentwirrbare Knäuel aus Federn und Fingern, das über den Fußboden rollte. Unvermittelt hörte der Kampf auf, weil Finger und Daumen den Hals zusammendrückten; die Augen des Vogels waren verdreht, so daß das Weiße sichtbar wurde, und dann war ein leises, halb ersticktes Gurgeln zu hören. Bevor die Finger jedoch ihren Griff lösen konnten, hatte Eustace die Hand mit seinen eigenen ergriffen.

»Mr. Saunders soll sofort herkommen«, sagte er zu dem Mädchen, das auf sein Läuten erschienen war. »Bestellen Sie ihm, ich brauchte ihn möglichst schnell.«

Dann ging er mit der Hand zum Kamin. Über den Handrücken zog sich ein gezackter Riß, der vom Schnabel des Vogels stammte, aber aus der Wunde drang kein Blut. Voller Ekel stellte Eustace fest, daß die Fingernägel lang und ohne jede Färbung waren.

»Verbrennen werde ich dieses bestialische Ding«, sagte er. Aber das konnte er nicht. Er versuchte, die Hand in die Flammen zu werfen, aber seine eigene Hand ließ es nicht zu, als würde sie von irgendeinem alten primitiven Gefühl geleitet. Und so fand ihn schließlich Saunders: blaß und unentschlossen, während die Hand sich mit aller Kraft an seine Finger klammerte.

»Jetzt habe ich sie doch noch erwischt«, sagte er beinahe triumphierend.

»Großartig – dann wollen wir sie uns einmal genau ansehen.«

»Aber loslassen dürfen wir sie nicht. Holen Sie ein paar Nägel und einen Hammer und irgendein Brett.«

»Können Sie sie noch festhalten?«

»Doch – das Ding ist ziemlich schlapp; wahrscheinlich hat es sich überanstrengt, als es den armen alten Peter erwürgte.«

»Und was machen wir jetzt?« sagte Saunders, als er mit den Sachen zurückkam.

»Jetzt nageln wir es erst einmal fest, damit es nicht mehr weg kann. Und dann werden wir es uns in Ruhe ansehen.«

»Das müssen Sie schon selbst tun«, sagte Saunders. »Mir macht es nicht viel aus, Ihnen hin und wieder bei den Meerschweinchen zu helfen, wenn es dabei etwas zu lernen gibt, zumal ich vor der Rache der Meerschweinchen keine Angst zu haben brauche. Aber mit diesem Ding hier ist es etwas anderes.«

»Ach du liebes Lieschen!« kicherte Eustace hysterisch, »sehen Sie sich das an!« Denn die Hand krümmte sich in Todeszuckungen; wie ein Regenwurm an einem Angelhaken wand sie sich hin und her, vom Nagel auf dem Brett festgehalten.

»Jetzt haben Sie's also geschafft«, sagte Saunders. »Ich gehe wieder, damit Sie es sich in Ruhe ansehen können.«

»Bleiben Sie um Himmels willen hier! Decken Sie es zu, Mann! Zudecken! Legen Sie was drüber! Hier!« Und er riß den Schonbezug von der Lehne eines Sessels und wickelte das Brett hinein. »Los, holen Sie den Schlüssel aus meiner Tasche und schließen Sie den Safe auf. Schmeißen Sie alles andere 'raus! O Gott, es verknotet sich richtig. Schnell den Safe auf!« Er warf das Ding hinein und stieß die Safetür zu.

»Und da drinnen bleibt es, bis es tot ist«, sagte er. »Und wenn ich den Safe jemals wieder öffne, will ich meinetwegen in der Hölle schmoren!«

Mrs. Merrit ging Ende des Monats. Ihre Nachfolgerin, Mrs. Handyside, hatte sehr viel mehr Erfolg im Umgang mit dem Personal. Gleich zu Beginn ihrer Herrschaft erklärte sie, daß man ihr mit irgendwelchem Unsinn nicht kommen dürfte, und bald darauf wurde der Klatsch nicht nur weniger, sondern verstummte völlig.

»Ich wäre keineswegs überrascht, wenn Eustace demnächst heiraten würde«, sagte Saunders. »Aber ich kann es abwarten. Ich kenne ihn viel zu gut, als daß die zukünftige Mrs. Borlsover mich leiden mag. Und es wird dann wieder die ewig gleiche alte Geschichte sein: eine langsam gewachsene, lange dauernde Freundschaft, dann Heirat, und eine lange Freundschaft ist plötzlich in Vergessenheit geraten.«

Aber Eustace befolgte nicht den Rat seines Onkels und heiratete nicht. Alte Gewohnheiten wucherten wieder hoch und verdeckten sein neues Erlebnis. Wenn überhaupt, dann war er lediglich nicht mehr ganz so mürrisch und zeigte größere Bereitwilligkeit, seine natürliche Rolle innerhalb seiner gesellschaftlichen Umgebung zu übernehmen.

Und dann kam der Einbruch. Die Männer, so hieß es, nahmen den Weg durch das Treibhaus. Im Grunde war es nicht mehr als ein versuchter Einbruch, denn es gelang ihnen lediglich, aus der Anrichte einige silberne Tabletts mitzunehmen. Den Safe im Arbeitszimmer fand man zwar geöffnet und leer vor, aber nach dem, was Mr. Borlsover dem Polizei-Inspektor mitteilte, hatte der Safe während der letzten sechs Monate nichts enthalten, was von Wert war.

»Sie haben wirklich Glück, daß Sie so einfach davongekommen sind, Sir«, meinte der Mann. »Nach der Art, wie die Leute hier vorgegangen sind, sind es meiner Meinung nach erfahrene Einbrecher. Und als sie gerade mit ihrer abendlichen Beschäftigung anfingen, müssen sie gestört worden sein.«

»Ja«, sagte Eustace, »ich glaube fast auch, daß ich noch einmal Glück gehabt habe.«

»Ich habe nicht die geringsten Zweifel«, sagte

der Inspektor, »daß wir die Männer ausfindig machen können. Wie ich bereits erwähnte, müssen es gewiegte Routiniers sein. Das zeigt die Art und Weise, wie sie einstiegen und den Safe öffneten. Aber die Geschichte hat trotzdem einen kleinen Haken, der mich stutzig macht. Einer der Männer beging die Unvorsichtigkeit, keine Handschuhe zu tragen, und ich überlege schon die ganze Zeit, was es damit auf sich haben könnte. Ich habe seine Fingerabdrücke in jedem der unteren Zimmer, und zwar auf dem neuen Anstrich der Fensterbretter, festgestellt. Sie sind übrigens auch sehr deutlich.«

»Von der rechten Hand, von der linken Hand oder von beiden?« fragte Eustace.

»Immer nur von der rechten. Das ist doch das Komische! Ein ziemlich tolldreister Bursche muß das gewesen sein, und ich glaube, daß er auch das hier geschrieben hat.« Er zog einen Zettel aus der Tasche. »Folgendes hat er geschrieben: ›Jetzt habe ich dich, Eustace Borlsover, und binnen kurzem komme ich wieder zurück.‹ Wahrscheinlich irgendein Häftling, der gerade entlassen worden ist. Damit ist es uns sehr viel leichter gemacht, ihn zu schnappen. Kennen Sie vielleicht die Handschrift, Sir?«

»Nein«, sagte Eustace. »Diese Handschrift gehört keinem meiner Bekannten.«

»Ich habe nicht die Absicht, hier noch länger zu bleiben«, sagte Eustace zu Saunders beim Mittagessen. »In den letzten sechs Monaten bin ich sehr viel schneller vorangekommen, als ich angenommen hatte – ich habe jedoch keine Lust, das Risiko eines Wiedersehens mit dem Ding einzugehen. Heute nachmittag noch fahre ich nach London. Lassen Sie von Morton meine Sachen packen und kommen Sie übermorgen nach Brighton nach. Und bringen Sie dann auch gleich die Korrekturabzüge dieser beiden Artikel mit. Wir werden sie dann zusammen durchgehen.«

»Wie lange wollen Sie wegbleiben?«

»Mit Sicherheit kann ich es heute noch nicht sagen; aber richten Sie alles so ein, daß wir einige Zeit fortbleiben können. Während des Sommers müssen wir uns ziemlich an die Arbeit heranhalten, und zumindest ich habe deshalb einen Urlaub nötig. Die Zimmer in Brighton bestelle ich. Wenn Sie hinfahren, wird es am besten sein, in Hitchin zu übernachten. Unsere genaue Anschrift in Brighton telegraphiere ich Ihnen dann in die ›Crown‹.«

Das Haus, das er in Brighton mietete, war etwas hoch gelegen. Er kannte es schon von früher. Gehören tat es seinem alten Diener aus dem College, einem Mann von diskreter Verschwiegenheit, der in bewundernswerter Weise von seiner vorzüglich kochenden Frau ergänzt wurde. Die Zimmer lagen im ersten Stock. Die beiden Schlafzimmer zeigten nach hinten hinaus und waren mit einem Durchgang verbunden. »Mr. Saunders kann das kleinere haben, obgleich es als einziges einen Kamin hat«, sagte er. »Ich behalte das größere, weil es ein eigenes Badezimmer hat. Wenn ich nur wüßte, wann er mit dem Wagen hier sein wird.«

Saunders traf gegen sieben ein – durchfroren, mürrisch und verschmutzt. »Wir werden im Eßzimmer das Kaminfeuer anzünden«, sagte Eustace, »und Prince kann, während wir essen, einen Teil unserer Sachen auspacken. Wie waren die Straßen?«

»Schlecht. Völlig mit Dreck verschmiert, und den ganzen Tag hatten wir einen bestialisch kalten Wind von vorn. Und so etwas nennt sich Juli. Armes Old England!«

»Ja«, sagte Eustace, »wahrscheinlich wäre es gar nicht so übel, Old England für ein paar Monate zu verlassen.«

Kurz nach zwölf gingen sie nach oben.

»Eigentlich hätten Sie nicht frieren dürfen, Saunders«, sagte Eustace, »wenn Sie sich einen pelzgefütterten Mantel wie diesen leisten können. Alles in allem haben Sie gut für sich gesorgt – zum Beispiel mit diesen Handschuhen. Wie kann man nur frieren, wenn man solche Handschuhe trägt?«

»Zum Fahren sind sie viel zu hinderlich. Ziehen Sie sie doch einmal über und probieren Sie es selbst.« Durch den Durchgang warf er sie auf Eustaces Bett und packte weiter seine Koffer aus. Eine Minute später hörte er einen schrillen Entsetzensschrei: »Oh, Gott! Es steckt im Handschuh! Schnell, Saunders – schnell!« Dann folgte ein klatschendes

Geräusch. Eustace hatte es von sich geschleudert. »Ich habe es in das Badezimmer geschmissen!« sagte er keuchend. »Es ist gegen die Wand geflogen und in die Badewanne gefallen. Kommen Sie doch endlich, wenn Sie mir helfen wollen.« Mit einer brennenden Kerze in der Hand blickte Saunders über den Rand der Wanne. Da lag es, alt und verschrumpelt, taub und blind, ein gezacktes Loch in der Mitte, kroch unsicher herum und versuchte immer wieder, an den glatten Seiten hochzuklettern, um jedesmal hilflos wieder zurückzurutschen.

»Bleiben Sie hier«, sagte Saunders. »Ich mache eine Kragenschachtel oder sonstwas leer, und dann können wir es einsperren. Aus der Wanne 'raus kann es wenigstens nicht, solange ich weg bin.«

»Doch – es kann!« schrie Eustace. »Es kommt hoch, an der Kette des Stöpsels kommt es hoch... Weg, du Bestie, du verdammte Bestie du! Weg... Saunders! Es rennt weg, Saunders! Ich kann es nicht festhalten! Es ist so schlüpfrig! Und diese verdammten Klauen! Machen Sie doch das Fenster zu, Sie Idiot! Jetzt ist es 'raus!« Es klang, als wäre irgend etwas draußen auf die harten Steinplatten geklatscht, und Eustace sackte ohnmächtig zusammen.

Vierzehn Tage lang war er krank.

»Ich weiß nicht, was ich davon halten soll«, sagte der Arzt zu Saunders. »Ich kann lediglich vermuten, daß Mr. Borlsover irgendeinen großen nervlichen

Schock erlitten hat. Vielleicht ist es besser, wenn ich jemanden herschicke, der Ihnen bei der Pflege helfen kann. Und erfüllen Sie ihm vor allem seinen Wunsch, im Dunkeln nie alleingelassen zu werden. Ich an Ihrer Stelle würde die ganze Nacht ein Licht brennen lassen. Aber frische Luft muß er unbedingt haben. Es ist doch vollkommen sinnlos – dieser Haß auf geöffnete Fenster.«

Eustace wollte niemanden außer Saunders in seiner Nähe haben. »Ich will den anderen Mann nicht sehen«, sagte er. »Irgendwie wird es dann doch bloß hereingeschmuggelt – das weiß ich mit Sicherheit.«

»Machen Sie sich darüber keine Gedanken, alter Freund. Endlos kann es damit nicht weitergehen. Sie wissen doch, daß ich es diesmal genauso deutlich gesehen habe wie Sie. Es war nicht einmal halb so lebendig wie damals. Und allzu lange wird es bestimmt nicht mehr leben, besonders nicht nach dem Sturz aus dem Fenster. Ich habe doch selbst genau gehört, wie es auf die Steinplatten schlug. Sobald Sie sich etwas kräftiger fühlen, fahren wir hier wieder weg, und zwar ohne Koffer und Gepäck, sondern nur mit dem, was wir auf dem Körper tragen, damit es sich nicht wieder irgendwo verstecken kann. Auf diese Weise werden wir es abschütteln. Wir hinterlassen auch keine Adresse, und Pakete lassen wir uns auch nicht nachsenden. Kopf hoch, Eustace! Morgen oder übermorgen wird es Ihnen wieder soweit gutgehen, daß wir fahren können. Der Doktor meint, ich könnte Sie morgen schon im Rollstuhl an die frische Luft fahren.«

»Was habe ich denn nur getan?« fragte Eustace. »Warum verfolgt es mich? Ich bin doch nicht schlechter als andere Menschen. Ich bin doch nicht schlechter als Sie, Saunders – das wissen Sie doch selbst. Nicht ich, sondern Sie haben doch hinter dieser schmutzigen Geschichte in San Diego gesteckt, und das liegt doch auch schon wieder fünfzehn Jahre zurück.«

»Aber darum geht es bestimmt nicht«, sagte Saunders. »Wir leben schließlich im zwanzigsten Jahrhundert, und selbst die Pastoren haben die Vorstellung fallengelassen, daß die alten Sünden jedem hinterherrennen. Bevor Sie die Hand in der Bibliothek fingen, steckte sie lediglich voll purer Bosheit – Ihnen und allen Menschen gegenüber. Aber als Sie sie mit dem Nagel durchbohrt hatten, dachte sie natürlich nicht mehr an die anderen, sondern konzentrierte ihre Aufmerksamkeit ganz auf Sie. Sie erinnern sich doch noch, daß sie fast sechs Monate lang im Safe eingesperrt war. Damit hatte sie ausreichend Zeit, Rachepläne zu schmieden.«

Eustace Borlsover wollte das Zimmer nicht verlassen, war jedoch der Ansicht, daß Saunders' Vorschlag einer überraschenden Abreise aus Brighton gar nicht schlecht wäre. Erstaunlich schnell kam er wieder zu Kräften.

»Am 1. September fahren wir«, sagte er.

Der Abend des 31. August war drückend warm. Obgleich die Fenster über Mittag weit geöffnet worden waren, wurden sie kurz vor Einbruch der Dämmerung wieder geschlossen. Mrs. Prince hatte schon lange aufgehört, sich über die merkwürdigen Gewohnheiten der Herren im ersten Stock zu wundern. Kurz nach deren Ankunft war ihr gesagt worden, sie solle die schweren Vorhänge in den beiden Schlafzimmern abnehmen, und von Tag zu Tag schienen die Zimmer kahler geworden zu sein. Nichts blieb irgendwo liegen.

»Mr. Borlsover mag es nicht, wenn sich an irgendeiner Stelle Staub ablagern kann«, hatte Saunders als Entschuldigung angegeben. »Er hat es gern, wenn er in jede Ecke des Zimmers sehen kann.«

»Kann ich das Fenster denn nicht wenigstens einen Spalt öffnen?« fragte er Eustace an jenem Abend. »Wir schmoren hier sonst noch zu Tode.«

»Nein, lassen Sie alles, wie es ist. Wir sind schließlich keine kleinen Mädchen, die auf ihrem Internat gerade einen Kursus in Hygiene absolviert haben. Holen Sie das Schachbrett.«

Sie setzten sich und spielten Schach. Um zehn Uhr erschien Mrs. Prince an der Tür und gab einen Brief ab. »Es tut mir leid, daß ich ihn nicht eher gebracht habe«, sagte sie, »aber er lag im Briefkasten.«

»Machen Sie ihn auf, Saunders, und sehen Sie nach, ob wir ihn gleich beantworten müssen.«

Die Mitteilung war sehr kurz. Sie enthielt weder

einen Absender noch irgendeine Unterschrift.

»Würde heute abend elf Uhr für unsere letzte Verabredung passen?«

»Von wem ist der Brief?« fragte Borlsover.

»Er ist an mich gerichtet«, sagte Saunders. »Sie brauchen nicht zu warten, Mrs. Prince.« Und er steckte den Brief in die Tasche. »Eine Mahnung meines Schneiders. Irgendwie scheint er Wind davon bekommen zu haben, daß wir verreisen.«

Das war eine geschickte Lüge, und Eustace stellte keine Fragen mehr. Sie setzten ihre Partie fort.

Saunders hörte, wie die Standuhr draußen auf dem Treppenabsatz die Sekunden flüsterte und die Viertelstunden dröhnend verkündete.

»Schach«, sagte Eustace. Die Uhr schlug elf. Gleichzeitig klopfte es leise an die Tür, allem Anschein nach an den unteren Teil der Türfüllung.

»Wer ist da?« fragte Eustace. Keine Antwort.

»Mrs. Prince, sind Sie da?«

»Sie ist schon oben«, sagte Saunders. »Ich höre sie in ihrem Zimmer herumgehen.«

»Dann schließen Sie die Tür ab; verriegeln Sie sie auch noch. Sie sind am Zug, Saunders.«

Während Saunders den Blick auf das Schachbrett gerichtet hatte, ging Eustace zum Fenster und überprüfte die Riegel. Dasselbe tat er in Saunders Zimmer und im Badezimmer. Türen gab es zwischen den drei Räumen nicht, denn sonst hätte er sie bestimmt ebenfalls abgeschlossen.

»Los, Saunders«, sagte er. »Jetzt überlegen Sie Ihren nächsten Zug nicht die ganze Nacht. Ich habe mittlerweile schon eine Zigarette aufgeraucht. Einen Invaliden soll man nicht so lange warten lassen. Sie können doch nur noch einen einzigen Zug tun. Was war das?«

»Der Efeu raschelte am Fenster. So, jetzt sind Sie wieder dran, Eustace.«

»Das war nicht der Efeu, Sie Idiot. Irgend jemand hat an das Fenster geklopft.« Und er zog die Jalousie hoch. Jenseits des Fensters, sich an den Fenstersims klammernd, war die Hand.

»Was hat sie zwischen den Fingern?«

»Ein Taschenmesser. Sie versucht, das Fenster zu öffnen, indem sie mit der Klinge den Riegel hochschiebt.«

»Soll sie es versuchen«, sagte Eustace. »Die Riegel sind nur mit einer Drehung zu öffnen; mit einem Messer kriegt man sie jedenfalls nicht auf. Lassen wir die Jalousie wieder herunter. Sie sind am Zug, Saunders – ich bin schon wieder fertig.«

Aber für Saunders war es einfach unmöglich, seine Aufmerksamkeit auf das Spiel zu konzentrieren. Er konnte Eustace nicht begreifen, der völlig überraschend alle Angst verloren zu haben schien. »Was meinen Sie zu einem Glas Wein?« fragte er. »Sie scheinen die Dinge sehr kaltblütig zu betrachten, während ich ehrlich gestehe, daß ich eine Heidenangst habe.«

»Das ist doch völlig unnötig, Saunders. Ich finde an der Geschichte mit der Hand gar nichts Übernatürliches. Meiner Ansicht nach scheint auch sie den Gesetzen von Zeit und Raum unterworfen zu sein. Sie gehört keinesfalls zu jenen Dingen, die sich plötzlich in Luft auflösen oder selbst von dicken Eichentüren nicht aufzuhalten sind. Und weil dem so ist, soll sie ruhig versuchen, hier hereinzukommen. Morgen reisen wir weiter. Zumindest ich habe die Tiefen der Angst bis zum letzten ausgekostet. Schenken Sie ein, Mann! Sämtliche Fenster sind verriegelt; die Tür ist abgeschlossen und ebenfalls verriegelt. Auf das Wohl meines Onkels Adrian! Trinken Sie, Mann! Worauf warten Sie denn noch?«

Saunders stand da, das Glas halb erhoben. »Sie kann doch noch herein«, sagte er heiser. »Sie kann herein! Das haben wir ganz übersehen. In meinem Schlafzimmer – der Kamin! Sie wird durch den Rauchfang hereinkommen.«

»Schnell!« sagte Eustace, als er nach nebenan rannte. »Wir haben nicht eine Minute zu verlieren. Was können wir tun? Zünden Sie das Feuer an, Saunders! Geben Sie mir ein Streichholz – schnell!«

»Sie müssen nebenan liegen. Ich hole sie.«

»Beeilen Sie sich, Mann – los, Mensch! Sehen Sie im Bücherschrank nach! Und im Badezimmer! Bleiben Sie lieber hier und passen Sie auf; ich sehe selbst nach!«

»Aber schnell!« schrie Saunders. »Ich höre irgendwas!«

»Stopfen Sie doch das Laken von Ihrem Bett in den Rauchfang – nein, lassen Sie, hier ist ein Streichholz!« Wenigstens eines hatte er endlich gefunden, das in eine Ritze des Fußbodens gerutscht war.

»Ist Holz im Kamin? Gut – aber wenn es nun nicht anbrennt? Ich hab's! Das Petroleum aus der alten Leselampe und hier, die Watte. Jetzt das Streichholz, schnell! Nehmen Sie das Laken weg, Sie Blödling! Das brauchen wir doch nicht mehr.«

Im Rauchfang fing es plötzlich an zu tosen, als die Flammen hochschossen. Für den Bruchteil einer Sekunde hatte Saunders das Laken zu spät weggerissen. Es war von Petroleum durchtränkt. Und jetzt brannte es ebenfalls.

»Das ganze Haus fängt an zu brennen!« schrie Eustace, während er versuchte, die Flammen mit einer Decke auszuschlagen. »Das hat keinen Sinn! Ich schaffe es nicht. Machen Sie die Tür auf, Saunders, und holen Sie Hilfe!«

Saunders rannte zur Tür und zerrte am Riegel. Der Schlüssel war im Schloß verkeilt. »Schnell!« brüllte Eustace. »Ich kann die Hitze nicht mehr aushalten!« Endlich bewegte sich der Schlüssel. Saunders blieb noch einen Augenblick stehen und blickte zurück. Später konnte er sich nicht mehr genau erinnern, was er dabei gesehen hatte, aber damals war er überzeugt, daß irgend etwas Schwarzes, Verkohltes langsam, ganz langsam, aus den Flammen heraus auf Eustace Borlsover zu kroch. Einen Moment überlegte er, ob er seinem Freund beistehen sollte; aber das Knistern und der Geruch des Feuers waren schuld, daß er in den Korridor hinauslief und »Feuer! Feuer!« schrie. Er rannte zum Telefon, um Hilfe herbeizurufen, und stürzte dann in das Badezimmer – daran hätte er eigentlich gleich denken können –, um Wasser zu holen. Als er wieder in das Schlafzimmer rannte, ertönte ein Schrei des Entsetzens, der plötzlich verstummte, und dann schien irgend etwas zu Boden zu stürzen.

Das also ist die Geschichte, die mir ein älterer Mathematiklehrer an einer zweitklassigen Vorstadtschule im Verlauf mehrerer Sonnabende erzählte. Denn Saunders mußte sich seinen Lebensunterhalt auf eine Art und Weise verdienen, die viele Menschen – im Vergleich zu seinem früheren Leben – wahrscheinlich für unpassend hielten. Ganz zufällig hatte ich den Namen Adrian Borlsover erwähnt, und damals hatte ich mich noch gewundert, weshalb er das Thema unserer Unterhaltung so unvermittelt gewechselt hatte. Eine Woche später begann Saunders dann, aus seiner eigenen Vergangenheit zu erzählen: keineswegs erfreulich, aber doch mit einer Zurückhaltung, die ich gut verstand, denn damit kamen nicht nur seine eigenen Schwächen und Fehler, sondern auch die eines toten Freundes zur Sprache. Von der abschließenden Tragödie wollte er zuerst nicht berichten; nur langsam gelang es mir, den Bericht, der auf den letzten Seiten festgehalten ist, Stück für Stück zusammenzusetzen. Saunders war auch keineswegs geneigt, irgendwelche Schlüsse zu ziehen. Einmal glaubte er, die vielfingerige Bestie wäre von dem Geist Sigismund Borlsovers, eines finsteren Vorfahren aus dem achtzehnten Jahrhundert, belebt, der der Überlieferung zufolge jenen häßlichen Heidentempel erbaut und angebetet hatte, der den See überblickte. Ein anderes Mal war Saunders überzeugt, daß der Geist einem Mann gehört hätte, den Eustace irgendwann einmal als Laboratoriums-Assistent beschäftigt hatte. »Ein schwarzhaariger, boshafter und brutaler kleiner Kerl war es«, sagte er, »der seinen Arzt verfluchte, als er starb, weil der Mann ihn nicht am Leben halten konnte, damit er noch irgendeine lächerliche Angelegenheit mit Borlsover bereinigen konnte.«

Vom Gesichtspunkt unmittelbaren zeitgenössischen Beweises aus ist Saunders Geschichte nach wie vor unbestätigt. Sämtliche in dem Bericht erwähnten Briefe wurden vernichtet, mit Ausnahme des letzten, den Eustace erhielt – oder genauer: den Eustace ohne das Eingreifen von Saunders erhalten hätte. Diesen Brief habe ich selbst gesehen. Die Handschrift war drucklos und zitterig, eben die eines alten Mannes. Ich erinnere mich noch des griechischen ›e‹, das in einem Wort verwendet war. Eine Kleinigkeit, die mich damals amüsierte, war die Tatsache, daß Saunders den Zettel zwischen den Seiten einer Bibel aufzubewahren schien.

Adrian Borlsover hatte ich nur ein einziges Mal gesehen. Saunders hingegen lernte ich genau kennen. Einem bloßen Zufall und nicht irgendeiner Absicht war es jedoch zu verdanken, daß ich auch noch eine weitere an dieser Geschichte beteiligte Person kennenlernte: Morton, den Butler. Eines Sonntagnachmittags gingen Saunders und ich im Zoologischen Garten spazieren, als er meine Aufmerksamkeit auf einen alten Mann lenkte, der vor dem Eingang des Reptilienhauses stand.

»Nanu, Morton!« sagte er und klopfte dem Alten auf die Schulter. »Wie geht es Ihnen denn so?«

»Erbärmlich, Mr. Saunders«, erwiderte der Alte, obgleich sein Gesicht bei der Begrüßung aufleuchtete. »Der dauernde Winter macht einem doch schwer zu schaffen. Sommer oder Frühling scheint es gar nicht mehr zu geben.«

»Wahrscheinlich haben Sie immer noch nicht gefunden, was Sie suchen – was?«

»Eben, Sir; immer noch nicht. Aber irgendwann finde ich es bestimmt. Ich habe denen immer erzählt, daß Mr. Borlsover ein paar ganz merkwürdige Tiere besaß.«

»Und was sucht er?« fragte ich, als wir uns wieder getrennt hatten.

»Eine Bestie mit fünf Fingern«, sagte Saunders. »Da er heute nachmittag im Reptilienhaus war, wird es wahrscheinlich ein Reptil mit einer Hand sein. Nächste Woche dürfte es dann ein Affe sein, der praktisch keinen Körper hat. Der arme alte Bursche ist der geborene Materialist.«

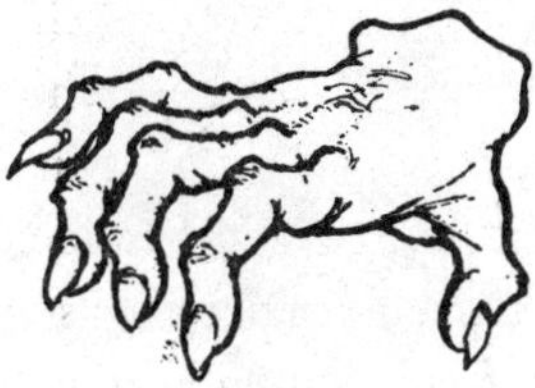